Michelle Schrenk & Emily Ferguson
Touch My Heart
New York Dreams 2

AF177941

 Montlake

Das Buch

Lilian Harper braucht einen Neuanfang, und zwar schnell. Der Job als Privatlehrerin der kleinen Haley kommt da gerade recht. Doch das Kind hat seit dem tragischen Tod der Mutter kein Wort gesprochen und Haleys Vater Logan ist … schwierig.

Während die warmherzige Lilian langsam eine Beziehung zu Haley aufbaut, geht ihr der attraktive Logan mit seiner kühlen Arroganz gewaltig auf die Nerven. Dass ihre Knie jedes Mal weich werden, wenn er in der Nähe ist, ignoriert sie. Aber das wird von Tag zu Tag schwerer, denn wenn sie ehrlich ist, könnte ihr Herz auch einen Neuanfang gebrauchen …

Die Autorinnen

Michelle Schrenk wurde 1983 in Nürnberg geboren und begann bereits in der Grundschulzeit mit dem Schreiben von Geschichten. Träume, Sehnsüchte und die große Liebe spielen eine wichtige Rolle in ihren Büchern. Sie ist überzeugt, dass es viele Wege zum Glück gibt, und hofft, ihren Lesern ein wenig davon zu schenken.

Die Autorin hat mehr als zehn Liebesromane verfasst. Ihr Bestseller »Kein Himmel ohne Sterne« schaffte es 2017 an die Spitze der Kindle Charts.

Emily Ferguson wurde 1981 in Killeen/Texas geboren und ist in Deutschland aufgewachsen. Sie liebt das Reisen mit dem Rucksack, vor allem in den USA, wo sie sich zu ihren zeitgenössischen, romantischen Romanen inspirieren lässt.

Von der Autorin sind bisher die Titel »Der letzte Glanz des Sommers« und »Im Wind der Wahrheit« erschienen.

Michelle Schrenk
Emily Ferguson

TOUCH
my
HEART

New York Dreams

ROMAN

 Montlake

Deutsche Erstveröffentlichung bei
Montlake, Amazon Media EU S.à r.l.
38, avenue John F. Kennedy, L-1855 Luxembourg
Juli 2020
Copyright © der deutschsprachigen Ausgabe 2020
By Michelle Schrenk und Emily Ferguson

Umschlaggestaltung: zero-media.net, München
Umschlagmotiv: © Vladimir Prusakov / Shutterstock; © Liya Zonova /
Shutterstock; © Chinnapong / Shutterstock; © tomertu / Shutterstock;
© Wasant / Shutterstock; © Bokeh Blur Background / Shutterstock
1. Lektorat: Ute Köhler
2. Lektorat und Korrektorat: VLG Verlag & Agentur, Haar bei München,
www.vlg.de
Gedruckt durch:
Amazon Distribution GmbH, Amazonstraße 1, 04347 Leipzig /
Canon Deutschland Business Services GmbH, Ferdinand-Jühlke-Straße 7,
99095 Erfurt /
CPI books GmbH, Birkstraße 10, 25917 Leck

ISBN 978-2-49670-299-6

www.montlake.de

KAPITEL 1

Ich blicke auf das Schild und bekomme eine Gänsehaut.

Das Jone's.

Wie gern habe ich in dieser Bar immer gesessen. Sie passt perfekt in New Yorks Bar-Szene, die von unscheinbar bis zu Hip alles zu bieten hat. So hat jeder New Yorker wohl seine liebste Bar und das hier ist meine. Eine kleine Wohnzimmerbar mit ihrem ganz eigenen Charme. Wie viele schöne Abende habe ich hier erlebt. Jetzt wieder vor dieser Tür zu stehen, fühlt sich ein klein bisschen an, als würde ich nach Hause kommen. Als wäre das letzte halbe Jahr nicht gewesen, und darüber bin ich gerade dankbar. Denn für einen Moment fühle ich mich frei.

Ich atme tief durch, schiebe die dunklen Gedanken weg, die nach mir greifen, und konzentriere mich lieber auf das gute Gefühl, welches das Schild des Jone's in mir auslöst.

Ja, die letzten Monate sind alles andere als einfach gewesen. Aber es wird vorwärtsgehen. Ganz sicher, auch wenn die Rückreise nach New York etwas beschwerlich war. Zuerst hatte das Flugzeug Verspätung und dann hat mir so ein Idiot vor der Nase das letzte Taxi weggeschnappt. Also los mit den Öffentlichen. Kein leichtes Unterfangen. So typisch für mich, dass ich prompt in die falsche U-Bahn gestiegen bin.

Aber ich habe es geschafft. Ich bin zurück.

Ich streiche mir durchs Haar, schiebe eine Strähne hinters Ohr, greife nach dem Koffer und drücke schließlich die Klinke hinunter.

Als ich eintrete, lasse ich das hektische Treiben der Stadt hinter mir. Was ich jetzt sehe, lässt mich jedoch staunen.

Es sieht anders aus. Ganz anders als zuvor. Ich habe zwar auf Instagram von der Renovierung erfahren, und Mary hat mir in ihrer Nachricht ebenfalls mitgeteilt, dass sich einiges verändert hat, aber Beschreibungen und Bilder sprechen eben doch eine andere Sprache als die Realität. Die Stühle stehen auf den Tischen und es ist keine Menschenseele zu sehen. Die Wände sind erst halb angestrichen, dennoch ist es heimelig und vertraut.

»Entschuldigung, wir haben noch geschlossen, wir ...«

Ich drehe mich um und Mary beginnt zu grinsen.

»Lilian, wie schön, dass du da bist!« Sie kommt auf mich zu und nimmt mich sofort in den Arm. Augenblicklich spüre ich Wärme. Mary ist trotz der räumlichen Distanz in der letzten Zeit eine wunderbare Freundin geworden. Ich konnte ihr meine Sorgen anvertrauen und wir haben sehr viel telefoniert. Ich hatte Zweifel, ob ich zurückkommen sollte, aber jetzt fühle ich, dass es richtig ist.

Als wir uns voneinander lösen, strahlt sie.

»Schön, dass du endlich da bist. Wie war die Reise, erzähl.« Sie deutet auf den Tresen und zeigt, während sie hinter die Theke geht, auf einen Korb Zitronen. Ich lasse die Tasche stehen und folge ihr.

»Willst du eine Home-made-Lemonade?«

Ich setze mich auf einen der Barhocker. »Ja. Limonade wäre wunderbar«, sage ich, und sogleich startet Mary die Zitronenpresse.

Ich sehe mich erneut um und kann es nicht glauben.

Die Bar war schon wunderschön, als Jone noch selbst da war, aber was Mary und Tad daraus gemacht haben, hebt alles noch mal in eine neue Sphäre. Auch wenn es nicht fertig ist, kann man bereits gut erkennen, was die beiden sich ausgedacht haben. Die Bar wirkt so stimmig, was zu einem großen Teil an den Bildern liegt, die unglaublich viel Liebe ausstrahlen. Darauf sind die beiden zu sehen, aber auch andere Künstler – und die bereits fertig gestalteten Sitzecken sind einfach heimelig. Die Geschichte von Mary und Tad Blake hat in den Social Media mächtig Wellen geschlagen. Ihre Liebe zueinander, die so viele Höhen und Tiefen hatte. All das spiegelt sich hier wider.

Was die Bar noch magischer macht. Und was einfach passt, denn in New York sagt man sich schon immer, dass das Jone's die Bar ist, die Wunder wahr werden lässt. Ich atme tief ein und sehe mich erneut um, während die Maschine mit ihrem typischen Sound die letzte Zitrone entsaftet. Ob auch ein Wunder auf mich wartet? Hier in der Bar oder überhaupt in New York?

Als Mary die Limonade vor mir abstellt, sieht sie mich prüfend an. »Geht's dir gut?«

Ich nicke und greife nach dem Glas. Vorsichtig nehme ich einen Schluck und genieße die Frische des fruchtig-süßen Getränks.

»Ja, es geht mir gut. Ich bin natürlich aufgeregt wegen des Vorstellungsgesprächs, aber es wird schon werden«, gestehe ich.

»Mach dir keine Sorgen, ganz sicher wird es werden. Und bis dahin bist du einfach bei Sam. Irgendwie hat sie im Moment kein Glück mit den Nachmietern, deshalb ist mein früheres Zimmer noch frei.«

»Toll, was ihr beide aus der Bar gemacht habt«, sage ich jetzt und sie lässt ihren Blick durch den Raum wandern. Dabei liegt ein zartes Lächeln auf ihren Lippen.

»Ja, ich finde auch, dass es wirklich gut wird. Aber ein bisschen haben wir schon noch zu tun.«

Sie sieht wieder zu mir.

»Wann musst du eigentlich dort sein? Bei diesem Logan Westwick?«

Ich schaue auf die Uhr.

»Gut, von Brooklyn aus geht es relativ schnell rüber nach Staten Island. Eine Stunde werde ich dennoch brauchen, denke ich. Schließlich muss ich erst zur Fähre kommen. Und dann das Haus finden …« Ich seufze. »Ich bin echt nervös, in der Beschreibung hieß es ja, dass alles vor Ort geklärt wird, und viel weiß ich noch nicht über das Kind. Nur dass es den Einzelunterricht braucht und stumm ist.«

»Fühlst du dich der Aufgabe denn gewachsen?«

Ich seufze erneut. »Ja, und dann wieder nein, aber ich habe mich jetzt entschieden – auch dank dir. Ich werde es schon hinbekommen. Besser als …« Ich stocke, denn die Erinnerungen an das letzte halbe Jahr drohen erneut, mich runterzuziehen, und ich will das nicht zulassen. Nicht jetzt.

Mary scheint es zu spüren. Sie greift nach meiner Hand.

»Ich bin sicher, es ist eine wirkliche Chance, eine neue Tür von vielen geht jetzt auf, und deswegen …« Sie wendet sich mit einem Lächeln ab, tastet nach etwas unter der Theke und reicht mir schließlich einen Schlüssel.

»Hier, damit du dich gleich frisch machen kannst und einfach mal ausruhen. Ein Schlüssel für diese Tür. Besser gesagt der Schlüssel zu Sams Wohnung. Sie lässt ausrichten, es tue ihr leid, dass sie bei deiner Ankunft nicht zu Hause sein kann, um dich zu begrüßen. Ihr Termin ließ sich wohl nicht mehr verschieben.«

Ich lächle. »Danke.«

Mary nickt nur. »Öffne neue Türen. Ich glaube ganz fest an dich.«

»Das ist lieb«, sage ich und stecke den Schlüssel ein.

Ja, neue Türen, dafür ist es in der Tat Zeit.

»Allerdings, fürchte ich, schaff ich es nicht pünktlich zum Vorstellungsgespräch, wenn ich vorher noch in Sams

8

Wohnung will. Ich sollte direkt hinfahren«, stelle ich fest. »Aber danach gern.« Ich krame in meiner Jackentasche nach ein paar Dollarscheinen und halte sie ihr entgegen. Sofort verzieht sich ihre Miene. »Willst du mich veräppeln? Du bist meine Freundin, also pack das Geld wieder weg. Die Limonade geht aufs Haus.«

Ich lächle. »Danke, nicht nur für die Limonade – für alles.«

»Nichts zu danken. Und jetzt schau, dass du einen guten Eindruck machst.«

»Ja, ich werde es versuchen.« Ich setze mein bestes sorgloses Lächeln auf. »Bis dann, ich gebe Bescheid, wie es gelaufen ist.« Ich gehe zur Tür, greife nach dem Gepäck und will gerade die Bar verlassen, als Mary mich noch mal zurückruft.

»Ach, Lilian, nächstes Wochenende steigt hier im Jone's unsere legendäre Karaokenacht. Da bist du auf alle Fälle dabei, wir zählen auf dich!«

»Das hört sich super an. Ich werde da sein«, verspreche ich und spüre, dass Mary noch etwas anderes sagen möchte. Womit sie auch gleich herausrückt.

»Ich weiß, was dich bedrückt, meine Liebe. Aber New York interessiert sich nicht für deine Vergangenheit. Wenn du es zulässt, wird die Stadt deine Zukunft. Glaub daran, hörst du?«

Ja, New York. Ich bin mit so vielen Hoffnungen hierhergekommen. Diese Stadt, die in unzähligen Liedern und Geschichten vorkommt. Wird sie meine Geschichte auch neu schreiben? So viele Menschen zieht es jedes Jahr hierher. Was kann ich erwarten? Kurz lege ich meinen Kopf schief und runzele die Stirn. Hätte mir in irgendeiner anderen Situation jemand so einen Satz gesagt, hätte ich diese Person sofort in die Eso-Schublade gesteckt. Aber Mary weiß, was mich bedrückt, und spricht mir deshalb direkt ins Herz. Mit einem Nicken drehe ich mich um und gehe nach draußen.

Na dann, New York: Hier bin ich.

Kapitel 2

Okay, ich bin zu spät. Aber nur zehn Minuten.

Und das, obwohl ich rechtzeitig los bin. Schon wieder hatte ich Probleme mit dem Taxi, ich habe die Situation in New York eindeutig unterschätzt.

Aber ganz im Ernst, warum um Himmels willen habe ich kein Taxi bekommen? Im Fernsehen sieht das so einfach aus. Carry Bradshaw hebt die Hand und schon steht eines vor ihrer Nase. Womöglich gibt es da einen Trick, den ich nicht durchschaue. Stattdessen musste ich wieder die miefige U-Bahn nehmen und bin nach dem Fußmarsch hierher jetzt auch noch völlig verschwitzt. Von meinen Haaren ganz zu schweigen. Ich schlucke. Klar habe ich gewusst, dass ich als Privatlehrerin nicht gerade im Armenviertel landen werde ... Doch das, was ich sehe, habe ich nicht erwartet. Staten Island also. Verrückt, dass diese Insel ein Teil von New York ist, und doch wirkt, als gehöre sie nicht zu der pulsierenden Stadt, die ich liebe. Schon als ich auf der Fähre stand und Manhattans Skyline in der Ferne immer kleiner wurde, wünschte ich mich zurück. Die Insel hat so gar nichts von der quirligen Anonymität der Stadt, die niemals schläft. Und doch ist sie ein Teil von ihr. Während ich langsam durch die Straßen gehe, atme ich tief durch und sehe mich um.

Die Vorgärten der Häuser, vielmehr Villen, sind hübsch angelegt. Eine Wohngegend, wie man sie aus »Desperate Housewives« kennt. In solchen Häusern fänden Großfamilien Platz. Kinder sehe ich jedoch nirgendwo, stattdessen kommt mir gerade eine durchtrainierte Frau entgegengejoggt, die trotz Hitze und Anstrengung besser aussieht als ich. Wahrscheinlich riecht sie auch besser, denke ich bei mir und drücke die Arme gegen meinen Oberkörper. So kann ich doch hier nicht auftauchen.

Ich blicke auf das Klingelschild am Eingangstor. Aber was bleibt mir übrig? Zurück kann und will ich nicht. Also Augen zu und durch. Ich lege den Finger auf den kleinen silbernen Knopf und drücke ihn, doch da das Haus so weit vom Zaun entfernt ist, der das gesamte Anwesen umgibt, habe ich keine Ahnung, ob wirklich etwas im Inneren angekommen ist.

Ich warte und warte. »Bitte mach, dass sie zu Hause sind!« Ich flüstere das Stoßgebet und drücke nochmals auf die Klingel. Zweimal. Wieder vergehen zwei Minuten, die mir viel länger vorkommen. Ich fühle mich wie eine Vertreterin eines unbeliebten Produktes, denn das Gefühl, dass jemand zu Hause ist, lässt mich nicht los. Mutiger als zuvor klingle ich erneut. Wieder zweimal.

Nichts tut sich – bis sich auf einmal etwas an der Sprechanlage regt.

»Ja, bitte? Was ist denn?«, meldet sich eine tiefe männliche Stimme und ich räuspere mich.

»Guten Tag, mein Name ist Lilian Harper, ich habe ein Vorstellungsgespräch bei Mr Logan Westwick. Ich weiß, ich bin etwas zu spät, mir tut das auch leid, aber ich habe kein Taxi bekommen und mit der U-Bahn hat es ewig gedauert«, sage ich und spüre meinen Herzschlag durch den gesamten Körper pochen.

Am anderen Ende kracht es. Sonst keine Regung. Okay, und jetzt?

Ich setze gerade an, noch mal etwas zu sagen, als ein Summen ertönt. Ich drücke das Tor auf und traue meinen Augen kaum.

Rund um das Haus erstreckt sich ein großer, prächtiger Garten. Beinahe andächtig schließe ich das Tor und folge dem Weg zum Eingang.

Jetzt nur ruhig bleiben. Bei Vorstellungsgesprächen zählt der erste Eindruck, sagt man, was mich gerade nicht unbedingt aufbaut. Wie auch immer, ich muss versuchen, das Beste daraus zu machen.

Dieser Job ist derzeit meine einzige Chance für einen Neuanfang, den ich so sehr brauche. Seinetwegen bin ich hergekommen.

So schlimm wird es schon nicht werden. Immerhin kann ich mich erklären. Ich meine, da kann ich nun auch nichts dafür, dass ich kein Taxi bekommen habe und dann die U-Bahn und …

Ich wünschte nur, ich hätte vor lauter Hetzen nicht so geschwitzt. Nachdem ich die wenigen Treppen hinaufgestiegen bin, stehe ich vor einer edlen Eingangstür. Im Fensterglas erkenne ich, dass meine Frisur nicht nur wie befürchtet völlig aus der Form geraten ist, sondern auch, dass ich irgendwas auf dem Kopf habe.

Hastig lege ich meine Tasche auf den Boden. Retten, was zu retten ist, denke ich mir, zupfe das Blatt aus meinem Haar, öffne den Pferdeschwanz und binde ihn wieder.

Dann stehe ich wieder da und warte.

Das kann doch nicht sein. Wurde ich vergessen? Verdammt!

Mit einem Ruck wird die Tür aufgerissen, und ich erschrecke vor der plötzlichen Wucht. Ein riesiger Kerl steht vor mir im Jogginganzug, mit Dreitagebart und verwuscheltem Haar.

»Entschuldigung, hab ich Sie geweckt?«

Die Miene des Mannes lässt keine Schlüsse auf seine Gedanken zu. Er sieht mich fragend an, hat eine Braue nach oben gezogen und macht keine Anstalten, etwas zu sagen.

Ich strecke ihm die Hand entgegen. »Ähm, ich bin Lilian Harper. Wir haben einen Termin. Tut mir leid, ich weiß, ich bin zu spät, ich …« Einerseits bin ich ein wenig erleichtert, denn offenbar hat er unseren Termin verschlafen. Auf der anderen Seite wäre das echt komisch, es ist siebzehn Uhr. Sieht der etwa immer so aus?

»Schön für Sie. Ich jedenfalls hab heute keinen Termin mehr, ich hatte zwar einen, aber die Person ist nicht gekommen. Zu spät, ja, das kann man so sagen«, antwortet er endlich mit rauer Stimme und knallt mir im nächsten Moment – ebenso vehement, wie er sie geöffnet hat – die Tür vor der Nase zu. Ich atme scharf ein. Mist.

Ich merke, wie mir das Herz in die Hose rutscht. Ja, ich bin zu spät, aber eine solche Reaktion ist doch keine Art und Weise. Es sind immerhin nur zehn Minuten. Oder was hat er gemeint mit »nicht gekommen«?

Wütend wühle ich in der Handtasche nach meinem Telefon und gebe den Namen Georgia Donavan in die Suchleiste ein. Sie hat mir die E-Mail schließlich geschickt, und ich weiß, dass der Termin seine Richtigkeit hat. Allerdings fällt mir ein, dass schon einmal eine Mail von ihr im Spamordner gelandet ist. Es wird doch nicht … Ich klicke mich durch das Menü und erstarre, da ist tatsächlich eine weitere Nachricht mit dem Betreff »Neuer Termin«. Verdammt! Ich öffne sie und beginne zu lesen. Sie schreibt, der Termin verschiebt sich vom 15.6. um 16.00 Uhr auf den 14.6., gleiche Zeit. Oh bitte, das darf nicht wahr sein. Heute ist der 15.6. Heißt, ich hätte gestern da sein sollen. Ich schließe die Augen. Mist. Das darf nicht wahr sein! Wie ist mir das nur passiert? Kurz überlege ich, was ich jetzt machen soll. Und beschließe, es noch mal zu versuchen. Es ist ein Missverständnis gewesen. Das kann doch passieren. Wieder klingle ich – jetzt Sturm – und klopfe gegen die Tür. Kurze Zeit später steht er in der geöffneten Tür, diesmal eine Tasse, wahrscheinlich Kaffee, in der Hand.

»Also ... also.« Ich räuspere mich. »Es tut mir leid. Ich habe jetzt erst gesehen, dass der Termin verschoben wurde. Ich habe die E-Mail übersehen und, ja, es ist blöd, aber ich bitte Sie, mir eine Chance zu geben.«

Ich sehe ihn direkt an und merke, wie heftig mein Herz klopft. Er ist attraktiv.

Ich schlucke, ich darf ihn nicht so anstarren. Und doch wandert mein Blick über sein Shirt und die Muskeln, die sich deutlich darunter abzeichnen. Ich räuspere mich.

Er sagt noch immer kein Wort und ich komme mir selten dämlich vor. Also rede ich weiter. »Wäre es möglich, das Gespräch trotzdem zu führen? Haben Sie Zeit? Bitte.« Ich kann es nicht vermeiden, erneut an ihm hinabzublicken. Er ist wirklich attraktiv, verdammt!

Doch seinem Verhalten nach zu beurteilen, ist ihm das sehr bewusst.

»Sie können reinkommen, wenn Sie genug davon haben, mich anzustarren. Und Ihren Koffer, lassen Sie den bitte direkt hier stehen.«

Mit schamrotem Gesicht folge ich ihm in das Haus. Erklärungen, weshalb ich hier mit einem Koffer stehe, spare ich mir. Ohnehin war es das wohl mit dem Job.

Im Haus ist es unerwartet hell und sehr freundlich eingerichtet. Rechts ist die Wand mit einer hübschen floralen Tapete in Lila- und Orangetönen verkleidet. Auch der Wohnraum, in den er mich geführt hat, ist mit Liebe zum Detail eingerichtet. Das hätte ich dem Kerl wirklich nicht zugetraut.

»Also wenn Sie schon mal hier sind, können wir auch gleich die Vertragsangelegenheiten besprechen.« Er geht zum Sekretär, der hinter ihm steht, und kramt darin herum. »Möchten Sie auch einen Kaffee?«, fragt er, ohne mich dabei anzusehen. »Sie können sich einen machen. Damit sollten Sie sich sowieso so schnell wie möglich auskennen.«

Ich kann es nicht fassen. Der Typ schafft es tatsächlich, mich mit jedem Wort mehr aus dem Konzept zu bringen. Was soll man bitte dazu sagen? »Nein, danke.«

»›Nein, danke‹ zum Kaffee oder dazu, sich mit der Maschine vertraut zu machen?«

»Zu beidem«, platzt es aus mir heraus.

Außer einem Grummeln sagt er nichts dazu. Mit den Unterlagen in der Hand sieht er mich wieder mit diesem seltsamen fragenden Blick an und schüttelt leicht den Kopf.

»Setzen wir uns«, beginnt er endlich das Vorstellungsgespräch. »Ihre Qualifikationen habe ich mir bereits durchgelesen. Sie waren eine hervorragende Absolventin am Wesleyan College. Außer Ihrem letzten Arbeitszeugnis sind die Unterlagen vollständig. Haben Sie das Zeugnis dabei?«

»Nein, das habe ich noch nicht bekommen«, schwindele ich. Muss der Typ so genau sein? Tatsächlich habe ich gehofft, dass er nicht nach meinem letzten Zeugnis fragt. Tja, Fehlanzeige. Schweiß läuft mir den Rücken hinab.

»Und Sie beherrschen die Gebärdensprache? Wie kommt es dazu?«

»Mein jüngerer Bruder ist von Geburt an taubstumm. Deshalb bin ich sozusagen mit dieser Art der Verständigung aufgewachsen. Er ist zwei Jahre jünger als ich.«

Logan Westwick lässt seine Formulare sinken und das erste Mal sehe ich einen Ausdruck von Wärme in seinen zuvor zwar hübsch, aber eher kühl wirkenden grünen Augen.

»Das tut mir leid. War sicher schwer für Ihre Familie.«

Eigentlich möchte ich mit den Schultern zucken, denn um die Wahrheit zu sagen, war es nie eine große Sache, aber ich habe endlich das Gefühl, ein wenig bei ihm durchzukommen. Also nicke ich, lenke jedoch das Gespräch von Josua weg. »Wie ich gelesen habe, ist es bei der kleinen Haley die Folge eines Unfalls.«

»Ja, ein Autounfall. Ihre Mutter starb dabei. Seitdem spricht sie nicht mehr.«

»Hat sie ihre Hörfähigkeit durch das Schleudertrauma verloren?«

Wieder runzelt Mr Westwick die Stirn, und ich frage mich, was ich diesmal Falsches gesagt habe.

»Sie hat ihre Hörfähigkeit nicht verloren.«

»Ich verstehe nicht.«

»Sie spricht nicht mehr. Doch die Ärzte sagen, sie könnte.«

Ich schlucke fest. Jetzt hat es mir die Sprache verschlagen. Nach gefühlten Ewigkeiten kann ich endlich die peinliche Stille unterbrechen. »Das habe ich falsch verstanden. Tut mir leid.«

Logan Westwick seufzt. »Wie auch immer. Ich möchte, dass Sie ihr im Laufe des Sommers die Gehörlosensprache beibringen. Zuerst war ich mir sicher, dass sie nach dem ersten Schock wieder zu sprechen beginnt. Obwohl die Ärzte sich nicht einig waren, ob dies geschehen würde, habe ich sie einige Zeit nach dem Unfall normal unterrichten lassen. Trotz der Bemühungen verschiedenster Lehrerinnen reagierte Haley nicht darauf. Auf die normale Schule kann sie also nicht, solange sie nicht zum Sprechen zurückfindet.«

Tausende Fragen jagen durch meinen Kopf. Auch wenn er fast sanft wirkt, wenn es um die kleine Haley geht, möchte ich mein Glück nicht überstrapazieren. »Soll sie die Taubstummenschule besuchen?«

Er nickt. »Ja, das Gehänsel an einer normalen Schule will ich ihr nicht antun. Also wird sie diese besuchen. Der Lernstoff ist in beiden Schularten der gleiche.«

»Wollen Sie auch die Gebärdensprache lernen und am Unterricht teilnehmen? Vielleicht wäre es gar keine schlechte Idee, gemeinsam zu üben.«

Logan Westwick räuspert sich. »Natürlich möchte ich mit Haley kommunizieren können. Nun ja, ...«, er stockt und fährt sich durchs Haar. »Es ist momentan nicht so einfach zwischen uns. Ich werde parallel woanders unterrichtet.«

Ich gehe nicht weiter darauf ein, da ich das Gefühl habe, er möchte nicht darüber sprechen. Stattdessen nicke ich und sehe mich um. »Wo ist Haley überhaupt? Ich würde sie gern kennenlernen.«

»Ihre Tätigkeit bei uns fängt erst am Montag an. Sie ist übers Wochenende bei ihren Großeltern.«

Da ist er wieder, der Ton des Chefs, der keine Widerrede duldet. Beschwichtigend hebe ich die Hand. »Ist okay. Dann sollten wir den Vertrag besprechen.«

»Das ist das Vernünftigste, das Sie bisher geäußert haben.«

Wieder bleibt mir die Luft weg. Bitte lass das Kind netter sein als dieses Arschloch von Vater, schicke ich in Gedanken ein Gebet gen Himmel.

Der Vertrag ist mir bereits im Vorfeld unterbreitet worden, einschließlich des *besonderen* Punktes. Während der letzten Wochen habe ich immer wieder überlegt, ob und wie ich dieses Thema ansprechen soll. Und bin jedes Mal zu dem Schluss gekommen: Na ja, abwarten, vielleicht ist die Bude nicht so schlecht. Ich könnte mir einiges an Kohle sparen. Doch jetzt, nach diesem Kennenlernen ... »Ähm, zu Absatz drei im zweiten Punkt hätte ich noch eine Frage.«

Ich sehe an Logan Westwick vorbei, um seinem kritischen und irgendwie auch arroganten Blick auszuweichen. »Was stimmt Ihres Erachtens mit dem Punkt nicht?«

»Zum einen möchte ich sagen, dass ich grundsätzlich nicht abgeneigt bin, hier zu wohnen. Nur erschließt sich mir nicht ganz die Notwendigkeit. Ich meine ... ich könnte doch einfach wie in jedem anderen Job morgens kommen und abends wieder gehen.«

Westwick lehnt sich tief in seinen Stuhl zurück, und obwohl eigentlich ich die Lehrerin bin, komme ich mir wie ein Schulmädchen vor, das auf seine Bestrafung wartet. Wo zur Hölle ist in seiner Nähe mein Selbstbewusstsein hin? Dieser Mann ist doch nicht der erste Helikoptervater, der mir gegenübersitzt. Und warum kann ich nicht aufhören, in seine Augen abzutauchen? Sind die noch grün oder schon türkis? Reiß dich zusammen, Lil, tadele ich mich in Gedanken.

»Ich verstehe Ihre Einwände. Aber ich habe Gründe.« Genüsslich trinkt er einen Schluck seines Kaffees. Und jetzt? Soll ich seine ominösen Gründe etwa erraten? »Gründe, also ... okay, Gründe ... und die wären?«, stottere ich unbeholfener, als ich will.

Er räuspert sich, und auf einmal habe ich das Gefühl, als sähe ich etwas in seinen Augen aufblitzen. Ich nippe ebenfalls, an meinem Glas Wasser, das er mir freundlicherweise vorhin statt des Kaffees eingeschenkt hat. Eigentlich habe ich gar keinen Durst, aber ich weiß einfach nicht, wohin mit meinen Händen.

»Damit ich Sie unter Kontrolle habe«, raunt er in tiefem Ton.

Auf der Stelle verschlucke ich mich und pruste das Wasser, das ich eigentlich hinunterschlucken wollte, über die Tischplatte. »Unter Kontrolle? Also, es tut mir leid ... für

Haley, aber, aber …« Ich springe vom Stuhl und presse meine Handtasche fest gegen die Brust.

Auf einmal lacht Westwick laut auf. »Meine Güte, Ihren Sinn für Humor haben Sie offensichtlich auf dem Weg hierher verloren, was?«

Nicht zu fassen, während ich innerlich vor Wut tobe, amüsiert sich der Typ auf meine Kosten.

»Kommen Sie schon, Miss Harper, setzen Sie sich doch bitte wieder.« Immer noch umspielt ein Schmunzeln seine Lippen. Und obwohl ich diesen aufgeblasenen Idioten am liebsten in seinem Schickimicki-Haus sitzen lassen möchte, tue ich es nicht und setze mich wieder. »Können wir jetzt bitte fortfahren? Ich habe noch einen langen Weg zurück in die Stadt.«

Wieder räuspert er sich, sieht in den Auszug des Vertrages, bevor er mir direkt in die Augen blickt. Noch nie, wirklich nie habe ich solche wirklich fast schon türkisen Augen gesehen wie seine. Ob man will oder nicht, man muss immerzu hinsehen, fast als hätten sie eine hypnotische Wirkung. Endlich beginnt er zu sprechen und ich zwinge meinen Blick weg von seinen Augen zu seinen Lippen. Ach du Scheiße, auch nicht besser, denke ich bei mir.

»… das ist der eine Punkt, weshalb ich es besser finden würde, wenn Sie hier wohnen würden. Verstehen Sie?«

Verstehen? Was? Ich habe kein Wort von dem, was der Kerl da gerade gesprochen hat, mitbekommen. »Klar, das ist auf jeden Fall ein guter Grund«, antworte ich und tue so, als wüsste ich, worum es geht. »Ähm, und der andere? Oder gibt es noch mehr?«

»Ich will ehrlich sein. Haley fällt es schwer, sich zu binden. Ich denke, wenn Sie einen gewissen Anteil an ihrem Leben außerhalb des Unterrichts haben, besteht die Chance, dass sie Sie an sich heranlässt.«

19

Ich lege den Kopf schief und denke einen Moment über seine Worte nach. Es ist so heftig, wie er jedes Mal ein anderer wird, sobald er von seiner Tochter spricht. Ich möchte sie wirklich zu gern kennenlernen. Und sein Argument leuchtet mir ein. Ich atme tief durch und gehe in Gedanken Vor- und Nachteile durch ... Ja, nein, ja, nein, vielleicht ...?

»Folgender Vorschlag«, kommt es wie automatisch über meine Lippen. »Die ersten drei Wochen wohne ich bei Ihnen zur Probe. Sollte es nicht klappen, werden wir noch einmal sprechen.«

»Gilt das von beiden Seiten?«, fragt Westwick ernst.

»Klar, beidseitig.« Obwohl mir absolut nicht klar ist, was für einen Grund ich ihm liefern könnte, sich gegen ein Bleiben meinerseits zu entscheiden. Doch es klingt fair. Über die Tischplatte hinweg reicht er mir die Hand. »Abgemacht. Sehr gute Idee. Falls es nicht funktioniert, wird es allerdings auch mit der Stelle nichts.«

Ich sehe ihn mit großen Augen an. »Das verstehe ich nicht. Was hat denn das eine mit dem anderen zu tun? Beziehungsweise mit meinen Fähigkeiten als Lehrerin?«

»Ich sagte bereits, Haley ist wirklich sehr, sehr sensibel. Und es ist mir durchaus bewusst, dass die Zeit, die wir gerade vereinbart haben, um eine Vertrauensbasis zu schaffen, nicht lang ist.«

Er schweigt einen Moment, aber ich spüre, dass noch was kommt.

»Wissen Sie, es gibt außer mir und Haleys Großeltern nur eine Person, der Haley vertraut: Mrs Madison. Sie ist seit Jahren eine gute Freundin der Familie und kümmert sich seit Karas Tod sehr fürsorglich um meine Tochter. Maggie, also Mrs Madison wird Ihnen helfen, so gut es geht.«

»Ich verstehe«, antworte ich und füge hinzu: »Ich werde mein Bestes geben, die kleine Haley nicht zu enttäuschen.«

Kapitel 3

Mein neues Zuhause auf Zeit ist eine Wucht. Ich versuche, mir meine Begeisterung nicht anmerken zu lassen.

»Im Winter ist es hier zu kalt zum Übernachten. Aber für kühle Nächte, die es ja auch im Sommer gibt, habe ich einen kleinen Ofen, den man bei Bedarf befeuern kann.«

Während er mir das Poolhaus zeigt, gehe ich hinter ihm, und darüber bin ich froh. Sicher hätte er an meinem Gesichtsausdruck gemerkt, wie schockverliebt ich in meine neue Bleibe bin.

»Und? Gefällt es Ihnen?«

»Ja, nett«, sage ich. Die Untertreibung des Jahrhunderts. Im Geiste hüpfe ich vor Freude.

»Gut«, antwortet er. »Ich schlage vor, Mrs Madison wird Sie an Ihrem ersten Tag, also am Montag, ein wenig einweisen.«

»Einweisen?«, frage ich und wundere mich, was er damit schon wieder meint.

»Na ja, sie kennt sich im Haus aus und weiß, was Haley braucht. Den Unterricht gestalten Sie natürlich so, wie Sie es für richtig halten. Solange es Haleys Persönlichkeit nicht schadet, werde ich mich nicht einmischen.«

»Okay. Und ich werde nie etwas tun, was Haley schaden könnte.«

Mr Westwick legt den Kopf schief. »Um Haley sorge ich mich da nicht so sehr …«

Erstaunt blicke ich ihn an. »Sondern?«

»Um Sie, Miss Harper. Aber Sie schaffen das schon. Sicher ist Ihnen der ein oder andere Kinderstreich bekannt, oder?«

Ich weiß nicht, was ich dazu sagen soll. Kinderstreiche? Ich schlucke und nicke leicht. Ach du liebe Güte. Was mich wohl hier erwarten wird? Westwick dreht sich wieder weg und sieht aus dem Fenster des Poolhauses. »Sie sollten dann spätestens am Sonntagabend hier sein. Ich verlasse das Haus bereits um halb sechs am Montag. Aber Sie können sich gern auch schon eher einrichten, wenn Sie wollen.«

»Oh, Sie sind also ein ganz fleißiger Workaholic?«

Westwick runzelt die Stirn, und ich merke schon, dass er meinen Spruch nicht wirklich witzig fand. »Erfolg ist keine Tür, Miss Harper. Und wenn man was erreichen will, dann muss man auch mal früh aufstehen und die Treppe nehmen.«

Ich erwidere nichts auf seinen neunmalklugen Kommentar. Aber halb sechs? Das ist wirklich verdammt früh. Ich hoffe wirklich, dass die ersten drei Wochen kein Reinfall werden.

»Wollen wir?«, holt Westwick mich aus meinen Gedanken.

Sicher sehe ich ihn gerade ziemlich schief an, denn meiner Orientierung nach befindet sich die Haustür ganz woanders und führt nicht ins Untergeschoss. Kurz zögere ich.

»Keine Sorge, Miss Harper. Da unten ist weder ein Spielzimmer noch gibt es irgendwelche anderen furchterregenden Dinge. Das ist der Zugang zu meiner Garage.« Er ist auf dem Absatz der Treppe stehen geblieben und sieht mich mit einem Mal intensiv an.

»Also sind wir uns einig?«, will er wissen.

»Ja, ich denke schon.«

»Gut. Und da wir gerade dabei sind: Es sind einige Regeln zu beachten. Ich bin kein Mr Grey, und ich dulde keine Flirts oder Liebeleien in meinem Haus. Wenn Sie Dates haben, dann nicht hier, klar?«

Wie bitte?

»Also mal im Ernst, ich … ich habe das nicht vor, aber Sie können mir nicht vorschreiben, mit wem ich meine Freizeit verbringe!«

Er sieht mich an. »Nein, aber ich kann Ihnen sagen, dass ich das hier nicht will.«

So ein Idiot. Ehe ich noch etwas sagen kann, fährt er bereits fort.

»Die nächste Regel lautet: Es geht Sie nichts an, was ich mache, klar? Sie mischen sich nicht in meine Angelegenheiten ein. Und Sie werden nicht in meinen Räumlichkeiten herumschnüffeln!«

Ich bin irritiert. Was soll das bitte? Warum um Himmels willen sollte ich das tun?

»Klar«, sage ich also.

»Dann kommen wir noch zu einem weiteren Punkt.« Er beugt sich zu mir vor. »Zwischen Ihnen und mir wird nichts laufen. Also sparen Sie sich jeden Annäherungsversuch! Ich werde unter keinen Umständen etwas mit Ihnen anfangen.« Seine Stimme ist dunkel und rau, und ich spüre, wie sie durch meinen Körper vibriert. In mir kribbelt es, aber dann bekomme ich meine Gefühle wieder in den Griff. Denn was, bitte, bildet er sich ein?

Denkt er etwa, er sei so attraktiv, dass ich mich ihm an den Hals werfe?

»Da brauchen Sie sich mal keine Sorgen zu machen. Sie sind überhaupt nicht mein Typ. – Außerdem habe ich einen Freund«, schiebe ich nach. Beides gelogen. Kurz bevor er sich umdreht, um die Treppe hinunterzugehen, sehe ich noch ein

Schmunzeln auf seinen Lippen. »Das sagen sie alle …«, nuschelt er, und ich unterdrücke meinen Instinkt, ihm in seinen versnobten Arsch zu treten.

Als wir schließlich wieder im Flur stehen, greift er an das Schlüsselboard, das ich hinter ihm entdecke, und reicht mir einen Bund.

»Also dann, sind wir uns immer noch einig?«

Ich nehme die Schlüssel entgegen und nicke. »Ja, wir sind uns einig.«

»Gut, ich bin natürlich auch im Haus, geben Sie einfach Bescheid. Das hier ist meine Nummer.« Er reicht mir eine Karte, die ich mir ansehe. »Logan Westwick, Living & Care Real Estate Agency«, steht darauf.

»Sie können dann Ihr Zeug herbringen«, fährt er fort. »Wir werden einander nicht sehr häufig begegnen. Ich arbeite sehr viel. Aber denken Sie an Regel zwei, nicht herumschnüffeln, klar? Zur Not ist Mrs Madison auch da, also wenden Sie sich bei Fragen an sie. Alles soweit verstanden?«

Als ich das kühle Metall in der Hand fühle und mit der anderen Hand den Griff meines Koffers umfasse, atme ich tief durch. Ja, es ist alles klar. Und auch nicht. Jedenfalls ist es eine Chance, alles hinter sich zu lassen, doch gleichzeitig frage ich mich, worauf ich mich da wirklich eingelassen habe.

KAPITEL 4

Während ich auf dem Deck der Fähre von Staten Island sitze, habe ich endlich die Möglichkeit, mich ein wenig zu entspannen. In der Ferne mehren sich helle Tupfer. Die Wolkenkratzer sehen aus wie Skizzen im Abendlicht. Bald schon wird die Stadt erleuchtet sein, von tausend bunten Lichtern. New York – kaum zu fassen, dass ich wieder hier bin.

Es ist so anders als zu Hause. Weniger überschaubar, aber das ist genau das, was ich jetzt brauche. Für immer werde ich jedoch nicht bleiben, das weiß ich tief in meinem Innersten. Ich schiebe die Erinnerung an meine Vergangenheit und an den Tag, der unaufhaltsam kommen wird, von mir. Nur noch vier Wochen …

Den Kopf in den Nacken gelegt, lasse ich die Abendsonne mein Gesicht fluten. Die kühle Brise spielt mit meinem Haar. Ja, trotz allem ist es das Richtige. Vielleicht wird alles gut, und vielleicht ist New York doch nicht nur eine Heimat auf Zeit für mich.

Ich ziehe mein Telefon aus der Tasche und schreibe eine Nachricht:

»Sam, bin in circa einer halben Stunde bei dir. Freu mich!«

* * *

»Heeeey! Meine Güte, was ist denn mit dir passiert? Du siehst ganz schön fertig aus«, ruft Sam, als sie mir die Tür öffnet. Ihre dunklen, lockigen Haare trägt sie offen, die hellbraunen Augen leuchten. Sie sind farblich passend zu ihrem Top geschminkt. Es ist bunt gestreift, dazu trägt sie eine helle Hose. Sie strahlt Wärme und Fröhlichkeit aus und sofort fühle ich mich wohl.

»Ah, ich freue mich so«, sagt sie, und sofort umarmen wir uns. Obwohl wir uns noch nicht so lange kennen, habe ich das Gefühl, dass unsere Freundschaft etwas Besonderes ist. Auch mit ihr habe ich mir in der letzten Zeit viel geschrieben und sie ebenso wie Mary in mein Herz geschlossen. Dabei war das nicht immer so. Wir kennen uns beinahe ein Leben lang. Unsere Mütter sind zusammen auf dem College gewesen, und später war Sam mit ihrer Mutter oft in den Ferien bei uns in Virginia Beach. Sie war schon immer ein totaler Wildfang; während ich viel lieber mit einem Buch in der Hand meine Freizeit verbrachte, wollte sie unter Leute. Daher passt es perfekt zu ihr, dass sie jetzt in einem Club arbeitet. Auch wenn ihre Eltern das lange anders gesehen haben.

Ich befreie mich aus ihrer Umarmung. »Frag nicht! Das erzähle ich dir alles gleich in Ruhe. Aber erst mal wäre ich dankbar für eine Dusche.«

Sam grinst über das ganze Gesicht, die Freude über mein Kommen ist ihr anzusehen. »Lass dich noch mal drücken. Ich finde es so schön, dass du da bist und ich erst mal nicht allein wohnen muss oder mit irgendwelchen merkwürdigen Freaks.« Erneut fällt sie über mich her, zieht mich in ihre Arme und sofort bekomme ich einen Kloß im Hals. Sie weiß ja noch gar nicht, dass es mit unserer Wohngemeinschaft nichts wird.

Wir lösen uns erneut voneinander, doch sie lässt nicht locker.

»Also los, raus mit der Sprache, ich bin so neugierig, Dusche hin oder her, ich will sofort erfahren, wie es gelaufen ist!«

Ich seufze, dann trete ich ein und wuchte meinen Koffer über die Schwelle in die Wohnung. »Erst mal war ich zu spät, ich habe übersehen, dass sich der Termin verschoben hatte, und er war deswegen etwas angefressen. Aber dann ging es schon, aber dennoch, er war total …« Ich suche nach einem Wort, wie ich ihn beschreiben kann, was mir nicht leichtfällt. Denn ja, wie war er? Auf der einen Seite so unnahbar, verschlossen und irgendwie auch merkwürdig. Aber dann auch wieder sexy. Und wenn es um seine Tochter ging, wiederum sehr sensibel.

»Merkwürdig«, sage ich schließlich und versuche, nicht daran zu denken, wie sich seine Muskeln unter seinem Shirt abgezeichnet haben.

»Merkwürdig?«

Ich nicke. »Er war irgendwie in einer anderen Welt, zumindest kam es mir so vor. Aber keine Ahnung. Jedenfalls, er hat mir dann die Chance gegeben und ich …«

»Du hast den Job?«

»Ja, ich habe den Job.«

Sam strahlt mich an und zwickt mir in die Wange. »Aber das ist doch toll, ich freue mich so für dich! Also, wo ist dann das Problem?«

»Ja, ich freue mich auch, aber … da ist noch eine Sache.«

»Okay, die wäre?«

»Ich soll dort wohnen wegen der Kleinen. Sie soll Sicherheit haben und all das, und ich weiß nicht, wegen ihm …«

Für einen Moment huscht ein trauriger Ausdruck über ihr Gesicht. »Okay, dieser Blick, er sieht gut aus, oder?«, fragt Sam.

»Na ja, klar, er ist nicht unattraktiv, aber nein, also ich denke darüber gar nicht nach. Wie gesagt, er war merkwürdig. Und dann diese Regeln.«

»Welche Regeln?« Sams Augen weiten sich.

»Na ja, er meinte, ich darf keine Dates im Haus haben, außerdem soll ich seine persönlichen Räumlichkeiten meiden und …«

Sam rümpft die Nase. »Hat ein bisschen zu viel ›Die Schöne und das Biest‹ geschaut, oder wie?«

»Keine Ahnung, mich nervt, dass er glaubt, ich will irgendwo herumschnüffeln. Also ernsthaft, warum sollte man so was tun?«

»Eben, und sonst noch was?«

Ich sehe sie an. »Ja, er meinte, ich brauch mir gar keine Hoffnungen zu machen, mit Angestellten läuft bei ihm nichts.«

Sam grinst. »Dein Ernst? Der ist aber mächtig von sich überzeugt.«

»Das hab ich mir auch gedacht. Als ob ich vorhätte, mich an seinen Hals zu werfen, wie kommt man bitte auf solche Regeln?«

»Na ja, vielleicht hat er da schlechte Erfahrungen gemacht. Sieh es ihm nach, wer weiß, was dahintersteckt.«

Ich nicke. »Ja, ich werde es wohl herausfinden. Ich soll dieses Wochenende bereits ins Poolhaus einziehen.«

Sam grinst schon wieder. »Bitte? Ins Poolhaus und dann jammerst du noch? Ich werde dich ständig besuchen.«

Froh darüber, dass sie es so gut aufgenommen hat, lache ich. »Ich darf doch keine Dates haben«, scherze ich.

»Ich bin ja kein Date.«

Einen Moment sehen wir uns schweigend an, dann seufzt Sam. »Das heißt also, ich habe meine neue Mitbewohnerin schon wieder verloren.«

Bedauernd verziehe ich das Gesicht. Die Vorstellung, mit Sam zusammenzuwohnen, scheint mir viel lustiger als die, dort bleiben zu müssen. »Tut mir sehr leid, aber ja, sieht so aus.«

»Das heißt aber auch, ich kann dir beim Einräumen eines Poolhauses helfen. Und bei der Deko, um es dort gemütlich für dich zu machen, oder?«, fragt sie seufzend.

»Ja, ich denke schon.«

Sie reibt sich die Hände. »Also dann, lass uns keine Zeit verlieren. Lust auf Pizza?«

»Ja und ob, und noch immer auf eine Dusche!«

Sie rümpft die Nase. »Ja, stimmt. Duschen solltest du!«

Ich boxe sie in die Seite.

»Los, los! Du duschst, ich bestelle währenddessen, und beim Essen reden wir über das Poolhaus und was du besorgen solltest. Wir lassen uns den Spaß nicht verderben, alles klar? Schließlich will ich dir zumindest bei der Deko helfen!«

Ich grinse. »Okay, ich beeil mich.«

KAPITEL 5

Mit vollem Einkaufswagen schlängeln wir uns durch die Gänge des Shoppingcenters.

»Ich liebe die Dekorationsabteilung«, schwärmt Sam und hält mir ein großes Stoffherz entgegen.

»Deshalb wollte ich auch unbedingt, dass du mich begleitest. Aber dieses Ding – auf keinen Fall«, sage ich lachend und schüttle den Kopf. Sam zieht gespielt ein schmollendes Gesicht und zuckt mit den Schultern. »Dann eben nicht.«

»Außerdem reicht es allmählich. So groß ist weder das Poolhaus noch mein Budget.«

Sam beugt sich ein wenig über den Einkaufswagen und betrachtet unsere Sammlung. »Du hast recht, es ist genug. Ich werde gleich Tad anrufen«, erklärt sie und zieht ihr Telefon aus der Tasche.

»So cool, dass er uns hinfährt. Wie hätten wir all die Sachen sonst nach Staten Island rübergebracht?«

Sam will gerade antworten, da hebt sie die Hand. »Hey, Tad, wir wären so weit.«

* * *

»Wow, Liebes … Das nenne ich mal Jackpot!« Sam lässt die schweren Einkaufstaschen geradewegs auf den Boden fallen. Sie stürzt auf das riesige Springboxbett zu und lässt sich in die weiche Matratze fallen. »Meinst du, er hätte was dagegen, wenn ich hier mit einziehe? Wenn ich so recht darüber nachdenke, könnten wir ja trotzdem zusammen wohnen … nur eben in einem anderen Haus.«

Ich lasse mich neben Sam auf das Bett fallen, knuffe sie ein wenig in die Seite und lache. »Das wäre zu schön. Ich kann es ja mal ansprechen«, sage ich und zwinkere ihr zu.

Sam setzt sich auf und lässt ihren Blick bewundernd durch den Raum wandern. »Nein, mal im Ernst. Wie bitte sieht es im Haus aus, wenn es hier schon so toll ist?«

Ich winke ab. »Ob du es glaubst oder nicht. Das Haus hat irgendwas von *Schöner Wohnen*, wie aus einem Katalog. Da würde ich mich bei dir wirklich viel wohler fühlen. Außerdem vermisse ich die Stadt jetzt schon. Hier ist es viel zu ruhig.«

»Schleimerin! Ich glaub dir kein Wort.« Sam steht auf und läuft zum Tütenberg mit unseren Errungenschaften. »Außerdem können wir Abhilfe schaffen. Im Nullkommanichts hast du hier dein eigenes Ding draus gemacht.«

Sofort hüpfe ich zu ihr hinüber. Zu einigen der Teile habe ich mich von Sam hinreißen lassen. Doch wenn ich an ihre Wohnung denke, vertraue ich darauf, dass sie einen Plan hat, wie all dieser Kitsch eingesetzt werden soll. Ich ziehe drei Kissen heraus. Zwei in Dunkelrot und ein grünes, und schmeiße sie aufs Bett. »So in etwa?«

Sam stützt grinsend die Arme in die Hüfte, kaut auf der Unterlippe und tut, als dächte sie scharf darüber nach. »Fast. Ich würde sagen, vielleicht noch ein paar Zentimeter nach rechts, das äußerste Kissen.«

Da entdecke ich hinter Sam in einer Zimmerecke eine Kiste. »Schau dir mal die Holzbox da an. Wäre die nicht klasse als kleiner Tisch, genau hier, mitten im Raum?«

Sam pfeift anerkennend durch die Zähne. »Nicht schlecht. Die Idee ist super. Wir könnten den schönen Kerzenständer daraufstellen, macht sich sicher gut.«

Schon steht Sam bei der Kiste, um sie hochzuheben. »Boah, verdammt! Ist die schwer.«

Neugierig trete ich näher heran. »Da ist ein Schloss dran. Scheint was drin zu sein, oder?«

Sam rüttelt ein wenig und tatsächlich hören wir Gegenstände in der Kiste. »Sollen wir?«, frage ich.

»Welche Regel war das gleich noch mal?«

Ich verdrehe die Augen. Irgendwie hat sie ja recht. »Meinst du, er würde die Kiste hier herumstehen lassen, wenn er in ihr wirklich was Interessantes aufbewahrt? Vielleicht ist es nur Holz für den Ofen.« Ich ziehe die Schultern nach oben.

»Du hast recht. Und wir können ja nicht riskieren, dass du heute Nacht frierst, obwohl das Holz womöglich direkt vor deiner Nase liegt in dieser Kiste. Und hey, Holz ist bestimmt unheimlich teuer geworden. Klar, da muss man auf Nummer sicher gehen und sie absperren.« Sam macht ein furchtbar ernstes Gesicht.

Und ich kann nicht anders und lache. »Ja, gut, du hast recht. Holz ist es wahrscheinlich nicht.« Ich überlege einen Moment und tue es dann einfach. Ich drehe am Schloss und siehe da, es ist nicht abgeschlossen. »Ich würde sagen, es ist wahrscheinlich kein großes Geheimnis. Eine nicht abgesperrte Kiste im Gästezimmer.«

Sam zieht hörbar den Atem ein und sieht mich verschwörerisch an. »Jetzt will ich es aber auch wissen. Los, mach sie auf!«

Behutsam klappe ich den Deckel zur Seite. Nebeneinander kniend recken wir uns über die Kiste. Tatsächlich ist auf den ersten Blick nichts Spannendes drin. Ich ziehe eine große, schwere Patchworkdecke hervor. »Die ist echt schön! Viel zu schön, um da drin zu vergammeln.«

Sam schüttelt den Kopf. »Du kannst von Glück sprechen, dass du mich heute dabeihast«, sagt sie, während sie in unserer Schatztruhe nach weiteren Überraschungen wühlt.

Ich drücke die Decke gegen meine Brust, stehe auf und gehe zum Bett, um sie am Fußende zu drapieren. »Was denn? Guck mal, die ist mit Sicherheit selbst bestickt worden.«

»Ja, sieht ganz so aus. Und … hey, Lil, komm her, da ist noch was anderes.«

»Echt, was denn?«, frage ich erstaunt und gehe zurück zu Sam. Sie hat einen großen braunen Umschlag in der Hand.

»Und was ist da drin?«, flüstere ich heiser. Vorsichtig nehme ich ihr den Umschlag aus der Hand und öffne ihn. Ich setze mich zu Sam auf den Boden und kippe den Inhalt auf den kuschelweichen Teppich. Mir stockt der Atem, denn ich fühle, das könnte etwas sein, was nicht für meine Augen bestimmt ist, auch wenn der Umschlag nicht zugeklebt war. Es sind viele unterschiedlich große, sorgfältig ausgeschnittene Zeitungsartikel. Die Spannung ist zum Greifen nah, als mein Blick Sams trifft. Mit leicht zitternden Händen nehme ich einen davon:

Schwerer Unfall an gefährlicher Kreuzung, Millionärsgattin stirbt nach einstündigem Wiederbelebungsversuch.

Auf dem Bild ist Logan Westwick mit einem Kind zu sehen, das man nicht erkennen kann, weil er die Arme um den kleinen Körper geschlungen hat. »O mein Gott«, flüstere ich.

»Das ist so schrecklich«, erwidert Sam. »Hör dir das mal an: Es wird ermittelt! Hat der millionenschwere New Yorker Immobilienmakler Mitschuld am Tod seiner hübschen Frau?«

Ich schüttele den Kopf. »Echt widerlich, die Medien. Ich will mir nicht ausmalen, wie es der Familie ging. Zuerst der Tod seiner Frau und dann die Presse, die vor nichts und niemandem haltmacht!« Ich spüre eine Welle von Mitgefühl und echter Wut auf diese Schandmäuler.

Sam schüttelt ebenso entsetzt den Kopf. »Da wundert es einen nicht, dass dein Boss Wert auf Privatsphäre legt.«

Ich nicke. »Das kann schon sein. Auf der anderen Seite ... Ich soll seine Tochter unterrichten. Also ich bin ja keine Reporterin.«

»Wer weiß, was in seinem Kopf vorgeht«, seufzt Sam.

»Miss Harper! Sind Sie da?«

Erschrocken blicke ich zu Sam und dann zur Tür. »Verdammt! Wenn man vom Teufel spricht.«

Jetzt klopft es.

»Ja, ich komme. Einen Moment!«, rufe ich zur Tür. »Stell die Kiste hinter die Tür, beeile dich«, zische ich Sam zu.

»Sind Sie allein?«, höre ich Westwick fragen.

»Ähm ... ja, ich meine, nein.«

»Miss Harper! Öffnen Sie die Tür. Ich habe Ihnen gestern gesagt ...«

Er kommt nicht dazu, weiterzusprechen, denn nachdem ich mich versichert habe, dass Sam alles gut versteckt hat, reiße ich mit einem Ruck die Tür auf. »Was wollen Sie sagen?«

Skeptisch lugt er an mir vorbei, um das Zimmer zu scannen. Ich zupfe an Sams Pullover, um sie in sein Sichtfeld zu bringen. »Das ist meine Freundin Samantha, sie hilft mir, mich einzurichten.«

Er wendet sich ihr zu. »Freut mich, Samantha.« Dann späht er wieder in den Raum. All die Dekorationsgegenstände liegen verstreut im Raum.

Westwick räuspert sich. »Es freut mich für Haley, dass Sie offenbar damit rechnen, über die drei Wochen hinaus zu bleiben.«

»Davon gehe ich aus«, antworte ich und freue mich über meinen selbstsicheren Ton, denn überzeugt bin ich in Wahrheit nicht.

»Gut. Ich wollte mich nur bei Ihnen erkundigen, ob alles in Ordnung ist. Miss Harper, Miss Samantha.« Er setzt seine Sonnenbrille auf und dreht sich zum Gehen um. Ich kann mich nicht entscheiden, was sexyer an ihm wirkt: der dunkle Anzug, den er gerade trägt, oder der lässige Stil am Tag unseres Kennenlernens. Sam knufft mich in die Seite und fächelt sich gespielt Luft zu. Ihr Mund formt das Wort »hot« und genau in diesem Moment wendet er sich noch einmal zu uns um. Sam dreht sich weg, und ich sehe gerade noch aus dem Augenwinkel, wie sie ihre Augen zusammenkneift. Wie peinlich.

Ein Lächeln umspielt seine Lippen. »Miss Harper, heute Abend gebe ich einen Empfang.«

»Oh, das ist schön. Ich ko…«

»Ich hoffe, Sie werden nicht gestört. Sollten Sie etwas aus dem Haus brauchen, haben Sie bis halb sieben die Gelegenheit, es zu holen. Die ersten Gäste werden um sieben eintreffen. Sie verstehen?«

Ich schlucke. »Verstehe«, presse ich hervor.

»Und ich verstehe jetzt, was du meintest!«, sagt Sam, während ich die Tür schließe. Ich zucke mit den Schultern. »Ganz schön arrogant, findest du nicht auch?«

»Und wie! Jeder normale Mensch hätte den neuen Hausgast eingeladen, an dem Empfang teilzunehmen.«

Ich seufze. »Das ist der springende Punkt: Ich bin kein Gast, ich bin eine Arbeitnehmerin.«

Sam winkt ab. »Mag sein, aber du bist die wichtigste Angestellte, die er hat. Immerhin geht es um seine Tochter!« Sie sieht mich nachdenklich an, dann lächelt sie. »Aber in einem hast du ein wenig untertrieben.«

Ich runzele die Stirn. »Untertrieben? Wobei denn?«

»Der ist ne Zehn! Ziemlich heiß, dein neuer Boss.« Erneut fächelt sie sich mit der Hand Kühlung zu und ich muss lachen.

»Typisch Sam!« Ich hole die Patchworkdecke wieder hervor, die sie in der Eile zurück in die Kiste gestopft hat, werfe mich mit ihr auf das Bett und starre an die Zimmerdecke. Sam zieht mir mit einem Ruck das Kissen unter dem Kopf weg, um mich damit zu bewerfen. »Du kannst später vom sexy Bigboss träumen. Los, ich hab noch eine halbe Stunde, dann muss ich nach Hause. Ich will mich vor der Nachtschicht im Club noch ein wenig hinlegen.«

Lachend schleudere ich das Kissen zurück. »Schon gut, du Sklaventreiberin. Vielleicht passt du ja ganz gut zu dem. Ansagen könnt ihr jedenfalls beide ganz hervorragend.«

* * *

Nachdem Sam gegangen ist, begutachte ich meine neue Bleibe, es sieht wirklich fast gemütlich aus. Das Poolhaus ist sehr edel, war bisher aber eher kalt eingerichtet. Kaum zu glauben, was man mit etwas Dekoration alles zaubern kann. Zufrieden schaue ich mich um. Mein Blick fällt auf die Lichterkette, die ich eigentlich noch an die Wand pinnen wollte. Wir haben extra ein paar dünne Nägel besorgt, um sie zu befestigen. Haben gedacht, wir könnten sie mit einem der Kerzenständer einschlagen. Doch keine Chance bei der Wand. Ich brauche einen Hammer. Es ist kurz vor halb sieben und augenblicklich habe ich den Spruch von Westwick wieder im Ohr. Ach, ich werde ihn schon im Haus finden, und dann bin ich sofort weg, denke ich mir, ziehe eine Strickjacke an und gehe hinüber.

Es brennt Licht und ich höre leise Musik aus dem Garten. Ich durchquere das Wohnzimmer in Richtung Terrasse. Mein Herz klopft bis zum Hals. Obwohl ich mich an seine angesagte Zeit halte, komme ich mir vor wie eine Einbrecherin. Wann bitte wurde der Garten so schön hergerichtet? Überall leuchten Fackeln und über den Rasen verteilt stehen weiße Bistrotische. Rechts ist eine Bar aufgebaut. Auf der anderen Seite des Pools sehe ich die Rückseite meines Zuhauses. Doch von Westwick keine Spur. Er muss hier irgendwo sein. Ich schleiche durch das Haus, aber ich höre keinen Mucks. Okay. Einfach mal nachdenken. Du brauchst einen Hammer. Wo würdest du das Werkzeug aufbewahren, wenn das dein Zuhause wäre? Richtig! Im Keller. Ich gehe zum Flur und dann rechts zu der Tür, die nach unten führt. Gerade als ich sie öffnen will, höre ich die Haustür aufspringen. Erschrocken fahre ich herum.

»Miss Harper? Was tun Sie hier?«

»Einen Hammer … Ich brauche …«, stottere ich und komme mir selten dämlich vor. Mein Blick huscht zu seiner Begleitung. Eine Frau, die aussieht wie direkt aus »America's Next Top Model«. Atemberaubend. Und schon komme ich mir noch erbärmlicher vor. Graue Wolljacke über Gammeljogger. Na, toll!

»Haben wir nicht eine Vereinbarung getroffen?«

Ich weiß nicht, was ich entgegnen soll.

»Liebes, geh doch schon mal in den Garten. Ich komme gleich nach.« *Liebes* nickt, holt mit ihren rot manikürten Fingernägeln ein Smartphone aus ihrer Clutch und stolziert Richtung Wohnzimmer und Garten.

Ich schlucke und ziehe tief die Luft ein. »Ich wollte nicht stören und auch nicht schnüffeln oder sonst irgendwas«, versuche ich, mich zu erklären.

Er sagt kein Wort. Kommt aber auf mich zu.

Ich stehe wie angewurzelt da und halte einen Moment die Luft an, als er ganz nah an mich rankommt. »Lassen Sie mich durch?«, fragt er und ich bin im ersten Moment irritiert. »Sie waren schon auf dem richtigen Weg. Ich hole Ihnen den Hammer.« Er deutet zur Tür, die nach unten führt.

Erleichtert trete ich einen Schritt zur Seite. Eine Minute später ist er wieder oben und reicht mir das Werkzeug.

»Es tut mir leid. Ich wollte nicht stören.«

Westwick sieht mich intensiv an, seine türkisen Augen liegen förmlich auf meinen, und ich kann in seinem Gesicht nicht lesen, was er gerade denkt.

»Schon okay«, sagt er endlich. »Wissen Sie was? Wenn Sie Lust haben, kommen Sie doch später, wenn Sie mit Einrichten fertig sind, einfach rüber.«

Habe ich ihn richtig verstanden? »Ich dachte … ich sollte …«

»Ich entschuldige mich für vorhin. Wenn Sie möchten, kommen Sie gern. Es gibt Drinks und ein kleines Barbecue unter Freunden.«

Ich nicke. »Danke, ich überlege es mir. Der Tag war lang und ich wollte mich noch ein wenig einrichten.«

Er tritt einen Schritt zurück und lächelt. »Wie Sie möchten. Überlegen Sie es sich.«

KAPITEL 6

»Natürlich gehst du rüber, ich meine, er hat es dir angeboten, also los«, sagt Sam, als ich mit ihr telefoniere. Dennoch bin ich unsicher. Ich habe gar nicht die richtige Kleidung. Und irgendwie passe ich nicht zu diesen Leuten. Allein wenn ich an *Liebes* denke, wird mir beinahe schwindelig. Mit solchen Frauen kann ich nicht mithalten.

»Ich weiß nicht«, sage ich und höre Sam am anderen Ende stöhnen. »Los, zieh dir irgendwas an, etwas Schwarzes. Das geht immer. Und dann auf ins Vergnügen. Was hast du zu verlieren? Außerdem ist es eine Möglichkeit, ein bisschen mehr über ihn herauszufinden. Über den sexy Boss – also?«

Sexy Boss. Das kann auch nur von Sam kommen. Ich muss leicht lächeln und lasse den Blick über meine Kleidung wandern, die ich bereits in den Schrank einsortiert habe. Wo ist es? Da! Das kleine schwarze Kleid, das ich so mag, das ich schon zu den unterschiedlichsten Anlässen getragen habe und in dem ich mich eigentlich auch immer recht wohlfühle.

Meine Gedanken kreisen. Soll ich oder nicht? Aber eigentlich hat Sam recht. Was habe ich zu verlieren? Nichts. Und etwas mehr über Logan Westwick herauszufinden, kann eigentlich auch nicht schaden. Also stimme ich schließlich zu.

»Na schön, ich ziehe mich an und gehe hin«, sage ich fest entschlossen und Sam lässt einen kleinen Jauchzer am anderen Ende der Leitung los.

»Wunderbar, dann mach dich fertig, wir hören uns später. Ich muss jetzt auch los, sonst komme ich mal wieder zu spät.«

Wir beenden das Telefonat, und ich trete an den Schrank, hole das Kleid hervor und betrachte es einen Moment. Ja, es könnte funktionieren.

Ich gehe ins Badezimmer, schlüpfe aus meinen Klamotten und streife mir das kleine Schwarze über. Anschließend werfe ich einen Blick in den Spiegel, und tatsächlich: Ich wirke ganz anders. Ich kämme mir die Haare, lege leichtes Make-up auf und atme tief durch.

Ich war lange nicht mehr aus. Wobei man das hier ja nicht als ausgehen bezeichnen kann. Aber ich habe mich ewig nicht mehr zurechtgemacht. Nicht seit …

Sofort spüre ich einen Kloß im Hals. Ich will den düsteren Gedanken nicht weiterdenken und schiebe ihn mit aller Macht beiseite.

Ich darf und will mich jetzt gerade nicht darin verlieren.

Stattdessen prüfe ich noch einmal mein Aussehen und nicke mir aufmunternd zu.

Es geht darum, mehr über Logan herauszufinden. Über den Menschen, mit dem ich in den nächsten Wochen, vielleicht Monaten zusammenlebe wegen seiner Tochter. Und dabei ist es wichtig, sich einen Eindruck zu verschaffen, mit welchen Menschen er sich umgibt. Denn von ihnen kann ich vielleicht auch etwas über ihn erfahren.

* * *

Als ich aus dem Poolhaus trete, folge ich der Musik in den Garten und spüre mein Herz heftig klopfen.

Ich bin aufgeregt. Mit jedem Schritt mehr.

Als ich die Wiese erreiche, atme ich den Duft von Blumen ein, vermischt mit dem von gebratenem Fleisch und Parfüm. Ich sehe mich um. Mittlerweile ist es dämmrig und die Fackeln strahlen noch heller als vorhin schon. Die weißen Bistrotische sind von Menschen umringt, die Bar ebenfalls. Männer in Anzügen und Frauen in schicken Kleidern. Ich halte nach Logan Ausschau, aber kann ihn nicht entdecken. Okay, vielleicht gehe ich einfach an die Bar und hole mir etwas zu trinken. Dann habe ich wenigstens was in der Hand und kann so meine Aufregung etwas verbergen.

Ich trete heran und lasse mir von dem Barkeeper hinter dem Tresen eine Cola geben. Wende mich dann um und suche automatisch erneut nach Logan. Schließlich entdecke ich ihn.

Er sitzt etwas abseits mit ein paar Leuten und der Frau zusammen, die ich vorhin schon mit ihm gesehen habe.

Sie ist ihm nah, streicht ihm über den Arm und ich schlucke.

Da kann ich jetzt ganz sicher nicht stören, denke ich mir. Überhaupt war es eine blöde Idee, herzukommen, ich fühle mich einfach nur unwohl.

Ich nehme einen Schluck aus meinem Glas und beschließe, mich wieder davonzustehlen. Was habe ich mir nur gedacht, hier aufzutauchen?

Erneut schaue ich in Logans Richtung und will mich gerade wieder wegdrehen, als er den Kopf hebt. Sein Blick trifft mich mit voller Wucht.

Eine Weile sehen wir uns an, mein Herz klopft schnell, und ich weiß nicht, was ich machen soll, als er den Arm hebt und mich zu sich winkt. Sein Ernst? Er winkt mich wirklich zu sich.

Okay, was jetzt? Ich atme tief durch und gehe mit meinem Glas in der Hand über die Wiese zu der kleinen Lounge.

»Miss Harper«, sagt er nur, aber ich spüre, wie sein Blick an meinem Körper auf und ab wandert. Ob er mich schrecklich findet? Immerhin ist er ganz andere Kaliber von Frauen gewohnt.

Etwas nervös halte ich mit der einen Hand das Glas noch fester und zupfe mit der anderen an meinem Kleid herum.

Die Frau in seinem Arm mustert mich nun ebenfalls.

»Miss Harper?«, fragt sie und sieht dann zu Logan.

»Ja, sie ist Haleys neue Privatlehrerin«, erklärt er. *Liebes* zieht abschätzig ihre Augen zusammen. »Sie sind Lehrerin?«, will sie schließlich wissen.

»Ja«, antworte ich nur, weil ich nicht weiß, was ich sonst darauf sagen soll.

Zu meinem Glück mischt sich eine weitere Frau in unsere Unterhaltung ein. »Das finde ich sehr beeindruckend. Ich hoffe, Sie kommen gut mit Haley zurecht«, meint sie und ich wende meinen Blick in ihre Richtung.

Die Frau ist dunkelhaarig, trägt ein blaues Kleid und hat ein fröhliches Lächeln.

»Setz dich doch, ich bin Anna, eine langjährige Bekannte der Familie«, stellt sie sich vor.

Dankbar lasse ich mich neben ihr nieder und bin wirklich erleichtert, dass sie mich angesprochen hat.

»Und wie lange bist du schon da?«, will sie jetzt wissen und verwickelt mich in ein Gespräch.

Die Zeit vergeht, und ich erfahre über Anna, dass sie einen kleinen Modeladen hat. Sie erzählt, dass sie Logan schon seit Schulzeiten kennt. Mit der Zeit taue ich ein wenig auf und fühle mich nicht mehr ganz so fehl am Platz.

Trotzdem sucht mein Blick immer wieder Logan, der allerdings mit seiner Begleitung beschäftigt ist – wobei ich das Gefühl habe, dass er nicht so begeistert davon ist, wie sie ihn immer wieder berührt.

Schließlich steht er auf. »Will noch jemand was zu trinken?«, fragt er und seine Begleitung lächelt ihn an. Ich frage mich, was es mit der Freundschaft zwischen den beiden auf sich hat, ob sie mehr für ihn ist oder eine Ablenkung.

»Noch ein Soda Spritz, bitte«, sagt sie und er nickt, dann geht er in Richtung Bar.

Mit einem Mal beugt sich *Liebes*, von der ich mittlerweile weiß, dass sie Sandra heißt, zu mir vor und fixiert mich geradezu mit ihrem Blick.

»Und wie lange bist du schon hier?«, reißt mich die Stimme eines Mannes aus meinen Gedanken.

Ich sehe auf und räuspere mich, froh, ihrem Blick zu entkommen. »Ich fange erst an. Ich bin sozusagen gerade dabei, mich einzurichten.«

Sandra lehnt sich ein wenig zurück und grinst schließlich. »Ach, dann hast du Haley noch gar nicht kennengelernt?«

Ich schüttle den Kopf. »Nein, erst am Montag, wenn sie von den Großeltern zurück ist.«

Sandra nickt, streicht sich durchs Haar und wirkt beinahe erleichtert. »Dann bin ich mal gespannt, mit dem kleinen Monster hält es keiner lange aus«, sagt sie, und ich frage mich, was sie damit meint. Und überhaupt … kleines Monster – dass sie sich traut, so über Logans Tochter zu reden?

Ich merke, wie ich nervös werde. Wie viele waren denn schon vor mir da? Und was hat das zu bedeuten?

Logans Begleitung mustert mich erneut. »Ich schätze mal, nicht mehr als zwei Wochen, was meint ihr?« Sie lässt ihren Blick durch die Runde wandern, doch die anderen schweigen.

Mir hat es die Sprache verschlagen, und das kommt wirklich selten vor. Sandra ist eindeutig angetrunken, aber dennoch, wie kann man nur so taktlos sein? Als ich ihren belustigten Gesichtsausdruck sehe, tauchen vor meinem geistigen Auge die Artikel über das Unglück der kleinen Familie auf. Das

Bild, als Logan mit Haley am Unfallort steht und sie schützend umarmt. So etwas zu erleben, ist traumatisch, heftig, unaussprechlich, besonders für ein Kind. Wie kann man hier sitzen und solche Worte von sich geben? Sie kleines Monster nennen? Haley hat ihre Mutter verloren, sie hat also allen Grund, traurig oder wütend zu sein und sich vielleicht schwierig zu verhalten. Obwohl ich das Mädchen noch nicht kenne, blutet mir gerade das Herz, und ich sehe Sandra scharf an. »Finden Sie das lustig?«

Sie stockt, und ich bin selbst total erstaunt über mich, dass ich die Worte so direkt und klar an sie richte. Aber ich bin einfach empört.

»Wie bitte?«, fragt sie und mustert mich nicht weniger scharf.

Mittlerweile ist Logan zurück und sieht dem Treiben zu, aber ich lasse mich davon nicht beeindrucken. Nicht jetzt. Ich will dieser Person jetzt meine Meinung sagen.

»Ob Sie das lustig finden, habe ich gefragt.«

»Dass sich hier die Lehrerinnen und Betreuer die Türklinke in die Hand geben? Weil keiner mit diesem Kind klarkommt?«, erwidert sie und zuckt mit den Schultern.

»Worum geht es, Sandra?«, will Logan wissen.

»Um nichts, ich habe deiner neuen Lehrerin nur gesagt, dass Haley etwas schwierig ist und ich hoffe, sie schafft es, mit ihr umzugehen.«

Logan sieht sie an. Und ich kann mit einem Mal nicht an mich halten.

»Und dass sie ein Monster ist«, füge ich an.

Logans Augen weiten sich, und Sandra wirkt, als würde sie mich gleich mit ihren Nägeln erstechen wollen.

»Das habe ich nicht, ich … was erlaubt diese Person sich, Logan«, sagt sie, aber mir ist egal, was sie erzählt.

Ich stehe auf. »Wissen Sie, ich habe Haley noch nicht kennengelernt, aber sie hat wohl Furchtbares durchgemacht, und dass es dann nicht immer einfach ist, ist ganz klar. Ich werde jedenfalls mein Bestes geben, um zu ihr durchzudringen«, sage ich jetzt und sehe Logan direkt an. Unsere Blicke verbinden sich.

Liebes hingegen zieht ihn am Arm.

»Darf sie so mit mir reden?«,

Logan sagt nichts. Mit einem Mal ist es still rundum.

Anna sieht mich an und ich räuspere mich. »Ich verabschiede mich dann mal«, tue ich kund und stelle das Glas ab.

»Hat mich gefreut, Anna.«

»Mich auch, Lilian. Sehr sogar.«

Während ich mich zum Gehen abwende, hebe ich die Hand an alle anderen gewandt.

»Unmöglich, wirklich«, höre ich Sandra noch sagen, aber ich ignoriere es. Selbstsicher gehe ich über die Wiese in Richtung Poolhaus. Erst außer Sichtweite der Gäste überfallen mich Zweifel.

Das Verhalten von Sandra hat mich aufgeregt, aber *Liebes* scheint die Freundin meines Chefs zu sein. Verdammt! Was, wenn er mich deswegen jetzt rausschmeißt?

An meiner Tür angekommen, atme ich tief durch.

Mist, Mist, Mist!

KAPITEL 7

Die ganze Nacht habe ich kaum geschlafen und mir viele Gedanken gemacht. Ich hätte nicht so mit dieser Sandra reden dürfen. Es steht mir nicht zu, das zu tun. Aber mich hat es einfach überkommen.

Ich frage mich, wie es jetzt weitergeht, und nachdem ich geduscht habe, weiß ich, dass ich mich für diesen Auftritt bei Logan entschuldigen sollte. Ich brauche den Job, denn ich will nicht wieder zurück nach Virginia – ich kann nicht zurück.

Ich schlüpfe in Jeans und Shirt und beschließe, Logan zu suchen, um mit ihm zu reden. Ihm zu sagen, dass es völlig unangebracht war. Mit klopfendem Herzen öffne ich die Tür und will gerade hinausgehen, als ich zusammenzucke, denn Logan steht vor mir.

»Oh«, rutscht es mir heraus und ich trete zurück, weil ich ihm viel zu nahe bin.

»Guten Morgen, Miss Harper«, sagt er und seine türkisen Augen liegen ernst auf meinen. Er wirkt angespannt und ich befürchte das Schlimmste.

»Guten Morgen«, antworte ich und versuche, nicht zu sehr in seinem Blick zu versinken.

Er trägt ein dunkles Shirt, das sich um seine Muskeln spannt. Trotz der lockeren Sporthose und der Turnschuhe sieht er durchgestylt aus. Ob er gerade zum Sport wollte, frage ich mich, schiebe den Gedanken aber gleich wieder weg. Im Gegensatz zu mir muss er wahrscheinlich kaum etwas tun, um so fit auszusehen. Dagegen ich und Sport? Ich will gar nicht daran denken.

Ich räuspere mich. Warum macht er mich so nervös? »Ich wollte auch gerade rüberkommen«, sage ich jetzt und er nickt.

»Wegen gestern Abend?« Er streicht sich durchs Haar.

»Ja. Also gestern Abend. Das ist blöd gelaufen. Ich wollte nicht so mit Ihrer Freundin reden. Das war nicht angebracht«, fahre ich fort und sein Blick verbindet sich erneut mit meinem.

»Wie wäre es erst mal mit einem Kaffee?«

Hat er das gerade echt gesagt? Kaffee?

Dagegen habe ich nichts. »Wenn Sie so fragen, ja, ein Kaffee wäre wirklich nicht schlecht.«

»Na dann, kommen Sie mit rüber ins Haus«, sagt er, wendet sich ab und geht voran. Sein Rücken ist ebenfalls muskulös, und ich schlucke, als ich merke, wie ich ihn erneut anstarre. Das muss aufhören.

Ich folge ihm in die helle Küche und sehe zu, wie er sich an die Kaffeemaschine stellt und eine Tasse unter die Ausgabe stellt.

»Schwarz? Mit Milch?«, will er wissen.

»Mit Milch, bitte«, antworte ich, und schon höre ich die Maschine rattern und die lebenserweckende duftende Brühe ausgeben.

Als die Tasse voll ist, reicht er sie mir. »Zucker?«

Ich schüttle den Kopf. »Nein, danke.«

»Schwarz?«, frage ich, als er nun eine weitere Tasse unter die Maschine stellt.

»Ja, schwarz«, antwortet er und ich nicke.

Dann stehen wir da, und irgendwie scheint die Stille mich kurz zu erdrücken. Was er mir sagen will? Ob er mich gleich entlässt? Bitte nicht.

»Also wegen gestern, ich bin so nicht, ich … ich hätte nicht so mit Ihrer Freundin reden sollen, ich …«

Er hebt eine Hand, um mich zum Schweigen zu bringen. »Ich habe gesagt, dass Sie sich nicht in meine Angelegenheiten einmischen sollen, das war eine Regel. Genauso wie nicht herumschleichen, und Sie haben sofort gleich beide gebrochen, ist Ihnen das klar, Miss Harper?«

Ich senke meinen Blick. »Ja, ich weiß, aber …« Ich stocke, nehme einen Schluck aus meiner Tasse. Was soll ich jetzt sagen? Er hat ja recht, aber diese Sandra war einfach so …

»Widerlich«, flüstere ich und er sieht mich fragend an.

»Wie bitte?« Mist, habe ich das eben laut gesagt?

»Nichts, ich … ich weiß, aber diese Freundin von Ihnen, was sie gesagt hat, das war einfach so widerlich.«

Er sieht mich an und mit einem Mal schiebt sich ein leichtes Lächeln in sein Gesicht.

»Und ich dachte, Sie meinen den Kaffee!«

Jetzt muss ich auch lächeln. »Nein, der ist okay, wirklich.«

»Also …« Er hebt den Blick und ich bereite mich schon auf das Schlimmste vor.

»Was tragen Sie da eigentlich?«

Ich sehe an mir hinunter. Ich habe ein Shirt an, auf das ein bunter Schmetterling gedruckt ist. Und ich gebe zu, es wirkt tatsächlich etwas kindlich.

Mist, daran habe ich gar nicht gedacht.

»Ähm, eines meiner Lieblingsshirts«, sage ich nur und würde am liebsten im Erdboden versinken. Warum habe ich genau das angezogen? Aber egal, hat jetzt ja eigentlich nichts mit der Situation zu tun.

»Nun. Wegen der Angelegenheiten. Das mit Sandra geht Sie wirklich nichts an.«

»Ich weiß, deswegen will ich mich auch entschuldigen. Das kommt nicht mehr vor, wirklich, ich …«

Er hebt erneut seine Hand, um mich zu unterbrechen. »Lassen Sie andere überhaupt mal zu Wort kommen?«

Ich stocke. »Ja, aber …«

»Aber es war in Ordnung. Sie hat nicht so über Haley zu reden, und ich fand es gut, dass Sie sich auf ihre Seite geschlagen haben. Und das, obwohl Sie meine Tochter noch nie gesehen haben. Das hat mir imponiert.«

Damit habe ich jetzt wirklich nicht gerechnet. »Okay«, sage ich nur.

»Also dann entlassen Sie mich jetzt nicht?«, will ich nach einer Weile wissen und er schüttelt den Kopf.

»Nein, ich entlasse Sie nicht.«

»Da bin ich echt erleichtert«, kommt es sogleich aus mir heraus. »Ich habe manchmal die Angewohnheit, schnell und emotional zu reagieren, und ich will auf keinen Fall, dass die Sache irgendwie zwischen uns steht.«

Er hebt eine Augenbraue. »Nein, wird es nicht, aber …«

Aber? Jetzt kommt doch noch was.

»Aber?«, hake ich nach und er lächelt.

»Worauf sollte ich mich bei Ihnen noch einstellen? Sie reagieren also schnell emotional. Tragen merkwürdige Kleidung und …«

Ich spüre, wie mir die Röte in die Wangen steigt.

»Ähm, ich mag alte Dinge, höre gern laut Musik und singe unter der Dusche.« Musste ich das jetzt wirklich sagen? »Und ich weiß, ich rede oft, wie mir der Mund gewachsen ist«, füge ich schnell an. Ich streiche mir durchs Haar, um die Verlegenheit, die ich gerade spüre, wegzuwischen. Mustere ihn dann. Sicher denkt er, ich bin total bescheuert, aber er nickt nur. Kurz glaube ich sogar, dass er leicht lächelt, aber dann wendet er mir den Rücken zu. Stellt die Tasse ab und dreht sich wieder zu mir herum.

»Gut, dann haben wir das geklärt. Nun …« Er sieht mich an, und ich weiß nicht, was ich tun soll. Am besten einfach mal ruhig sein. Was mir nicht so leichtfällt.

»Ja, nun …«, wiederhole ich und er lächelt.

»Es fällt Ihnen schwer, auch mal nichts zu sagen, oder? Haley wird ihren Spaß mit Ihnen haben. Oder auch nicht, wir werden sehen.«

Meine Güte, kann er Gedanken lesen? Jetzt lächle ich ebenfalls. »Tut mir leid. Ich werde versuchen, nicht so viel zu reden. Also, Sie wollten was sagen?«

Er kommt auf mich zu, steht mit einem Mal viel zu nah vor mir. Sein Duft kriecht in meine Nase. Er riecht wirklich unheimlich gut. Viel zu gut. Herb und männlich, mit einer Note, die ich nicht ausmachen kann. Seine Haare fallen locker und er streicht sich erneut darüber. Eine Strähne hängt ihm in die Stirn, und ich widerstehe mit aller Macht dem Drang, sie ihm hinters Ohr zu streichen.

»Nun, ich denke, wir sollten die Zeit vielleicht nutzen. Damit ich Ihnen noch etwas mehr über Haley erzählen kann. Gestern hatten wir ja nicht die Möglichkeit und, na ja, als Sie gegangen sind, war es auch etwas schwierig …«

»Mit Sandra?«, will ich wissen und er nickt.

»Ja, sie war nicht so begeistert. Aber wie gesagt, alles okay. Ich bin froh, dass sie dann auch gegangen ist, ich wollte sie ohnehin nicht weiter hier haben.«

»Ich wollte Ihnen wirklich nicht den Abend versauen.«

Sein Blick weitet sich. »Darüber brauchen Sie sich keine Gedanken zu machen. Wenn ich gewollt hätte, dann wäre sie noch hier.«

»Sie sind also derjenige, der ansagt, ich verstehe«, sage ich und beiße mir gleich drauf auf die Zunge. Was ist nur los mit dir, Lilian, ermahne ich mich und hebe die Hand. »Entschuldigung. Ist nicht so gemeint und geht mich nichts an, ich gehe mal lieber, ich …« Ich will mich gerade abwenden, aber er ist schneller, steht vor mir, greift nach meinem Handgelenk, und als er es berührt, durchfließt mich sofort ein heftiges Kribbeln.

»Bleiben Sie!«

Die Berührung ist sanft und doch bestimmt, und ich weiß nicht, was ich sagen soll. Und ich weiß auch nicht, warum er mir gerade so nah ist. Diese ganze Situation verwirrt mich merklich. Als ob er es bemerken würde, lässt er mein Handgelenk los und räuspert sich. »Ich wollte doch etwas mit Ihnen und Haley machen. Und das besprechen, schon vergessen?«

Ich nicke. Stimmt. Das wollte er.

»Klar, können wir machen, was schlagen Sie vor?«, frage ich so gelassen wie möglich.

Wieder liegt sein Blick auf meinem, und ich warte darauf, dass er was sagt. Doch er spricht kein Wort, sondern tritt zurück und lehnt sich gegen die Kücheninsel.

Eine ganze Weile verstreicht, ehe er endlich ausholt, und ich schaffe es, nicht so auf seinen Oberkörper zu starren. Mir fällt erneut auf, wie unheimlich gut trainiert er ist – und noch etwas fällt mir auf: ein Schlüssel, den er an einer Halskette trägt. Wofür der Schlüssel wohl ist? Warum er ihn bei sich hat?

Allerdings werde ich ihn sicher nicht danach fragen. Es geht mich nichts an und ich habe heute schon mehr als eine Grenze überschritten.

»Für den Anfang könnten wir einen Spaziergang machen, dann zeige ich Ihnen Orte, die Haley mag, einverstanden? Aber vielleicht möchten Sie sich erst umziehen?«, legt er mir indirekt nahe und ich nicke.

»Ja, einverstanden.«

»Schuhe, in denen Sie gut laufen können, wären auch nicht schlecht«, setzt er noch nach, als ich bereits in der Tür stehe.

»Sicher.« Was glaubt er eigentlich? Dass ich zu einem Spaziergang mit High Heels unterwegs bin?

KAPITEL 8

»Okay, wohin geht es?«, frage ich, als ich eine Viertelstunde später mit Logan vor dem Haus stehe.

»Wir gehen hier entlang.« Er deutet auf einen Weg, der durch das Anwesen in Richtung eines Waldes führt.

Schon marschiert er los und ich versuche, Schritt zu halten. Wir überqueren eine Wiese und bleiben dann vor einer Tür im Zaun stehen. Er öffnet sie und ich folge ihm hindurch.

Dahinter führt der Weg weiter, und ich bin ehrlich gespannt, wohin er mich bringen will.

Es geht etwas bergauf, aber nicht lange, ehe es nach links abzweigt. Ein Pfeil weist darauf hin, dass es zu einer kleinen Plattform geht, und ich würde am liebsten die Stille brechen, traue mich aber nicht. Also laufen wir weiter, bis wir schließlich eine Bank an einer Lichtung erreichen. Es ist unheimlich schön hier, sofort habe ich ein beruhigendes Gefühl und sehe zu Logan, der dasteht und über die Häuser unter uns blickt.

Er hat einen angespannten Ausdruck im Gesicht, etwas Trauriges, und schließlich schaffe ich es nicht mehr, zu schweigen. »Das ist ein schöner Ort«, sage ich und er wendet sich zu mir um.

»Ja, das ist er.« Er blickt zu der Bank, setzt sich aber nicht.

Ich gehe zu ihm, betrachte die Bank, das alte Holz, das schon etwas verwittert wirkt, und entdecke eingeritzt auf der Sitzfläche ein kleines Herz. Es umrahmt drei Großbuchstaben.

Ein K, ein L und ein H.

»Kara, Haley und ich waren gern hier. Es war irgendwie unser Ort. Die Bank habe ich aufstellen lassen«, erklärt er, und ich merke, wie sich ein dicker Kloß in meinem Hals bildet. »Bisher habe ich vermieden, hierher zu gehen.«

Ich sehe ihn an. »Und warum zeigen Sie ihn jetzt mir?«, frage ich und würde mir gleich am liebsten wieder auf die Zunge beißen. Weshalb stelle ich so eine Frage? Er blickt eine Weile in die Weite, ehe er spricht.

»Keine Ahnung. Vielleicht hilft der Ort Ihnen, irgendwann einen Zugang zu Haley zu bekommen. Außerdem, so wie Sie sich für Haley eingesetzt haben, obwohl Sie sie noch nicht einmal kennen, das hat mich beeindruckt und ich ...« Er hält einen Moment inne. »Ich weiß nicht, ich dachte, Sie sind es wert.«

Seine Worte berühren mich, und mein Herz beginnt heftig zu klopfen.

Ich gehe noch einen Schritt näher zu ihm heran und blicke ebenfalls über die Häuser.

»Danke. Wirklich, ich denke, es ist gut zu wissen, dass Haley so einen Ort hat. Erinnerungen wecken ist nicht schlecht, vielleicht kann ich sie so erreichen.«

Er seufzt. »Na ja, wie man es nimmt. Erinnerungen ...« Er flüstert die Worte beinahe.

Ich wage es nicht, ihn direkt anzusehen.

»Wenn ich daran denke, wie es war, als Haley auch hier war. Wir saßen oft hier, wissen Sie, und sie hat Geschichten erzählt. Am liebsten die von einem Vogel, der auf die Reise geht. Sie hat sich allerhand ausgedacht. Aber nun ist da nichts als Schweigen. Stille und Leere. Und auch hier fühlt sich alles nur noch leer an.«

Ich schlucke. »Ich weiß«, sage ich und er sieht mich an. »Ja?«

»Ja, aber die Stille ist nicht unendlich. Sie haben hier viel Schönes erlebt und das ist nicht verloren. Irgendwann kommen die Geräusche zurück. Und dann – irgendwann ... bleiben die guten Erinnerungen, und die brauchen wir, um weiterzumachen. Wir brauchen sie so sehr«, wiederhole ich vorsichtig und merke, wie sehr auch mich all das hier gerade ergreift. Ich denke an das letzte halbe Jahr, an das, was ich erlebt habe, und schiebe die Gedanken rasch weg.

Kurz glaube ich, dass er etwas sagen will, aber er tut es nicht. Also schweigen wir eine ganze Weile.

Es ist merkwürdig, denn ich kenne diesen Mann erst wenige Stunden, und doch nimmt er mich an diesen für ihn bedeutenden Ort mit. Ich empfinde Ehrfurcht.

»Sie wissen, wovon Sie reden?«, will er irgendwann wissen und ich nicke. »Ja. Ich glaube, ich weiß, wie Sie sich fühlen«, erwidere ich schließlich. Mit einem Mal ist etwas Vertrautes zwischen uns. Logan ist nicht mürrisch oder abweisend. Sondern sieht mich an, als würde er wirklich in sich aufnehmen, was ich sage.

»Wissen Sie es wirklich? Dann haben Sie vermutlich Ihren Mann verloren, richtig?« In seinen Augen liegt nun heftige Trauer und ich schüttle den Kopf.

»Nein, aber ich habe auch viel verloren, ich weiß, was das bedeutet. Glauben Sie mir. Man verzweifelt innerlich, an sich selbst und an der Situation. Und die Erinnerungen schmerzen. Aber sie retten uns auch. Irgendwann.«

* * *

Wir machen uns auf den Weg zurück und in meinem Kopf sind Hunderte von Gedanken. Die Situation eben war schwer und doch irgendwie wichtig. Ich habe das Gefühl, dass Logan dieses Vertrauen noch nicht vielen entgegengebracht hat, und ich frage mich, warum gerade mir.

Als wir das Haus erreicht haben, bleibt er stehen.

»Nun, jetzt kennen Sie einen der Lieblingsplätze von Haley. Sie war immer gern draußen, auch dort vorne am Brunnen, wo gestern das Fest stattgefunden hat. Sie hat gesungen, gebastelt und war auch sonst oft in der Natur. Alles andere kann Ihnen Mrs Madison erzählen, sie wird jeden Moment kommen. Ich ziehe mich jetzt zurück. Und ich bitte Sie, nicht weiter irgendwo herumzuschnüffeln, sind wir uns einig?«

Mit einem Mal wirkt er wieder verschlossen, mürrisch, irgendwie abweisend. Aber natürlich, er ist mein Boss.

Ich nicke nur. »Ja, ist klar, ich halte mich an die Regeln, versprochen.«

Er sieht mich eine ganze Weile an. Ob er noch was sagen will? Doch dann wendet er sich mit einem Nicken ab.

KAPITEL 9

Zurück im Poolhaus bin ich vollkommen durcheinander. Bevor ich meine restlichen Sachen auspacke, rufe ich Sam an und erzähle ihr von allem.

»Okay, du hast also seine Freundin etwas angefahren, aber er hat doch gut reagiert, würde ich sagen«, sagt Sam.

»Ja, ich dachte, er feuert mich. Du weißt schon, die Regeln und all das.«

»Wenn er das gemacht hätte, wäre er total bescheuert. Ich meine, was erlaubt sich diese Person? Das Kind ist wohl traumatisiert. Also ist so eine Bemerkung doch völlig fehl am Platz. – Und wie war es dann?«

»Na ja«, sage ich und weiß nicht, wo ich anfangen soll.

»Wir haben kurz geredet und dann wollte ich gehen, weil ich ständig angefangen habe, zu viel zu reden, aber dann ...« Ich halte inne.

»Dann?«, hakt Sam nach und ich atme tief durch.

»Dann hat er mich am Handgelenk gepackt und gesagt, ich soll bleiben ...«

»Wie bitte?«

»Ja, aber nur, weil er mir was zeigen wollte, was Haley wichtig ist, und deshalb sind wir spazieren gegangen. Zu einem Ort

57

hinter dem Haus, an dem er immer mit Haley und seiner Frau war; er meinte, da würde ich vielleicht einen Zugang zu ihr finden können«, sage ich und hole mir die Szene, wie ich mit Logan dort stand, vor Augen.

»Ich kann es gar nicht glauben, er ist tatsächlich mit dir zu diesem Ort?«

»Ja, er sagte, dass er seit dem Tod seiner Frau nicht mehr dort gewesen sei, aber er habe das Gefühl, diesmal sei es richtig. Weil ich mich so für Haley eingesetzt habe.«

»Das ist süß«, sagt sie, und ich nicke zustimmend, auch wenn mir bewusst ist, dass sie es nicht sehen kann.

»Und er hat dich berührt. Ich meine, hallo?«

»Sam?« Ich rolle mit den Augen.

Bei Sam ist natürlich nur das mit dem Anfassen hängen geblieben, wobei ich zugeben muss, dass ich ebenfalls ständig an seine Berührung denken muss.

Klar ist, dass ich mir darauf nicht wirklich was einbilden sollte. Warum auch?

»Ich denke, er mag dich.«

Ich schüttle den Kopf. »Wir kennen uns nicht, warum soll er mich mögen?«

»Keine Ahnung. Aber irgendwas ist da zwischen euch, oder? Ich meine, vielleicht spürt er, dass du …«

Ich unterbreche sie rasch. »Nicht, ich … ich will nicht darüber reden!«

Sofort herrscht Schweigen am anderen Ende der Leitung.

»Tut mir leid, also Themawechsel. Und jetzt kommt gleich diese Mrs Madison, um dir noch mehr über Haley zu erzählen?«, will sie wissen und ich bin froh, dass sie wirklich nicht weiter über Logan und mich redet.

Ich betrachte das Bücherregal, in dem viele Kinderbücher stehen. Mir fällt ein, dass Logan erzählt hat, wie sehr Haley Geschichten liebt.

»Nun, du wirst sehen, wie es wird und …«, fährt Sam fort, doch ich unterbreche sie, weil es an der Tür klopft.

»Du, ich muss auflegen. Sie ist da. Wir hören uns später, ja?«

»Ist gut, bis später.«

* * *

Ich atme tief durch und öffne die Tür. Die Frau, die vor mir steht, lächelt mich mit einem breiten, freundlichen Grinsen an. »Schön, dich endlich kennenzulernen. Ich bin Maggie. Das geht doch in Ordnung, dass wir uns duzen?«

Sie hält mir einen Teller mit dunklen und hellen Muffins entgegen und ich mag Maggie sofort. »Sind die für mich? Das ist echt lieb, und klar, ich bin Lilian. Du kannst gern auch Lil sagen. Und woher weißt du, dass ich für Muffins sterben könnte?«

Maggie lacht ein herzliches Lachen und ich bin einfach so erleichtert über ihre Freundlichkeit. Gerade will ich mich umdrehen, um den Teller auf den Tisch zu stellen.

»Willst du die alle alleine essen?«, höre ich sie fragen und drehe mich irritiert herum. Maggie beäugt die Muffins und ich muss jetzt auch lachen. »Oh, entschuldige. Wie dumm von mir. Magst du reinkommen, dann mach ich uns einen Kaffee. Ich hab leider nur Instant da, wenn das okay ist?«

Sie winkt ab. »Oh, für mich keinen Kaffee. Mein Herz«, erklärt sie und fasst sich an die Brust. »Aber weißt du was, lass uns in den Garten gehen. Das Wetter ist fantastisch und bei einem Muffin lässt es sich doch gleich viel besser erzählen. Aber sag bloß meinem Doc nichts davon. Der Spielverderber ist einfach gegen alles, was gut ist.«

Ich lache. »Tolle Idee. Ich nehme eine Decke mit.«

Als ich, ausgerüstet mit Muffins und Decke, vor ihr stehe, guckt sie einen Moment ganz ernst. »Die Decke habe ich schon ewig nicht mehr gesehen.«

Ich schlucke. Es ist die Patchworkdecke aus der Kiste, und Maggies Blick sagt mir, dass mehr dahintersteckt.

»Okay. Gibt es eine Geschichte dazu?«, frage ich.

Sie nickt. »Ja, die gibt es. Kara, Logans Frau, hat sie hergestellt, während sie mit Haley schwanger war. Sie hat sich so sehr auf das Kind gefreut, nachdem es eine ganze Weile gedauert hat, bis sie schwanger wurde. Sie konnte es kaum abwarten, das Baby endlich in ihren Armen zu halten, also hat sie sich mit dieser Handarbeit abgelenkt. Nach ihrem Tod habe ich die Decke nicht mehr gesehen.«

»Oh, das wusste ich nicht«, sage ich fast flüsternd. »Soll ich sie lieber …«

»Nein, gar nicht. Wäre doch schade, wenn sie in einer alten Kiste verrottet. Das hätte Kara sicher nicht gewollt. Allerdings weiß ich nicht, was sie bei Haley und Logan rührt. Aber die beiden sind ja jetzt nicht da. Wir räumen die Decke einfach später wieder weg.«

Wir laufen ein Stück über die Wiese, bis wir zu einem kleinen Schirm kommen, der im Rasen steckt. »Lass uns hier sitzen. Dann spanne ich den Sonnenschirm auf. Meine Haut ist so empfindlich. Zu viel Sonne ist da nichts.«

Ich lache. »Lass mich raten? Dein Hautarzt macht sonst Ärger?«, frage ich belustigt.

Maggie stemmt gespielt entrüstet die Hände in die Hüften. »Gib zu, du kennst ihn!«

Eine Weile sitzen wir einfach nur da und essen genüsslich die Muffins. Maggie spült den letzten Bissen mit einem Glas Wasser hinunter, ehe sie spricht. Obwohl ich sie und vor allem ihre mütterliche Art von Anfang an mochte, habe ich das beklemmende Gefühl, unser Treffen würde nun ernster werden.

Maggie räuspert sich. »Zuerst bitte ich dich, dass alles, worüber wir uns jetzt unterhalten, unter uns bleibt.« Sie sieht mich erwartungsvoll an und ich halte den Atem an. »Okay, aber warum? Ist es so schlimm?«

Maggie winkt ab. »An sich nicht. Aber Logan hat mit mir besprochen, was ich dir zeigen soll und worüber wir reden können. Und worüber nicht. Aber weißt du was, das alles ist so ein Mist!«

Ich sage erst mal nichts dazu. Sie muss einen guten Stand bei ihm haben, wenn sie sich traut, so über ihn zu sprechen. Wie wenn sie meine Gedanken gelesen hätte, erzählt sie weiter. »Ich kannte Logan schon, da hat er selbst noch die Windeln vollgemacht. Unsere Familien wohnen seit vielen Generationen nebeneinander. Er und mein Sohn waren sogar auf demselben College, sind sozusagen wie Brüder aufgewachsen.«

Jetzt wird mir klar, weshalb sie so offen über ihn spricht. Ich nicke.

»Auf jeden Fall kenne ich ihn besser als er sich selbst. Du musst wissen, Logan ist immer der Meinung, er hätte auf alles die richtige Antwort. Leider trifft das nicht immer zu. Er ist nicht immer im Recht, aber du tust gut daran, ihm erst mal zu bestätigen, dass es so ist – um es dann so zu machen, wie du es für richtig hältst. Zumindest wenn es um sensible Angelegenheiten geht. Dieser Mann braucht bei emotionalen Dingen einfach ein wenig länger. Das hat er von seinem Vater. Pragmatiker durch und durch.«

Ich lächle. »So was hab ich mir schon gedacht. Trotzdem hatte ich heute, oben im Wald an der Bank, das Gefühl, dass er auch anders kann.«

Maggie wirkt erstaunt. »Er war mit dir da oben?«

Ich werde rot und weiß nicht mal, weshalb. »Ja, gestern auf dieser Party hat seine Freundin über Haley gesagt, sie sei ein kleines Monster, da konnte ich nicht anders und hab sie verteidigt. Na ja, Logan meinte dann heute Morgen, es sei vielleicht gut, wenn er mir einen besonderen Ort zeigt, weil er hofft, Haley könnte dort vielleicht irgendwann einmal offener sein.«

Immer noch sieht mich Maggie verwundert an, und ich frage mich, was ich gesagt habe, das sie so irritiert.

»Da bin ich platt«, schießt es beinahe aus ihr heraus.

»So eine große Sache war das jetzt auch wieder nicht«, wiegele ich ab.

»Keine große Sache? Da kennst du Logan nicht. Aber von vorn. Was bitte für eine Freundin? Oder besser gesagt, welche der Frauen, die hier ein und aus gehen, meinst du?«

Ich stocke. Hat sie mehrere Frauen gesagt? »Sie war blond und hat sich mit Sandra vorgestellt.«

»Ach, das kleine Luder! Echt zum Abgewöhnen.«

Ich muss zugeben, ich bin leicht geschockt. Klar, Maggie ist sofort offen gewesen und sicher nicht auf den Mund gefallen. Das jedoch habe ich jetzt nicht erwartet. Tatsächlich dachte ich immer, die Superreichen seien mit überperfekten Manieren auf die Welt gekommen. Ich mag Maggie immer mehr und lache.

»Ja, mein Fall ist diese Sandra auch nicht. Aber so wie ich es verstanden habe, hat er ohnehin kein großes Interesse mehr an ihr. Nach gestern.«

»Wurde auch Zeit. Schon schlimm genug, dass es dieser Sandra nur um eine gute Partie geht. Aber diese Frau hat von Anfang an allem die Krone aufgesetzt. Das erste Mal hat sie sich auf Karas Trauerfeier an Logan rangeschmissen. Diese schamlose Person hat vor nichts Respekt, nicht mal vor dem Tod.« Maggie schüttelt den Kopf. »Gut, dass wir die los sind«, fügt sie an. Plötzlich wird ihr Ton ernster. »Nun, dass er mit dir dort oben an diesem Platz war, das ist wirklich keine Selbstverständlichkeit. Zumindest weiß ich ziemlich sicher, dass er mit keiner seiner Affären da gewesen ist. Also ich denke, du hast ihm wirklich imponiert.«

Ich zucke mit den Schultern. »Kann sein. Aber ehrlich gesagt geht es mir nur um Haley und um den Job. Und auch für ihn lautet der erklärte und einzige Grund, warum er mir den Platz gezeigt hat: Haley.«

»Hast du schon einmal als Privatlehrerin gearbeitet?«, fragt Maggie.

Ich schüttele den Kopf. »Nein, das hier ist das erste Mal.« Sofort wird mir eng um die Brust.

»Und wo hast du vorher unterrichtet?«

»Virginia. Virginia Beach.«

»Oh, schöne Ecke. Wir haben dort einmal ein paar Tage Urlaub verbracht. Damals waren die Jungs noch klein. Sehr ruhig und erholsam.«

»Ja, zu ruhig. Das New Yorker Festland gefällt mir besser«, versuche ich, abzulenken. Wenn Maggie etwas gemerkt hat, lässt sie es sich zumindest nicht anmerken, worüber ich sehr dankbar bin.

»Da bist du Kara ähnlich. Sie kam damals vom Festland und war förmlich New York: lebendig, alles andere als still. Für Logan zog sie nach Staten Island. Er wollte die Insel nicht verlassen.« Maggie seufzt. »Wir vermissen sie, aber jetzt wird es Zeit, dass Leben ins Haus zurückkehrt. Soll ich dir Haleys Zimmer zeigen?«

»Ja, gern«, stimme ich zu und stehe auf.

»Gut, wir sitzen ohnehin schon viel zu lange auf der Erde. Das ist gar nichts für meine alten Knochen.«

Maggie reicht mir die Hand und ich helfe ihr dabei, aufzustehen.

»Mein Knie«, erklärt sie, während sie einige Muffinkrümel von ihrem langen, wallenden Rock abklopft.

»Mensch, du bleibst ja auch von keinem Gebrechen verschont«, sage ich im lockeren Ton.

»Da sagst du was! Alt werden sollte abgeschafft werden. Ich verstehe einfach nicht, warum wir zum Mond fliegen können, es aber immer noch keine Pillen gibt, die uns jung und schön halten.«

»Jung ist man doch im Herzen«, sage ich.

»Wer hat dir so nen Mist erzählt? Das wollen sie einem einreden, damit man schuftet bis ins hohe Alter. Pah! Ohne mich.«

Gemütlich schlendern wir Richtung Haus. »Also ich habe zumindest nicht das Gefühl, mit einer Greisin zu sprechen.«

Sie zwinkert mir zu. »Bin ich auch nicht, aber erzähl es nicht weiter. So hab ich das Überraschungsmoment auf meiner Seite.« Sie kichert und es wirkt ansteckend. Sofort fühle ich mich beschwingt. »Ich bin froh, dass du mich bei der Sache mit Haley unterstützt.«

Sie bleibt kurz stehen und sieht mich mit warmen, dunklen Augen an. Ihr glatter, heller Bob, der von feinen grauen Strähnen durchzogen ist, umrahmt ihr leicht rundliches Gesicht. »Für Haley und Logan würde ich alles tun. Logan ist ein guter Vater und die Kleine macht eine schwere Zeit durch. Doch irgendwo, ganz tief in ihr drin, schlummert das süße, fröhliche kleine Mädchen, das sie früher war. Das weiß ich ganz genau. Und irgendwie glaube ich, dass du zu ihr durchdringen wirst. Bei dir habe ich ein anderes Gefühl als bei den letzten beiden Lehrerinnen.«

Ich schlucke und erinnere mich an Sandras Worte am gestrigen Abend bezüglich meiner Vorgängerinnen.

»Ich habe von den Misserfolgen meiner Vorgänger gehört. Kannst du mir sagen, wie das abgelaufen ist?«

Maggie legt den Kopf ein wenig schief. »Denkst du, das hilft dir irgendwie? Ich finde es ja immer besser, unvoreingenommen an die Dinge heranzutreten.«

Ich seufze. »Ich verstehe deine Bedenken. Dennoch kann es hilfreich sein. Ich hab nur drei Wochen, um meine Fähigkeiten unter Beweis zu stellen und einen Zugang zu Haley zu finden.«

Maggies Augen weiten sich. »Was? Drei Wochen? Die Schule geht doch erst in drei Monaten los!«

»Logan und ich hatten einen holprigen Start. Und ehrlich gesagt war ich anfangs nicht sehr begeistert davon, hier zu wohnen. Vor allem wegen seiner ruppigen Art«, erkläre ich.

»Typisch Logan. Hat er wieder versucht, den großen Macker zu spielen. Das beherrscht er mittlerweile in Perfektion.«

Ich schüttele den Kopf. »Na ja, die Idee kam von mir. Also das mit den drei Wochen.« Nervös zupfe ich an meinem Armband. Vielleicht war das mit den drei Wochen doch keine gute Idee. Denn ich darf diesen Job wirklich nicht verlieren.

»Wundert mich aber, dass er sich darauf eingelassen hat.«

»Ach ja, warum?«

»Er kennt Haley besser als alle anderen, und so wie ich die Kleine einschätze, braucht sie garantiert mehr als diese drei Wochen. Wirklich seltsam.« Maggie kratzt sich nachdenklich an der Schläfe. »Logan ist jemand, der schon in den ersten Minuten sein Gegenüber zuverlässig einschätzen kann. Meistens jedenfalls. Nur in wenigen Fällen gelingt ihm das nicht. Anscheinend bist du eine dieser Ausnahmen. Er wägt gut ab, wen er in seiner Nähe haben will. Für mich hört es sich danach an, dass er sich nicht sicher ist, ob er mit deiner Nähe umgehen kann.«

Ich bin erstaunt. »Eigentlich bin ich recht unkompliziert. Na ja, vielleicht rede ich manchmal einfach zu viel und kann dem ein oder anderen damit hin und wieder auf den Geist gehen, aber …«

Maggie unterbricht mich. »Liebes, das ist jetzt wirklich nicht böse gemeint, aber so schnell von Begriff bist du gerade nicht.«

Bei so einem Vorwurf müsste man eigentlich beleidigt reagieren. Bei Maggie allerdings geht das einfach nicht. »Hey, das war jetzt wirklich nicht nett!« Ich boxe sie leicht in die Seite. »Dann kläre mich mal auf!«, fordere ich sie auf.

»Du irritierst ihn. Du bist so ein Ausnahmefall. So verhält er sich immer, wenn er unsicher ist. Er beobachtet erst und entscheidet dann, ob er sich zurückzieht oder eben nicht.«

Ich irritiere ihn also, wenn ich Maggies Worten Glauben schenken kann. Kurz schlägt mein Herz schneller. Doch ich rufe mich zurück. Was heißt das schon? Nichts. Es gelingt ihm einfach nicht, mich in eine seiner Schubladen zu stecken. »Aha«, sage ich und besinne mich auf das Wesentliche. »Für mich geht es um Haley, das ist es, was zählt.« Ich sehe Maggie an. »Also verrätst du mir, was mit den anderen Lehrerinnen war?«

Sie nickt und wir gehen über die Terrasse ins Haus. Sie läuft voraus und ich folge ihr die Treppe hinauf. »Wenn du es unbedingt wissen willst.«

Während wir im Zimmer stehen, erzählt sie und ich sehe mich ein wenig um.

»Als Barbara anfing, wollte sie Haley unbedingt zwingen, wieder zu sprechen. Sie hat es mit allen Mitteln versucht. Mit Belohnungen, aber auch mit Drohungen, die sie unter Druck setzen sollten. Natürlich hat weder das eine noch das andere funktioniert. Haley ist und war schon immer ein Kind, das einen eigenen Kopf hat. Sie ist stur und weiß, was sie will. Aber vor allem, was sie nicht will. Barbara hatte keine Chance. Na ja, und die andere, Andrea, ehrlich gesagt weiß ich selbst nicht, was nicht stimmte. Auch sie hätte sie gern dazu gebracht, zu sprechen. Und sie war wirklich sehr geduldig und rücksichtsvoll. Aber Haley konnte sie einfach nicht leiden.« Maggie zuckt mit den Schultern. »Haley zeigt sehr deutlich, was sie von Frauen hält, die Logan mit hierherbringt. Keine ist vor ihren Streichen sicher. Einmal hat sie Sandra sogar Nadeln in den Mantel gesteckt.« Maggie grinst breit. »Irgendwie hat die Kleine ein Gespür.«

Auf einer kleinen Kommode stehen Bilder von Haleys Mutter. Sie war wunderschön. Keine klassische Schönheit, aber sie strahlt auf dem Bild so eine Natürlichkeit aus. Auf einem der Fotos ist sie mit Haley am Strand. Haley liegt in ihren Armen, und Kara ist dabei, sie in die Luft zu werfen. Die Innigkeit des Bildes berührt mich sofort.

»Logan hat große Angst, dass Haley die Erinnerung an ihre Mutter verliert. Deshalb hat er die Bilder hier hingestellt. Und auch sonst versucht er, mit ihr über Kara zu sprechen«, erklärt Maggie.

Mein Herz sticht. Ich fühle sehr mit den beiden. »Das muss hart sein. Aber ich denke, es ist besser, zu sprechen als zu schweigen«, sage ich.

»Da magst du recht haben. Aber sie reagiert wenig. Es ist für sie leichter, Wut und Trotz zu äußern. Es ist so, sie spricht nicht, aber sie weint auch nicht. Das halte ich für bedenklich. Die Ärzte sagen, es gibt viele Formen der Trauerbewältigung, und wir sollen einfach bereit sein, wenn Haley so weit ist, ihre Traurigkeit mit Worten und Tränen auszudrücken.«

Ich seufze. »Weißt du, warum ich ausgewählt wurde?«

»Es sind deine Referenzen, wenn auch nicht als Privatlehrerin. Es spielt eigentlich keine Rolle, ob du ein oder mehrere Kinder unterrichtest. Und natürlich die Tatsache, dass du selbst einen Bruder hast, der taubstumm ist.«

Ich nicke zwar zustimmend, denke mir aber, dass das etwas vollkommen anderes ist. Immerhin ist Josh von Geburt an taubstumm. Wir sind quasi da reingewachsen. Außerdem ist und war er immer ein sehr fröhlicher Mensch.

»Das Zimmer ist hübsch eingerichtet. Das ganze Haus, wie ich finde«, stelle ich fest.

»Ihre Mutter hat es geliebt, einzurichten und zu gestalten. Alles hier hat sie sich mit viel Liebe überlegt und umgesetzt.«

»Das sieht man sofort. Sag mal, hast du eine Idee, wie ich anfangen sollte? Meinst du, du könntest Montagmorgen mit hier sein? Es ist sicher einfacher für Haley, wenn sie zu Beginn ein bekanntes Gesicht sieht. Wir haben zwar nicht viel Zeit, aber ich will sie auch nicht überrumpeln, verstehst du?«

»Das wäre zwar eine Möglichkeit, aber ich kenne Haley. Du wirst es einfacher haben, wenn sie sich erst einmal nur auf dich konzentrieren muss. Da lenke ich vielleicht nur ab. Meine Nummer hast du für den Notfall ja.«

Sie hat wahrscheinlich recht. »Noch mal danke für alles. Ohne deine Ratschläge wäre es sicher noch schwieriger geworden.«

Maggie winkt ab, was ich nicht gelten lasse.

»Nein, wirklich. Das ist nicht selbstverständlich.« Plötzlich fällt mir etwas ein. Ich möchte mich zu gern revanchieren. »Ich habe da eine Idee. Ich würde dich zum Dank für deine Unterstützung ins Jone's einladen. Die Besitzerin und ihr Mann sind sehr gute Freunde von mir und nächstes Wochenende findet eine Karaokeparty statt. Würdest du kommen?«

Maggie sieht mich schief an. »Ich auf einer Karaokeparty? Also, ich weiß nicht. Da bin ich wirklich nicht gut drin. Du willst wirklich nicht, dass ich singe.«

Ich lache. »Das musst du auch nicht. Ehrlich gesagt bin ich auch nicht die große Sängerin, aber die Bar ist wirklich sehr schön und familiär.«

Maggie hadert, was ihr deutlich anzusehen ist. Aber gleich habe ich sie. »Na komm schon. Das wird lustig. Sag einfach Ja! Komm am Samstag ins Jone's zur Karaokenacht!«

»Wohin? Karaoke?«

Erschrocken fahre ich herum. In der Tür steht Logan und sieht uns belustigt an.

KAPITEL 10

Ich höre das Geräusch von splitterndem Porzellan und das Poltern von Stühlen und zucke zusammen, als ich Logans Stimme höre. Sie ist tief und streng und ich bleibe einen Moment stehen.

»Verdammt, Haley, was soll das? Ich muss jetzt los und …« Hoffentlich ist nichts Schlimmeres passiert und niemand hat sich wehgetan, ist mein erster Gedanke, als ich weitergehe.

Mit klopfendem Herzen betrete ich die Küche. Ich habe mit allem gerechnet, aber damit nicht. Im Raum herrscht das reinste Chaos. Überall liegen Scherben herum und am Tisch sitzt ein etwa siebenjähriges Mädchen mit hellen Haaren, braunen Augen und einem sehr wütenden Ausdruck im Gesicht.

In der Hand hält sie einen Teller und Logan hebt mahnend die Hand.

»Haley, stell den Teller wieder hin, hörst du?« Aber Haley denkt gar nicht daran und eine Sekunde später zerbricht er auf dem Boden.

»Haley, verdammt!«

Logan ist sichtlich angespannt und weiß nicht, wie er mit der Situation umgehen soll. Mit Sicherheit ist es nicht das erste Mal, dass so etwas passiert.

»Guten Morgen«, sage ich mit einem Lächeln und versuche, mir nicht anmerken zu lassen, wie schwierig auch ich die Situation finde. Wenn ich eines von meinem kleinen Bruder gelernt habe, dann dass man diese Wut einfach ignoriert und sich nicht aus der Ruhe bringen lässt.

Logan richtet seine türkisen Augen auf mich. »Morgen«, murmelt er und stellt die Tasse, die er in der Hand hat, ab.

»Sieht nach Spaß aus«, sage ich und lasse meinen Blick zu Haley wandern, die mich mit zusammengekniffenen Augen mustert.

»Spaß?«, raunt Logan. Er sieht auf die Uhr, dann wieder zu mir. »Ich muss jetzt los, ich bin am Abend wieder da. Haley ist heute nicht besonders gut gelaunt«, sagt er und an seine Tochter gewandt: »Sei brav, ja? Wie gesagt, Lilian ist deine neue Lehrerin und ...«

Bevor er den Satz zu Ende gesprochen hat, hält sich Haley die Ohren zu. Okay, das kann ja lustig werden.

Logan winkt ab. »Ich muss los«, wiederholt er, während er bereits aufgesprungen ist. Er geht auf mich zu und bleibt direkt vor mir stehen – nah, viel zu nah – und der herbe Duft seines Aftershaves kriecht mir in die Nase.

»Tut mir leid, dass ich jetzt gehen muss. Wenn was ist, dann haben Sie ja alle Nummern und Maggie.« Unsere Blicke begegnen sich.

»Das wird schon, machen Sie sich keine Gedanken, einen schönen Tag in der Arbeit«, beruhige ich ihn. Er nickt, schiebt sich an mir vorbei, und zurück bleiben Haley, ich und ein Haufen Scherben.

Während die Tür ins Schloss fällt, reibe ich mir die Hände und sehe zu Haley.

»Na, dann wollen wir das Chaos mal beseitigen, oder hast du vor, noch was zu werfen? Wenn ja, bitte jetzt«, sage ich, gehe auf eines der Regale zu, nehme eine Tasse und reiche sie ihr. Haley sieht mich fragend an.

»Bevor wir mit Aufräumen anfangen, weißt du – also wenn, dann jetzt.«

Sie wirkt sichtlich irritiert und ignoriert die Tasse.

»Na schön«, sage ich und sehe mich nach einem Besen und einer Schaufel um, die ich schließlich im Abstellraum finde. Dann beginne ich damit, die Scherben zusammenzukehren.

»Ich verstehe sehr gut, warum du wütend bist. Mich würde das auch nerven, immer wieder fremde Leute vorgesetzt zu bekommen«, sage ich, während das Porzellanhäufchen in der Mitte des Raumes rasch anwächst. »Aber das arme Geschirr kann ja auch nichts dafür.« Mit dem Besen schiebe ich den Scherbenberg auf die Schaufel und entsorge ihn sorgfältig im Abfalleimer unter der Spüle.

Dann stelle ich mich wieder vor Haley. Sie sieht mich an, nimmt die Tasse, die ich vor ihr abgestellt habe, und donnert sie auf den Boden. Wieder klirrt es.

»Nun. Weißt du was, Scherben bringen Glück, so heißt es jedenfalls.« Ich lächle und lasse mich nicht durcheinanderbringen, greife nach dem Besen. Erneut kehre ich die Scherben zusammen und auf die Schaufel und verfrachte sie in den Müll.

Anschließend ziehe ich einen Stuhl zurecht und setze mich direkt vor sie.

»Du hast keine Lust auf den Unterricht? Nun, da habe ich einen Vorschlag für dich. Ich muss sowieso noch was anderes fertig machen. Ich erledige das, du sitzt weiter hier und schmollst und das bleibt dann einfach unter uns. Da du nicht redest, wirst du es ja eh nicht verraten. Du kannst …« Ich greife in meine Tasche und ziehe ein Buch heraus.

»… das gern ausmalen oder so – oder auch nicht, wie du willst.«

Ich schiebe ihr das Buch hin, das sie skeptisch betrachtet. Dann hole ich meinen Laptop hervor und fange an zu tippen.

Eine Stunde vergeht, und Haley sitzt noch immer da und beobachtet, wie ich in meinen Laptop tippe.

Irgendwann greift sie nach dem Buch und schlägt es auf.

»Das war immer meine Lieblingsgeschichte«, sage ich, als ein bisschen Zeit verstrichen ist. Haley sieht zu mir.

»Na ja, leider komme ich nicht mehr so oft zum Lesen. Aber ich mag die Geschichte, ich kann sie so gut wie auswendig.«

Sie liest weiter und ich tippe in den Laptop.

Als eine weitere Stunde vergangen ist, macht sich mein Magen bemerkbar. Er grummelt hörbar und ich lächle.

»Ich weiß nicht, wie es dir geht, aber ich habe Hunger.«

Haley reagiert nicht und ich stehe auf und öffne den Kühlschrank. Alles darin ist gesund. Ich seufze.

»Was würde ich jetzt für einen Bagel geben oder eine Pizza oder Eis …«

Haley lächelt kurz.

»Wie ich erfahren habe, darfst du nur gesunde Sachen essen, aber wie wäre es, wenn wir uns auf die Suche nach einem Seven Eleven machen oder so?«

Sie zieht eine Augenbraue nach oben – eine Fähigkeit, die sie offenbar von ihrem Vater geerbt hat.

»Oder Eiscreme? Ich liebe Eiscreme, egal wann.«

Wieder huscht ein kurzes Lächeln über ihr Gesicht.

»Weißt du was, das machen wir jetzt, einverstanden?«

Haley nickt und ich nicke ebenfalls.

»Na dann, worauf warten wir noch?«

* * *

Wir verlassen das Haus und gehen rechter Hand die Straße entlang. Ich habe den kleinen, niedlichen Eisladen, den wir ansteuern, bei meinem Sprint am ersten Tag flüchtig wahrgenommen. Der Fußmarsch dauert nicht lange, die Sonne scheint, und als wir dort ankommen, sitzen ein paar Leute draußen an den Tischen. Einige tippen in ihr Handy, haben einen kleineren oder großen Eisbecher vor sich stehen. Zwei Frauen unterhalten sich.

»Oh, guck, da vorne ist ein Tisch in der Sonne frei. Setzen wir uns auch raus, ich mag die Sonne, du auch?«, frage ich an Haley gewandt. Sie reagiert nicht, also übernehme ich das Zepter, gehe zu besagtem Tisch und lasse mich nieder. Haley ist mir gefolgt, rückt sich einen Stuhl zurecht und nimmt ebenfalls Platz.

Es dauert nicht lange, da steckt ihr Kopf in der Karte und ein junger Kerl mit einem lustigen Shirt, auf das eine Eiswaffel mit Gesicht gedruckt ist, kommt auf uns zu.

»Was darf es sein?«, will er wissen und ich sehe zu ihm auf.

»Wir möchten Eis essen«, sage ich und deute auf einen Becher, »für mich bitte Vanilleeis mit Erdbeeren.« Der Eisverkäufer nickt. Dann sehe ich zu Haley. »Was magst du?«

Haley deutet nach einer Weile auf den Becher mit Schokoladeneis, bunten Streuseln und Sahne.

Der Kellner nickt. »Wird erledigt«, sagt er und verschwindet im Inneren der Eisdiele.

Ich lehne mich zurück, lasse die Sonne mein Gesicht streicheln und atme tief durch.

»Das ist so entspannend, findest du nicht auch? Kann man schöner Unterricht halten als auf diese Art und Weise?«

Haley blickt ebenfalls kurz in den Himmel. Verzieht aber keine Miene.

So sitzen wir eine ganze Weile da, bis der Verkäufer mit den bestellten Eisbechern zurückkommt.

»Bitte schön, die Damen, lasst es euch schmecken«, wünscht er, und ich betrachte erfreut die hübsch garnierten Becher, in die er sogar kleine Schirme gesteckt hat.

»Ich liebe Erdbeeren«, sage ich, greife nach dem Löffel und fange an zu essen. Nachdem ich den ersten Löffel davon gekostet habe, seufze ich genießerisch. »So lecker, wirklich.«

Haley lächelt leicht und nimmt dann ebenfalls ihren Löffel in die Hand und fängt an zu essen. Sofort ist ihr Gesichtsausdruck entspannt, und ich merke, dass es ihr genauso guttut wie mir.

Als wir unsere Becher geleert haben, reibe ich mir vergnügt den Bauch.

»Eiscreme am Morgen vertreibt Kummer und Sorgen. Hat mein Papa immer gesagt«, erkläre ich und kratze den letzten Rest aus dem Glasgefäß.

Haley nickt und legt dann den Löffel weg.

»Nun, ich habe keine Ahnung, wie du das siehst, aber die Sonne scheint, wir könnten wieder zurück, ich tippe und du – ich weiß nicht, was du gern machst? Einverstanden?«

Sie hebt eine Augenbraue. Dann sieht sie mich eine Weile an.

Ich habe das Gefühl, sie will etwas mitteilen, tut es aber dann nicht, und so zahle ich, wir stehen auf und machen uns auf den Heimweg.

»Ich muss eben ins Poolhaus, habe dort was vergessen«, sage ich zu ihr. »Magst du mit?«

Sie sagt nichts, aber als ich einfach in diese Richtung losgehe, folgt sie mir.

Als wir vor meinem Häuschen stehen, öffne ich die Tür, trete ein und krame in meiner Tasche herum. Dass ich Haley eigentlich nur vor das Regal locken wollte, lasse ich mir nicht anmerken, doch der Plan scheint aufzugehen, denn sie stellt sich wortlos davor und betrachtet die Bücher.

»Ganz schön viele, oder?«, frage ich und gehe zu ihr.

Sie hebt den Blick und nickt.

»Aber Bücher kann man ja nie genug haben, auch wenn es eine Ewigkeit bräuchte, sie alle zu lesen.«

Sie grinst.

»Also ich bin fertig, wollen wir in den Garten?«

Haley sieht mich an, dann wendet sie sich ab, reckt sich, greift nach einem der Bücher und nickt zustimmend.

»Na schön, dann los. Guck mal.« Ich zeige ihr in der Gebärdensprache die Zeichen für »Lass uns gehen«, weiß aber nicht recht, ob etwas davon bei ihr ankommt. Sie reagiert nicht auf die Zeichensprache, und ich weiß noch nicht, ob sie sich nicht traut oder sie es einfach nicht will oder kann. Doch eine Sache ist klar: Ich gebe nicht auf.

* * *

Ich breite eine Decke im Garten aus, lege mich darauf, und Haley setzt sich neben mich, schlägt das Buch auf und beginnt zu lesen, während ich mich einfach entspanne.

Ich habe mir selbst auch Lektüre mitgenommen, doch eine Weile liege ich noch so da und genieße die warmen Sonnenstrahlen auf meiner Haut.

Die Zeit vergeht, wir haben es uns gemütlich gemacht, lesen beide und irgendwann sehe ich zu Haley.

»Hast du Hunger?«, will ich wissen.

Sie nickt.

»Wir könnten Pizza bestellen, was hältst du davon?«

Sie nickt und ich lächle.

»Lesen, Pizza, Sonne, kann man den Tag besser verbringen?«

Sie lächelt erneut und ich nehme mein Handy und suche einen Lieferdienst heraus. Wir bestellen zwei Pizza Salami, und es dauert auch keine zwanzig Minuten, bis das Gewünschte geliefert wird und Haley und ich unser Picknick mit Buch fortsetzen können.

Wieder vergeht eine Weile, bis ich das Schulbuch, in dem der Stoff steht, hervorziehe und den Kopf schüttle.

Haley sieht auf und mustert mich.

»Weißt du, was manchmal das Problem bei Mathe ist?«, frage ich und deute auf einige der Matheformeln.

Haley sieht mich gespannt an. »Man versteht in dem Moment, in dem man es lernt, nicht, für was es gut sein kann. So ist es aber mit vielen Dingen im Leben. Man erkennt oft erst später, wofür sie einem nützen.«

Haleys Gesichtsausdruck verrät mir, dass sie ahnt, worauf ich hinauswill. Doch ich merke auch, wie interessiert sie meine Hände beobachtet, mit denen ich die Worte, die ich spreche, gleichzeitig forme. Sie hält die Hände in ihrem Schoß und formt den Satz: Ich hasse Mathe. Ich grinse und bin erstaunt, wie unheimlich schnell sie begreift.

»Aber weißt du was? Du malst gern. Wir werden einfach Mathe und malen verbinden.« Ich ziehe ein buntes Malheft aus meiner Tasche. Es geht darin um eine Art von Malen nach Zahlen. Bestimmte Ergebnisse stehen für Farben, und wenn man etwas richtig gelöst hat, kann man das entsprechende Feld farbig füllen. Tatsächlich fängt sie an, sich damit zu beschäftigen und es entsteht ein immer bunteres Bild. Der Himmel ist hin und wieder von farbigen Tupfern durchzogen. Ich beschließe, es vorerst zu belassen und die Fehler später mit ihr gemeinsam zu korrigieren.

»Meine Lieblingsfächer waren immer Sprachen und Kunst«, beginne ich jetzt zu erzählen.

Interessiert legt Haley das Buch auf die Seite.

»Aber als ich etwa so alt wie du war, hatte ich eine fürchterliche Lehrerin, die sich mal so vernichtend über ein Bild von mir ausgelassen hat, dass ich beinahe die Lust am Zeichnen verloren habe.« Ich blicke in den Himmel, dann wieder zu Haley.

»Wir hatten die Aufgabe, einen Himmel, ein Haus und einen Garten zu malen, und weißt du, mein Himmel damals war nicht blau, sondern rosa. Und an manchen Stellen so bunt wie deiner gerade auf dem Rechenbild.«

Haley lächelt leicht.

»Daraufhin meinte Mrs Richman, so hieß die Frau, dass ich es offenbar nicht schaffe, Dinge richtig darzustellen, aber mal ehrlich, der Himmel hat viele Farben, warum nur blau?«

Haley nickt.

»Das war der Moment, in dem ich beschlossen habe, Lehrerin zu werden.«

Haley zieht eine Augenbraue nach oben.

»Ja, na ja, vielleicht nicht ganz, aber immer wieder gab es so Situationen, und da habe ich mir gesagt, ich mache das mal ganz anders.«

Ich lächle sie an und sie lächelt wieder leicht.

»Gefällt dir das Buch?«

Haley sieht mich an. Dann nickt sie.

»Ich mag es auch. ›Momo‹ habe ich auch gern gemocht, es war sogar mein Lieblingsbuch. Irgendwie sollten wir doch alle wie Momo sein.« Ich zwinkere ihr zu. »Dann lass uns mal reingehen, es wird frisch und dein Papa kommt sicher bald.«

* * *

So vergehen die ersten Tage, Haley und ich gehen morgens Eis essen, anschließend lesen wir, liegen in der Sonne oder lümmeln im Poolhaus herum, als es am Mittwoch regnet.

Wir schweigen, lesen, und ich erzähle Haley immer wieder Dinge, die mir gerade durch den Kopf gehen. Geschichten von früher, und irgendwann erwähne ich auch meinen Bruder.

»Er kann nicht hören und deshalb auch nicht sprechen, aber er hört oft besser zu als manch anderer«, erkläre ich, »und man kann sich sehr gut mit ihm unterhalten. Denn auch mit Schweigen kann man mehr sagen, als man glaubt.« Sie nickt, so als würde sie genau wissen, was ich meine.

Irgendwann umarmt Haley mich plötzlich, einfach so, als ich ihr davon berichte, wie traurig ich war, als mein Meerschweinchen Madonna durch einen Treppenschacht gefallen und gestorben ist.

Am Abend berichte ich Logan, dass wir mit dem Stoff vorankommen. Und ich wünschte, er würde bemerken, wie Haley, die mit am Tisch sitzt, darunter leidet, dass er sich anscheinend nur dafür interessiert. Er nickt abschließend nur, streicht Haley kurz über die Schulter und verschwindet dann in sein Büro. Er arbeitet wirklich viel, und an dem Blick, mit dem sie ihm nachsieht, erkenne ich, wie traurig es sie macht, dass es bei seinen Fragen am Tisch nur um die Schule und die Leistung geht.

»Wo will Logan denn schon wieder hin«, holt mich Maggie aus meinen Gedanken. Ich zucke die Schultern. »Ich vermute, arbeiten.«

»Aber er kommt doch gerade erst von der Arbeit.« Maggie stellt einige Einkäufe auf die Küchenablage. »Ich war unterwegs und hab ein wenig eingekauft.«

»Was täte die Familie nur ohne dich?«

»Das frage ich mich auch manchmal«, sagt sie und küsst Haley zärtlich auf den Scheitel. Der Anblick rührt mich und ich bin froh, dass sie jemanden hat, der sich wirklich für sie interessiert. Warum kann Logan seiner Tochter nicht ebenso seine Zuneigung zeigen, die sie so dringend braucht?

»Wollen wir zusammen was spielen«, wirft Maggie in die Runde und sofort leuchten Haleys Augen auf. »Vielleicht im Baumhaus?«

Ich runzele die Stirn. Von einem Baumhaus höre ich zum ersten Mal und ein Blick in Haleys Gesicht und ihr Kopfschütteln verraten mir, dass mehr hinter diesem Ort steckt.

»Na gut, wir können es uns auch einfach auf dem Flauschteppich gemütlich machen. Was hältst du davon, dir rasch die Hände zu waschen und dann treffen wir uns gleich da.«

Haley wirkt erleichtert und flitzt sofort los ins Bad.

»Vergiss die Seife nicht!«, ruft Maggie ihr noch nach.

»Ein Baumhaus? Davon wusste ich noch gar nichts.«

Maggie sieht mich traurig an. »Sie war gern dort oben. Aber seit ihre Mutter weg ist, wollte sie nicht mehr hinauf. Dabei ist es so hübsch. Ich zeige es dir bei Gelegenheit.«

Ich nicke und schon ist Haley zurück und zieht mich an der Hand Richtung Wohnzimmer.

* * *

Am Freitag liegen wir wieder im Garten und sind gerade dabei, Wolken zu zählen. Die Pizza haben wir fertig verputzt, als ich heftig zusammenzucke.

»Was ist das denn hier bitte?« Logan steht mit einem Mal da, und mein Herz fängt an, zu rasen.

»Das nennt man also Unterricht? Miss Harper? Ist das Ihr Ernst?«

Seine Stimme ist tief und sein Mund verzogen.

Ich setze mich auf und sehe zu Haley.

»Wir ruhen uns einfach aus.«

Sein Blick schweift zu Haley. »Haley, habt ihr den ganzen Tag hier herumgesessen und«, sein Blick wandert über die leeren Pizzakartons, »Fast Food gegessen?«

Haley zuckt mit den Schultern. Reagiert sonst nicht, sieht zu mir, und ich schlucke.

»Logan, Mr Westwick ... Wir ...«

»Sie sind jetzt ruhig«, fährt er mich an und bei seinem herrischen Ton zucke ich erneut heftig zusammen.

»Haley, ich habe dich was gefragt, verdammt, gib mir eine Antwort, und Sie, ich meine, was wird das? Kein ungesundes

Essen? Aktives Arbeiten? So sieht das also bei Ihnen aus? Wollen Sie mich für blöd verkaufen? – Haley, du gehst jetzt sofort ins Haus!«

Aber Haley bewegt sich nicht.

»Und wir ...« Er blitzt mich förmlich an. »Wir reden ein ernstes Wort. – Haley, hörst du nicht, verdammt!« Wieder fährt er sie an, und ich sehe, dass sich in ihren Augen Tränen bilden. »Haley!«

Ruckartig steht sie auf, wirft das Buch auf die Wiese und rennt davon.

»Was ist nur mit Ihnen los?«, fahre ich Logan jetzt an.

»Sie fragen mich ernsthaft, was los ist? Nach alledem? Das geht doch die gesamte Woche schon so, oder nicht?«

»Sie scheinen gerade vergessen zu haben, wie schlimm alles, was passiert ist, für Haley ist. Statt Einfühlung und Verständnis versuchen Sie ständig, Druck auszuüben. Dabei braucht Ihre Tochter ganz dringend etwas, was ihr zeigt, dass das Leben schön ist. Haley und ich haben uns behutsam angenähert, denn Vertrauen zu gewinnen braucht Zeit, aber das ist Ihnen ja gar nicht bewusst. Sie sehen ja gar nicht richtig hin. Sie reagiert schon auf kleine Aufgaben, die ich ihr stelle. Mal eine Rechenaufgabe, mal schreibt sie eine Geschichte auf. Außerdem verfolgt sie genau, wenn ich alles, was ich sage, in Gebärdensprache wiederhole. Das alles sehen Sie nicht oder wollen es nicht sehen. Kümmern sich nur um sich und ...« Ich stocke, bin in Rage. Ich weiß, so darf ich mit meinem Chef nicht reden, aber ich kann gerade einfach nicht an mich halten. »Sie strafen sie mit viel mehr Stille ab, als sie jemals schweigen kann. Und begreifen nicht, dass Haley Zeit braucht, um irgendwie klarzukommen. Und ja, wir essen Pizza und Eiscreme, wir lesen und ich rede viel, aber wissen Sie was, Haley lächelt ab und an, ist Ihnen das vielleicht aufgefallen? Und wenn Sie das schlimm finden, dann tut es mir leid, wirklich!« Ich stehe auf und laufe davon, komme aber nicht weit.

Logan greift mir unerwartet an die Taille und zieht mich zurück. »Miss Harper …« Mit einem Mal ist er mir viel zu nah.

Er sieht mich an, hält mich fest. Ich spüre seine Finger an meiner Taille, sein Blick liegt auf meinen Augen. Und ich atme tief durch, atme seinen herben Duft ein und warte, dass er etwas sagt. Ich weiß, ich habe eine Grenze überschritten, und rechne damit, dass er mich feuert, aber dann löst er seinen Griff von meiner Taille, tritt zurück und ich sehe ihn an.

Er sagt nichts und ich wende mich ab. Ich will zu Haley, und dann gehe ich eilig davon und lasse ihn einfach stehen.

KAPITEL 11

Ich klopfe an Haleys Tür, natürlich erhalte ich keine Antwort. Ich öffne sie langsam.

Sie liegt auf dem Bett, den Kopf ins Kissen vergraben. Ich trete ein und schließe die Tür hinter mir. Dann setze ich mich zu ihr aufs Bett.

»Er meint es nicht so, er ist einfach überfordert, weißt du«, sage ich und Haley schluchzt.

Dann richtet sie sich langsam auf.

»Weißt du, was wir jetzt brauchen?« Ich begleite meine gesprochene Frage mit der Gebärdensprache.

Haley sieht mich an und macht mit ihren Händen das Zeichen für Eis.

Fast muss ich lachen, dass sie genau in diesem Moment zeigt, wie aufmerksam sie immer ist, wenn ich ihr etwas beibringe.

»Nein, kein Eis ..., aber wie wäre es mit der ›Eisprinzessin‹, ich liebe diesen Film und Olaf.«

Sie zieht eine Augenbraue nach oben.

»Der ist so lustig, oder?« Ich zücke mein Handy und rufe Netflix auf. Klicke auf den Film »Die Eisprinzessin« und sehe sie fragend an. »Was meinst du? Einfach ne Runde Film schauen?«

Sie nickt. Dann setze ich mich neben sie, halte das Handy und starte den Film.

Zuerst ist die Eisprinzessin traurig, weil die Eltern der beiden Geschwister sterben, aber die Szene, bei der Anna aufwacht, mit völlig verstrubbelten Haaren, bringt uns beide zum Lächeln. Wir schauen, lassen uns einfach von dem Film wegtragen, und ich merke, dass Haley irgendwann näher an mich heranrutscht und mich ansieht. In ihren Augen sind so viele Fragen.

»Mach dir keine Gedanken. Er hat mich nicht gefeuert, zumindest noch nicht.«

Sie nickt, widmet ihre Aufmerksamkeit wieder der Eisprinzessin, und irgendwann fallen ihr die Augen zu.

Ich lasse den Film noch eine Weile laufen, ehe ich die App schließe und aufstehe. Ich decke Haley zu und will gerade aus dem Zimmer schleichen, als Logan vor mir steht.

»Wie geht's ihr?«, fragt er und ich lege einen Finger an meine Lippen.

»Sie schläft, wir haben einen Film geschaut.«

Er hebt eine Augenbraue. »Kommen Sie«, sagt er nur und ich schließe die Tür und folge ihm die Treppe nach unten in den Flur. Dort bleibt er stehen. »Der Unterricht wurde vernachlässigt, es gibt Eiscreme, Pizza und jetzt Fernsehen? Fernsehen ist …«

»Es tut ihr gut und Sie sind einfach zu streng.«

Er schüttelt den Kopf. »Und Sie sind zu nachgiebig«, erwidert er. Wir stehen da und sehen uns an.

»Ich wollte nicht so mit Ihnen reden«, sage ich, »aber wenn Sie Haley so überfordern, wird sie sich nicht öffnen. Das verschließt sie immer mehr.«

Jetzt erst fällt mir auf, dass er sich umgezogen hat. Anstatt des perfekt sitzenden Anzuges trägt er ein weißes Shirt, und der Schlüssel an der Halskette liegt zwischen seinen Brustmuskeln.

Wieder frage ich mich, was er zu bedeuten hat, aber auch diesmal spreche ich ihn nicht darauf an.

Stattdessen hole ich tief Luft: »Es ist wie mit einer Tür, die klemmt und bei der sich der Schlüssel einfach nicht drehen lässt.« Erneut lasse ich meinen Blick zu dem kleinen Schlüssel auf seiner Brust wandern, dann sehe ich Logan direkt ins Gesicht. »Wenn Sie fester drücken und rütteln, geht die Tür deswegen auch nicht auf. Aber wenn Sie es langsam versuchen, mit Geduld und Gefühl, wird sie sich irgendwann öffnen.«

Er streicht sich durch das Haar und kommt einen Schritt auf mich zu. Sofort klopft mein Herz heftig. Er ist mir wieder so nah wie vorhin im Garten, als er meine Taille berührt hat.

»Sie sollten versuchen, mehr mitzumachen, vielleicht einen gemeinsamen Ausflug, oder … ich meine, Haley ist Ihnen doch wichtig und …«

Er nickt.

»Zeit ist so kostbar, Sie wissen das doch selbst und …«

Er hebt die Hand. »Sie immer mit Ihren Sprüchen und diesem vorlauten Mundwerk …«

»Es tut mir leid, ich …«

Er senkt seine Hand. »Wenn Sie sagen, es tut Haley gut, dann okay, meinetwegen, aber der Stoff muss am Ende funktionieren, ist das klar, Miss Harper? Und ich … ich kann das einfach nicht …« Er tritt zurück, bringt wieder Abstand zwischen uns und ich nicke.

»Ja, es wird sicher funktionieren und … wegen des Ausflugs, denken Sie mal darüber nach, wohin Haley vielleicht gern möchte.«

Er nickt. »Gut.« Dann wendet er sich ab und lässt mich stehen.

Ich frage mich, ob es auch einen Zugang zu ihm gibt, ob es einen Schlüssel gibt, damit sich Logan öffnet, oder ob die Tür immer verschlossen bleibt.

Kapitel 12

»Haley, Haley!« Mein Herz rast wie verrückt. Ich fächele mir Luft zu, aber es hilft nichts. »Wo bist du? Das ist nicht witzig!«, rufe ich durch das Wohnzimmer. Laufe zum Flur und brülle wieder die Treppe hinauf. Es kommt keine Antwort. Natürlich nicht. Ich habe bereits alle oberen Räume nach Haley abgesucht, war im Keller und in den Vorratsräumen. Keine Spur. Ich laufe hinüber in die Küche und setze mich auf einen der Hocker am Tresen. Nervös wende ich das Handy in meiner Hand und spüre heiße Tränen über meine Wangen rinnen. Was soll ich jetzt nur tun, denke ich. Kurz überlege ich, ob ich Logan anrufen soll, aber etwas hält mich davon ab. Ich wähle Maggies Nummer. Ungeduldig tippe ich mit dem Zeigefinger auf die Arbeitsplatte. Ich kann einfach nicht stillsitzen. Verdammt! Die Mailbox. Nachdem ich das Telefon auf den Tresen gelegt habe, fahre ich mir durch das Haar. Nachdenken! Denk nach! Verdammt. Was hat Maggie noch mal alles erzählt? Haleys Lieblingsorte … Ob sie dort oben ist, an dem Ort mit der Bank, den Logan mir gezeigt hat. Etwas sagt mir, dass das nicht sein kann. Ich schnappe mir das Telefon und gehe in den Garten. Da kommt mir eine Idee. Schnell laufe ich über die Wiese, bis ans Ende der parkähnlichen Anlage. Einige Bäume stehen wie ein Wäldchen am Rande der Grünanlage. »Haley, bist du da irgendwo? Haley!« Ich zittere. Auf einem von diesen Bäumen muss es sein, das Baumhaus, von dem Maggie mir erzählt hat. Sie wollte es mir noch zeigen, aber es ist irgendwie untergegangen. »Sie war mit ihrer Mutter immer wieder gern da oben«, höre ich Maggies Worte. Mein Blick schweift über die Baumkronen und plötzlich hüpft mein Herz ein klein wenig. »Haley«, rufe ich und klettere eilig die Leiter hinauf. Auch wenn sie hier ist, wird sie natürlich nicht antworten. Als ich oben ankomme, staune ich. Das Baumhaus ist viel größer, als es von unten aussieht. Es gibt einen kleinen Vorraum, der mit einer Tür von dem eigentlichen Raum abgetrennt ist. Zaghaft klopfe ich an und halte für einen Moment die Luft an. »Haley. Ich komme rein«, kündige ich an und drücke die Klinke nach unten. Die Tür knarzt und ist auch ein wenig schief, lässt sich aber mit einem leichten Ruck öffnen. »Haley, da bist du ja«, rufe ich erleichtert aus und sie sieht mich mit großen Augen an. Sie hat offensichtlich geweint und der Anblick bricht mir das Herz. Die Standpauke, die ich mir bei meiner Suche überlegt habe, kommt jetzt nicht mehr infrage. »Hey, Mäuschen, was ist denn los?«, frage ich stattdessen. »Darf ich mich zu dir setzen?«

Haley nickt und rutscht etwas zur Seite. Ich sehe ihr an, dass sie Ärger erwartet.

»Haley, du brauchst keine Angst zu haben. Es ist alles okay«, flüstere ich und nehme sie in meine Arme. Sie schluchzt, und ich frage mich, was in ihr vorgeht. Wenn sie nur endlich sprechen würde. Ich spüre jedoch, dass ich nicht weiterkommen werde, wenn ich bohre.

»Schön hast du es hier. Das ist wirklich toll. Hast du die Bilder gemalt?« Ich zeige an die Wand. Haleys Köpfchen, das gerade noch an meiner Brust vergraben war, löst sich von mir und sie sieht vorsichtig nach oben. Sie wischt sich mit ihrem

Ärmel die Tränen von der Wange. Ich lächle, als sie zaghaft nickt.

»Und das ist einer deiner Lieblingsorte?«

Wieder nickt sie und kuschelt sich ein wenig näher an mich heran. »Das kann ich verstehen, hier ist es echt gemütlich.« Wir sitzen auf einer Matratze. An der Decke hängt ein rosafarbener Stoffhimmel und hübsche kleine Kissen zieren den Platz. Es gibt außerdem einen kleinen Tisch mit einer Tischdecke und zwei Stühle. Mein Blick fällt wieder auf Haley. Ich entdecke, dass dicht neben ihrem Schoß ein Büchlein liegt. Es ist in hübsches Papier gebunden und in großen Buchstaben trägt es die Aufschrift »Glücksmomente«.

»Das ist ein schönes Buch, das du da hast. Darf ich es ansehen?«

Haley zuckt etwas zurück.

»Oh, du musst es mir nicht zeigen, wenn du nicht möchtest. Das ist auch in Ordnung. Weißt du, jeder Mensch hat das Recht auf seine eigenen Gedanken, sie gehören nur ihm selbst.«

Haley legt den Kopf etwas schief und hebt zögerlich ihre Hände. Innerlich platze ich vor Stolz, als sie in Gebärdensprache antwortet: »Du auch?«

Ich nicke. »Ja, auch ich.« Wieder sieht mich Haley an und ich schüttle leicht den Kopf. »Vielleicht erzähle ich dir das mal wann anders.« Ich schlucke. Doch Haleys Gesichtsausdruck sagt mir, dass sie meine Entscheidung akzeptiert. Einen Moment dreht sie sich von mir weg, und ehe ich michs versehe, hält sie das Büchlein in der Hand und reicht es mir. »Bist du sicher?«, frage ich und streiche vorsichtig über den Einband des Buches. Haley nickt leicht. Ich atme tief ein. Auf der ersten Seite steht ein Text in Handschrift. Er ist mit einem Füller geschrieben, und sofort fällt mir die schöne, regelmäßige, etwas verspielte Schrift auf. Schweigend lese ich.

Liebe Haley,

vor einigen Tagen warst du so traurig, weil Renee dich von ihrer Geburtstagsfeier ausgeladen hat. Du warst davon überzeugt, dass es die schönste Party werden würde, und so bedrückt, dass sie dich wegen eines Streits ausgeladen hat. Deshalb schenke ich dir dieses Büchlein. Ich wünsche mir, dass es dich hin und wieder, wenn du traurig bist und das Gefühl hast, dass nichts mehr so schön sein kann, wie es einmal war, an deine Glücksmomente erinnert. Die ersten Seiten habe ich für dich bestückt. Erinnerst du dich an die Achterbahnfahrt letzten Frühling? Du siehst auf dem Bild so glücklich aus, und ich bin mir sicher, dass dir die Erinnerungen ein Lächeln ins Gesicht zaubern können. Und dass dir die Glücksmomente auch Hoffnung geben – auf eine Zukunft voller Freude und neuem Glück.

Ich liebe dich, Kleines, mehr als alles andere auf dieser Welt. Du bist mein ganzes Glück, in jedem Moment.

Deine Mama

Während ich die Zeilen noch einmal lese, ergreift mich eine tiefe Traurigkeit. Ich betrachte das Bild, das auf der Seite neben dem Text von Kara klebt. Haley nach der Achterbahnfahrt. Sie strahlt so voller Glück. Ihre dunklen Augen leuchten, ihr helles Haar weht im Wind. Wirklich ein Glücksmoment.

Meine Augen füllen sich mit Tränen. »Haley, das ist so schön. Was deine Mama dir da geschenkt hat, ist so wertvoll.« Ich nehme das Mädchen in den Arm und bin mir einen

Moment nicht sicher, ob ich sie tröste oder mich selbst. Sie hebt die rechte Hand und deutet eine Gebärde an. Ich weiß, was sie mir sagen will, und umarme sie wieder, bevor sie den Satz zu Ende gezeigt hat. »Ich weiß, du vermisst sie«, sage ich und streiche ihr eine Strähne hinters Ohr. »Aber weißt du, was ich glaube? Genau für solche Momente hat sie das Buch für dich gemacht. Wollen wir weiter hineinsehen?«

Haley nickt und eine Weile blättern wir gemeinsam durch die Einträge. Rechts klebt immer ein Bild von Haley und ihren Eltern oder auch mal von Freundinnen und auch Maggie. Ich schmunzele. »Du hattest wirklich schon ganz viele Glücksmomente. Das hier würde ich auch gern mal wieder machen«, erkläre ich und zeige auf ein Bild, auf dem Haley und Kara einen Drachen steigen lassen. »Und du kannst noch sehr viele solcher Momente erleben, Haley«, sage ich, woraufhin sie mir das Buch abnimmt und mich intensiv ansieht. Einen Moment befürchte ich, etwas Falsches gesagt zu haben. »Also wenn du …« Doch sie hebt die Hand und fordert mich damit zum Schweigen auf. Ich schmunzele, denn das Mädchen hier vor mir hat ein gesundes Selbstbewusstsein. Wenn ich nur in der Vergangenheit ein bisschen von ihrem Schneid gehabt hätte … vielleicht wäre einiges anders gelaufen. Ich spüre den bekannten Schmerz in meiner Brust und schlucke fest. Erst als Haley an meine Schulter stupst, kann ich den Gedanken wegdrängen. Sie hält das Buch aufgeschlagen auf ihren Knien. Ich gucke über ihre Schulter und lese laut.

Liebe Haley,
hier hast du Platz, deine Träume und Glücksmomente hineinzuschreiben. Und merke dir: Kein Traum ist jemals zu klein und du hast das Recht auf alles Glück dieser Welt.

Darunter hat Haley angefangen, einige ihrer Gedanken und Wünsche aufzuschreiben:

Sehen, wie der Weihnachtsbaum am Times Square zu
leuchten beginnt
Im Gnadenhof helfen
Mal mit einem Hubschrauber fliegen
Mit Papa Schlittschuh laufen
Zum Zirkus gehen

»Oh, mit Delfinen schwimmen?«, frage ich und Haley nickt eifrig. »Das ist ein toller Wunsch, das wollte ich auch schon immer mal machen.«

Ich lese noch einige der Wünsche, bis ich auf der nächsten Seite das letzte Geschriebene sehe:

dass Mama nie gestorben wäre

Haley hat den Satz wieder durchgestrichen. In diesem Moment tut sie mir so unendlich leid. Ich drücke sie an mich und Haley weint. »Süße, es ist okay. Du darfst traurig sein«, flüstere ich und küsse sie zart auf ihren Scheitel. Ihr kleiner Körper bebt, und ich wünsche mir von ganzem Herzen, dass ich ihr den Schmerz nehmen könnte. Ich fühle mich machtlos. Doch ich muss stark sein, für Haley. Sanft schaukele ich sie in meinen Armen. »Weißt du, deine Mama ist nie ganz weg. Sie ist genau hier«, erkläre ich und tippe zart auf ihre Brust. Doch sie lässt sich nicht beruhigen und schluchzt nur noch stärker. Ich merke, dass dies einer der Momente ist, in denen jedes Wort zu viel ist. »Ich bin da«, flüstere ich nur noch.

* * *

»Danke, dass Sie gleich reagiert haben«, sage ich und bitte Logan ins Poolhaus.

»Was ist denn passiert?«, fragt er besorgt und schiebt die Ärmel seines Hemdes bis an die Ellbogen.

Wir setzen uns und ich schenke ihm ein Glas Wasser ein.

»Danke«, sagt er und sieht mich auffordernd an.

Ich räuspere mich. »Heute war Haley auf einmal verschwunden. Ich habe …«

»Moment! Verschwunden?«, unterbricht mich Logan und springt auf. »Was genau meinen Sie mit *verschwunden*? Wie konnte das passieren, Miss Harper?«

Ich schlage die Beine übereinander. Auf keinen Fall darf ich emotional werden. Es ist wichtig, ihm auf einer sachlichen Ebene zu erklären, was in Haley vorgeht, erinnere ich mich in Gedanken. »Mr Westwick«, sage ich, sehe ihn offen an und warte einen Moment, bis ich seine volle Aufmerksamkeit habe. Dann erst spreche ich weiter. »Es ist alles in Ordnung. Haley geht es gut. Sie hat sich nicht vom Anwesen entfernt.«

Logan setzt sich, atmet tief durch und fährt sich durchs Haar. »Okay, okay. Entschuldigen Sie bitte. Wo war sie denn?«

»Im Baumhaus«, antworte ich.

Logan sieht mich überrascht an. »Im Baumhaus?«

»Ja, warum denn nicht?«

»Sie hatte bisher immer Angst vor Höhe und ist da nie alleine hoch.«

»Das ist vielleicht der Grund, weshalb Maggie mir diesen Platz noch nicht gezeigt hat«, sage ich laut und mehr zu mir selbst. »Sie wusste, Haley würde ihn mir vermutlich selbst zeigen, wenn sie hochwollen würde«, schloss ich weiter.

Logan nickt zustimmend. »Wahrscheinlich. Unglaublich, dass Sie sie trotzdem gefunden haben. Das Baumhaus ist wirklich etwas versteckt.«

»Ja, das auf alle Fälle.«

»Und was wollte sie nun da oben?«, erkundigt er sich weiter.

»Sie hat in ihrem Glücksmomentebuch geblättert.«

Logan atmet tief durch und steht wieder auf. Wie ein Tiger im Käfig läuft er im Raum auf und ab. »Das Buch liegt immer dort oben. Seit Karas Tod hat sie nichts mehr in das Buch hineingeschrieben.« Sein Blick erhellt sich, und ich weiß, was er denkt. Ich schüttele den Kopf. »Leider hat sie heute keinen weiteren Glücksmoment hineingeschrieben.«

Logans Schultern sinken ein wenig nach unten.

»Es tut mir leid, dass ich Ihnen nichts anderes sagen kann. Aber sie hat nach dem Tod Ihrer Frau schon etwas hineingeschrieben: Sie wünscht sich, dass ihre Mama nie gestorben wäre.«

Logan schließt die Augen. Als er sie wieder öffnet, ist da auch diese Traurigkeit, die tief in seinem Blick verborgen liegt.

»Miss Harper. Ich weiß ehrlich gesagt nicht, worauf Sie hinauswollen. Ich habe Sie als Lehrerin für Haley eingestellt. Nicht als ihre Psychotherapeutin.« Seine Stimme klingt vehement.

»Aber. Aber … vielleicht …«

Logan unterbricht mich. »Es gibt kein ›vielleicht‹. Kara ist weg und sie hat nichts als Schmerz hinterlassen, verstehen Sie? Es wird Zeit, dass Haley ihren Alltag wiederfindet. Und das ist alles, was jetzt wichtig ist.«

Ich spüre, wie mein Herz heftig gegen meine Brust schlägt, und stehe jetzt ebenfalls auf. »Es tut mir leid, aber ich muss Ihnen da widersprechen. Zu trauern, ist ein wesentlicher Bestandteil um – wie Sie sagen – in einen Alltag zurückzufinden. Die Trauer zu ignorieren, kann nie richtig sein. Meiner Meinung nach sollten Sie sich dieses Buch einmal ansehen. Es könnte nicht schaden, wenn Sie Haleys Gefühlswelt besser kennen würden.«

Logan bewegt sich zur Tür, und ich ahne, dass ich zu weit gegangen bin. Seine Stimme ist erstaunlich ruhig, als er sich noch einmal zu mir herumdreht. »Danke, Miss Harper. Ich weiß, Sie meinen es nur gut mit meiner Tochter. Aber für Haley und mich sind diese Glücksmomente mit Kara gestorben. Alles, was hilft, nicht den Verstand zu verlieren, ist Struktur. Und dazu muss sie wieder zur Schule gehen und die Gebärdensprache beherrschen. Das ist der Grund, warum Sie hier sind.«

Er sieht mich erneut intensiv an und immer noch spüre ich seinen Schmerz. Ich weiß, es ist nicht der Moment, zu widersprechen. Was soll ich auch sagen? Man muss seiner Angst und seinem Schmerz ins Gesicht blicken? Da bin gerade ich die Falsche. Also nicke ich nur und lasse ihn ohne weitere Worte gehen.

Kurz nachdem er weg ist, sehe ich durch das Fenster, und wider Erwarten läuft er Richtung Baumhaus. Mein Herz hüpft einen Moment schneller, als ich in der Ferne, an dem Ort, an dem Haley ihrem Schmerz in Form von Tränen seinen Lauf gelassen hat, ein Licht sehe. Und ich spüre, es ist ein Licht der Hoffnung. Vielleicht für uns alle.

Kapitel 13

Maggie sitzt mit Haley auf der Couch, als ich in das Wohnzimmer komme. Ich habe mich für den Karaokeabend fertig gemacht und drehe mich einmal im Kreis. Ich trage kurze Shorts, ein schwarzes Shirt und habe meine Haare zu leichten Wellen eingedreht.

»Oh, da hat sich aber jemand schick gemacht«, sagt Maggie und ich lächle.

»Na ja, nur ein wenig, und du weißt schon, dass ich dich irgendwann, ob du willst oder nicht, mitnehme.« Ich zwinkere Maggie zu und weiß, dass sie innerlich jubiliert haben muss, als Logan gefragt hat, ob sie diesen Abend aufpassen kann.

Nun fehlt noch Haleys Einverständnis. »Ist es wirklich okay, wenn ich gehe?«

Haley sieht auf und lächelt leicht. Wir haben den Tag heute wieder auf die übliche Art und Weise verbracht, und ich habe ihr von der Bar erzählt, die Wunder wahr werden lässt, und dass ich mich darauf freue, mit einer Freundin auszugehen.

Kurz habe ich ein schlechtes Gewissen, Haley allein zu lassen, aber sie liebt Maggie und ist bei ihr in guten Händen. Auch wenn wir uns erst eine Woche kennen, hat sich zwischen meiner Schülerin und mir etwas entwickelt.

»Klar ist es okay, wir haben doch schon oft so den Freitag verbracht, und nachdem wir das lange nicht mehr gemacht haben, werden wir uns schon zu beschäftigen wissen, nicht wahr, Liebes?«

Haley nickt.

»Na schön«, sage ich und halte mich an meiner Tasche fest. »Und wir machen morgen unseren Ausflug, lass dich überraschen«, sage ich an Haley gewandt. Ich habe sie gefragt, ob sie Lust hätte, am Wochenende etwas mit mir zu unternehmen, in der Hoffnung, dass Logan auch dabei ist, aber seit dem gestrigen Zusammenstoß habe ich ihn nicht mehr gesehen.

»Also dann, ich mache mich mal auf und ich werde ›Let It Go‹ singen aus der ›Eiskönigin‹.«

Ich hebe die Stimme und fange an zu singen, woraufhin sich Haley die Ohren zuhält. »Na schön, oder ich lasse das mit dem Singen, ist vielleicht wirklich besser.«

Beide nicken heftig und ich lache.

»Na, vielen Dank auch«, sage ich, greife nach meiner Jacke und winke den beiden noch mal zu.

Ich will gerade die Tür aufmachen, als sie sich von selbst öffnet und Logan vor mir steht. Eilig trete ich einen Schritt zurück.

»Oh, entschuldigen Sie, ich wollte gerade gehen«, erkläre ich und er mustert mich einen Moment.

»Dieses Karaokeding, oder?«

»Ja, dieses Karaokeding, ich weiß, das ist nichts für Sie.«

Er hebt eine Braue. »Ach ja?«

»Ja?«

»Warum?«

»Na ja, Sie sehen nicht aus, als würden Sie in solch einer Bar herumhängen.«

Er antwortet nichts, mustert mich nur erneut. »Wenn Sie das sagen«, meint er dann.

Kann ich nicht einfach mal meinen Mund halten? Warum gelingt mir das nicht. »Mr Westwick, ich …«

Keine Ahnung, was ich wirklich sagen will – vielleicht dass ich nicht schon wieder so viel reden wollte und dass ich ja nicht weiß, was er gern mag –, aber ich komme nicht dazu, denn ich bemerke, dass etwas abseits eine Frau steht und wohl auf ihn wartet.

»Oh, ein Date?«, rutscht es mir heraus und er hebt eine Augenbraue.

»Wie war das noch mit den Regeln und dass alles, was ich mache, Sie nichts angeht?«

»Richtig. Entschuldigen Sie.«

»Ich habe nur was vergessen«, sagt er dann und schiebt sich an mir vorbei. Für einen Moment berühren sich unsere Fingerspitzen und ich spüre ein heftiges Kribbeln durch meinen Körper jagen. Er sieht mich an. Kurz, flüchtig, aber dennoch intensiv, und ich frage mich, ob er das eben zwischen uns auch gespürt hat.

»Ich hole das nur rasch und dann mache ich mich auf den Weg.«

»Klar, dann viel Spaß Ihnen.« Ich gehe durch die Tür, trete nach draußen und will gerade los, als ich Logan meinen Namen sagen höre.

»Lilian?« Ich wende mich um.

»Ja?«

»Soll ich Sie mitnehmen?«

Ich schüttle den Kopf. Der Gedanke, mit ihm und seiner Begleitung im Auto zu sitzen, scheint mir gerade nicht besonders attraktiv, also schüttle ich nur den Kopf.

»Nein, alles gut. Ich nehme die U-Bahn.«

»Gut, dann …« Er stockt. »Viel Spaß«, vervollständigt er seinen Satz.

»Den wünsche ich Ihnen auch«, sage ich und wende mich ab.

Ob er was sagen wollte? Irgendwie hatte ich das Gefühl. Der Gedanke lässt mich nicht los, während ich zur U-Bahn laufe, aber dann schiebe ich ihn bewusst beiseite. Ich darf sowieso nicht zu viel an ihn denken, immerhin ist er mein Chef. Leider ist die Sache mit den Gedanken nicht so einfach, man kann sie eben schwer kontrollieren.

Aber ich muss, sage ich mir, als die Bahn einfährt, und beschließe, für den heutigen Tag einfach wirklich nicht zu viel zu denken. Ich bin in New York, ich gehe das erste Mal wieder aus und das will ich genießen. Einfach nur genießen.

KAPITEL 14

Schon während ich die Fähre verlasse, zieht mich die Stadt in ihren Bann. Es ist Wochenende und Manhattan wirkt noch lebendiger. Die bunten Reklametafeln flirren überall und lassen die Straßen leuchten. Die Stimmung der Menschen ist gelöst. Touristen fotografieren und Einheimische sind auf den Weg irgendwohin, um zu feiern. Schon jetzt stehen an einigen Bars Menschenschlangen. Sofort bin ich angesteckt. Der Abend kann losgehen.

Als ich das Jone's erreiche, steht Sam vor der Tür und winkt mir zu. Wir haben uns während der U-Bahn-Fahrt übers Handy geschrieben und ausgemacht, dass sie vor der Tür auf mich wartet.

Sie umarmt mich fröhlich.

Sam ist wie immer super gestylt und einfach eine Augenweide. Mit ihren hübschen Haaren und ihrer offenen, einnehmenden Art wundert es mich nicht, dass sie den Männern regelrecht den Kopf verdreht.

»Na, bist du bereit für Spaß?«, fragt sie und ich nicke.

»Ja, und wie!«

Natürlich weiß sie, wie die letzte Woche verlaufen ist, ich habe mehr als einmal mit ihr telefoniert. Auch mit Mary, und ich kann es nicht erwarten, sie gleich in meine Arme zu schließen.

»Na, dann lass uns reingehen, und dann holen wir uns erst mal einen Drink«, sagt Sam, drückt die Klinke und ich folge ihr ins Innere der Bar.

Sofort strömt mir der Geruch von Leder, Hopfen und Parfumgemisch in die Nase.

Es tummeln sich schon viele Leute hier. Die Renovierungsarbeiten sind fast abgeschlossen, nur eine große Wand ist leer, und ich frage mich, was Mary damit vorhat.

Mary ... ich sehe mich um und entdecke sie mit Tad hinter der Bar, er zieht sie gerade an sich und küsst sie auf die Lippen, seine Hände an ihrer Taille. Die beiden sind einfach so ein schönes Paar. Ich lächle und ertappe mich bei dem Gedanken daran, wie Logan mich an der Taille berührt hat, und an das elektrisierende Gefühl, als sich unsere Fingerspitzen vorhin an der Tür eher zufällig getroffen haben.

Verdammt, ich darf nicht darüber nachdenken!

Er ist mein Boss und er ist mürrisch und in sich gekehrt und er trägt zu viel Last mit sich herum. Ich merke, wie ein Stich durch mich hindurchgeht.

Ja, und mir geht es ebenso. Das weiß ich.

Mary entdeckt Sam und mich und löst sich von Tad. Sie kommt hinter dem Tresen hervor und fällt uns beiden in die Arme.

»Ah, wie schön, dass ihr da seid! Ich freue mich schon den ganzen Tag darauf, euch zu sehen«, sagt sie.

Sam ergreift vor mir das Wort. »Und wir erst, oder? Wir brauchen jetzt ganz schnell einen Manhattan.«

»Kommt sofort. Los, setzen wir uns an die Bar!« Wir folgen Mary, nehmen Platz und lassen uns von ihr zwei Manhattan hinstellen. Mary hat sich auch einen gemacht und schließlich stoßen wir an.

»Also …« Sie beugt sich vor. »Ich will alles wissen. Was war noch mit Logan?«, fängt sie gleich an, stockt dann aber, als sich Tad hinter sie stellt.

»Okay, worum geht es, wer ist dieser Logan?«

Mary grinst. »Niemand, um den du dir Gedanken machen musst, aber unsere liebe Lilian …«

Ich spüre, wie ich Röte auf die Wangen bekomme, gefolgt von Hitze. »So ist es nicht, er ist attraktiv, aber es geht ja um Haley und …«

Mary grinst immer noch und blickt zu Sam. Beide sehen sich verschwörerisch an und ich rolle mit den Augen. »Wirklich, es ist nichts. Wie auch? Er ist verschlossen und mürrisch, und ich will nur, dass er sich für Haley mehr öffnet. Aber dann ist er auch wieder …«

Sam lacht. »Ha, da haben wir es, da ist er auch wieder …?«

»Jetzt kommt es gleich: sexy und verführerisch und …«, fährt Mary fort.

Ich schüttle den Kopf. »Ich sage nicht … Ja, ist er, aber er ist mein Boss!«

»Ach, das ist kein Hindernis.« Mary sieht zu Sam.

»Was?«

»Na, für dich nicht.«

»Was soll das heißen?«

»Mädels, ich will euch ja nicht unterbrechen, aber ich denke, Mary und ich sollten gleich den Karaokeabend eröffnen, ich muss sie euch also mal eben entführen.«

Wir nicken beide und Mary geht mit Tad zur Bühne.

»Guten Abend zusammen, schön, dass ihr im Jone's seid, heute gibt's Karaoke. Auch wenn wir mit der Renovierung noch nicht ganz fertig sind, wollten wir euch nicht länger warten lassen. Und zur Feier des Tages eröffnen Mary und ich den Abend mit einem Lied, das uns am Herzen liegt«, verkündet Tad und sieht zu Mary. »Bist du bereit?«

Und schon erklingen die Töne von Lewis Capaldis »Someone You Love«.

* * *

Die beiden singen und sind so innig miteinander. Ich merke, wie schön ich mit einem Mal den Gedanken finde, auch so geliebt zu werden. So wie Tad Mary ansieht, das ist wirklich besonders.

»Die beiden sind schon echt süß, oder?«

Ich stimme Sam nickend zu.

»Ja, Liebe kann so schön sein, aber auch so kompliziert«, fährt sie fort.

»Ja, leider ist sie das und meistens komplizierter als alles andere.«

»Nun, vielleicht machen wir es auch nur kompliziert. Oder man muss erst mal durch die Dinge durch und dann wird es gut. So wie bei den beiden, glaub mir, das war alles andere als schön.«

Ich kenne die Geschichte von Mary und Tad. »Ich weiß, das lässt also hoffen, oder?«

»Klar, Hoffnung haben wir immer, und wer weiß, das Jone's lässt schließlich Wunder wahr werden. Vielleicht wendest du plötzlich den Blick ab, siehst zur Tür, und dann, in genau dem Moment, kommt ein Mann herein und es trifft dich wie der Blitz.«

Ich lache. »Das kommt doch nur in Filmen vor.« Dennoch gucke ich neugierig zur Tür, aber sie bleibt geschlossen – klar. Ich will gerade wegsehen, als sie sich doch öffnet und eine Gruppe Leute eintritt, okay, der Traumprinz ist nicht darunter, denke ich und stocke.

Denn hinter der Gruppe kommt kein Geringerer als Logan herein.

KAPITEL 15

Mit klopfendem Herzen beobachte ich, wie Logan die inzwischen schon recht volle Bar betritt. Ich frage mich, was er hier macht.

Allein, denke ich noch, als ich die junge Frau hinter ihm entdecke, die sich ebenfalls durch die Tür schiebt. Na, war ja klar.

»Alles okay?«, will Sam wissen.

»Du und deine Sprüche. Gerade eben ist mein Boss hereingekommen – durch diese Tür.«

»Was? Logan?«

»Ja, schau, gleich da vorne ist er ... mit irgendeiner ...«

Sam lässt den Blick schweifen. »Der mit dem beigen Shirt?«

»Ja, genau der. Sag mal, du hast ihn doch schon mal gesehen!«

»Ja schon, aber da sah er ganz anders aus. So steif in seinem Anzug. Jetzt dagegen ... Ach, du Scheiße? Attraktiv ist wohl mal die Untertreibung des Jahrhunderts!«

Ich rolle mit den Augen. »So toll ist er auch wieder nicht.«

Sie sieht mich an. »Toll? Er ist heiß. Punkt.«

Ich stupse Sam in die Seite. »Jetzt guck ihn nicht so auffällig an. Ich frage mich echt, was der hier will.«

»Wusste er denn, dass du hier bist?«, fragt Sam.

Ich zucke mit den Schultern. »Ja, ich habe es erwähnt, ich wollte ja auch Maggie mitbringen. Aber warum fragst du? Was hat das mit mir zu tun?«

Sam grinst schief. »Ach, komm schon! Der ist eindeutig wegen dir hier.«

»Quatsch, warum sollte er das tun? Und wenn, dann nur, um mir den Abend zu verderben oder mich zu kontrollieren.«

»Das ist albern. Das glaube ich nicht. Ich bin mir sicher, da steckt sehr viel mehr dahinter.«

Ich zögere erst, ob ich es sagen soll, spreche es aber dann doch aus. »Du meinst also, er ist hier, weil er was von mir will?«

Sam nickt. »Klarer Fall.«

»Und deswegen bringt er eine andere mit? Außerdem …, erinnere dich an die Regeln, von denen ich dir erzählt habe. Nein, das passt doch gar nicht zusammen.«

Ich blicke zu Sam, die in die Menge nach ihm späht und deren Blick dann an ihm haften bleibt. »Also für mich sieht das nach nichts Ernstem aus. Guck mal, der Abstand, den die voneinander haben. Keine Ahnung, vielleicht will er dich ja eifersüchtig machen und …«

Ich unterbreche Sam und ziehe leicht an ihrem Arm. »Schau nicht so auffällig hin, ich will nicht, dass er mich entdeckt.« Zu spät, er hat uns gesehen. Sein Blick schweift von Sam zu mir und es ist fast magisch. Auf einmal habe ich das Gefühl, die Musik ist weit weg. Die Gläser, die gerade noch im unregelmäßigen Rhythmus geklirrt haben, höre ich wie durch Watte. Unsere Blicke verbinden sich, und obwohl er auf der anderen Seite der Bar steht, ist es, als wären wir uns nah. Dann fühle ich Sams Hand auf meiner, sie rüttelt sie leicht. »Huhuuu, aufgewacht. Hast du gehört, was ich gesagt habe?«

Verwirrt blicke ich zu Sam, und es ist, als hätte es den letzten Moment nicht gegeben. Ich sehe sie kurz an und dann wieder zu Logan. Er hat sich zur Bühne hin abgewandt.

»Entschuldige. Was hast du eben gesagt?«, frage ich Sam und nur langsam beruhigt sich mein Herzschlag wieder.

»Ich sagte, dass manchmal Angriff die beste Verteidigung ist.«

Ich sehe sie skeptisch an. »Und was bitte soll das heißen? Soll ich ihn etwa anbaggern, während er mit seinem Date hier ist? Das kannst du doch nicht ernst meinen. Außerdem ist er mein Boss!«

Sam legt den Kopf etwas schief. »Also Date würde ich das jetzt nicht nennen. Ich meine, guck doch mal. Sie glotzt gelangweilt in ihr Telefon und er starrt auf die Bühne. Ich denke, hier hast du Gelegenheit, ihn besser kennenzulernen. Auf einer anderen Ebene, als es bei ihm zu Hause stattfindet.«

»Ja, weil er mein Chef ist und ich bei ihm arbeite«, gebe ich erneut zu bedenken.

»Aber jetzt bist du privat unterwegs und er ist es auch. Von daher …« Sam zwinkert.

»Wer ist privat unterwegs?«, fragt Mary, die plötzlich neben uns steht.

Ich winke ab, aber für Sam ist das Thema offensichtlich noch nicht durch. Sie zeigt einfach so, ohne Scham, direkt auf Logan, der jetzt seitlich zu uns steht. Ich drücke Sams Arm nach unten und Mary folgt unserem Blick.

»Ist er das? Dieser Logan?« Sie nickt anerkennend. Und ehe ich michs versehe, zieht sie am Ärmel einer Bedienung und flüstert ihr etwas zu. Beide gucken in Logans Richtung und mir wird warm.

»Was hast du vor, Mary? Bitte sag nicht, dass …«

»Doch, ich hab ihm ein Bier spendiert. Und ihm Grüße ausrichten lassen.«

»Von?« Ich ahne es bereits.

Sie lacht, und obwohl ich wirklich etwas sauer bin, kann man Marys Lächeln einfach nicht widerstehen. »Von dir natürlich.«

Am liebsten möchte ich verschwinden, an die frische Luft, auf die Toilette, irgendwohin … zu spät. Er und seine Begleitung kommen direkt auf uns zu und ich möchte im Erdboden versinken. Als er vor mir steht, bleibt mir fast die Luft weg. Mein Herz klopft kräftig gegen meine Brust.

»Miss Harper.«

Ich nicke nur. Wo verdammt noch mal ist meine Stimme hin? Ich räuspere mich. »Hallo«, sage ich und komme mir selten dämlich vor. Ich spüre, wie Sam mir in die Seite boxt. Logan sagt nichts, sieht mich aber amüsiert an.

»Was für eine Überraschung«, stammele ich dann endlich. »Ich dachte ja, so ein Laden ist nichts für Sie.« Er zieht eine Augenbraue nach oben, wie schon vorhin bei ihm zu Hause, als wir in der Tür standen.

»Da haben Sie sich getäuscht. Ich liebe Karaoke, wissen Sie?«

»Okay, na dann freue ich mich, Sie später singen zu hören«, kommt es wie von selbst über meine Lippen und er sieht mich einen Moment überrascht an. »Danke für das Bier. Ich gehe mal wieder. Ich bin nicht alleine da.«

Ich blicke zu seiner Begleitung. Sie sieht sehr, sehr jung aus. Aber vielleicht liegt das daran, dass sie Asiatin ist. Sie guckt nur kurz gelangweilt von ihrem Telefon hoch und ich nicke ihr, so freundlich ich kann, zu. »Oh, das tut mir leid. Ich hätte für Ihre Freundin auch etwas bestellen sollen. Ich hab sie nicht gesehen«, schwindele ich. Mary konnte es nicht wissen, doch ich habe den Eindruck, er glaubt mir kein Wort.

Er legt den Kopf etwas schief. »Darf ich?«

Dann kommt er auf mich zu, so nah, dass ich sein Parfum riechen kann. Es ist herb und doch leicht süßlich. Am liebsten möchte ich meine Augen schließen und mich in seinem Geruch, in ihm verlieren. Zu meiner Rechten wird es kühl. Sam ist ein Stück zur Seite gerutscht, doch ich sitze wie angeklebt auf meinem Barhocker. Ich ziehe scharf den Atem ein, als er mir sogar noch näher kommt. Mit meinem Knie berühre ich seinen Oberschenkel. Sein Oberkörper streift meinen und seine Hände fahren sacht, wie zufällig, über meine nackten Unterarme. Sofort stellen sich meine Härchen auf und mein Unterleib zieht sich zusammen. Und ich kann es nicht ändern: In meinen Gedanken berühren sich unsere Lippen.

Dann ist dieser intensive Moment vorbei und er steht neben mir, an die Bar gewandt. Ich schließe kurz die Augen und höre ihn eine Bestellung aufgeben: »Einen Skinny Bitch, bitte.« Immer noch ist es mir nicht möglich, mich zu bewegen. Keine zwei Minuten später dreht er sich, mit dem Drink in der Hand, zu mir und lächelt mich an. Das Lächeln ist sexy, ja, aber auch warm, und seine Augen funkeln beinahe. Er nickt, während er sich an mir vorbeischiebt. »Miss Harper.«

Ich nicke ebenfalls. »Viel Spaß noch«, presse ich hervor.

»Kim, dein Drink«, spricht er das Mädchen an. Sie streckt nur die Hand aus, sieht ihn kaum an, nimmt das Glas entgegen und stiert weiter auf ihr Handy.

Er dreht sich noch einmal zu mir um. »Und danke noch mal für das Bier.«

Ich winke ab. »Nichts zu danken.«

Logan geht mit dieser Kim in Richtung der Tische, die vor der Bühne stehen. Sie verschwinden in der Menge.

Ich drehe mich zur Theke und lege meinen Kopf in die Hände. Was war das denn gerade?

»Was war das denn gerade?« Sam scheint meine Gedanken zu lesen.

»Keine Ahnung.«

»Also wenn du mich fragst, war das Sex!«

Obwohl ich ganz durcheinander bin, kann ich nicht anders und lache. »Was? Sex? Du spinnst doch!«

»Na gut, ein bisschen fehlt dazu. Aber nicht mehr viel. Ein Vorspiel war das auf jeden Fall. So wie der dich ganz zufällig am Arm berührt hat.« Sie malt Gänsefüßchen in die Luft. »Und bitte! Ich bin extra zur Seite gerutscht, damit er ungehindert an den Tresen kann. Der hat sich sicher nicht so an dir reiben müssen«, fügt sie an und ich winke grinsend ab. »Du übertreibst doch.«

Sam schiebt ihre Unterlippe etwas zur Seite und runzelt die Stirn.

»Okay, vielleicht war es so«, räume ich ein. »Er war mir wirklich ziemlich nah und hat …«

»… sich gut angefühlt?«, schließt Sam meinen Satz.

Ich nicke. »Verdammt gut. So ein Mist!«

Mary, die gerade eben einen anderen Gast an der Bar bedient hat, kommt nun zu uns. »Also wenn der nicht auf dich steht, ja, dann weiß ich nicht.«

»Jetzt fang du nicht auch noch an. Und wenn … es ist aussichtslos. Der hat so ein Riesenpaket, das er mit sich herumträgt … und ich … das schaff ich nicht.«

Auf einmal sieht mich Mary mitfühlend an. »Vielleicht ja doch, Lil. Vertraue einfach mal auf die Zeit und auf das Schicksal. Es meint es gut mit dir.«

Ich schlucke. »Ach ja, bist du dir da sicher?«

Mary umgreift meine Hände, die ich auf der Theke abgelegt habe. »Ganz sicher, Liebes. Und darauf trinken wir. Tequila?«

»Jawohl, Tequila«, stimmt Sam zu.

Ich sehe von einer zur anderen. »Okay, überstimmt. Aber nur einen heute Abend. Ich muss morgen fit sein. Ich plane einen Ausflug mit Haley.« Und mit Logan, vervollständige ich meinen Satz in Gedanken. Hoffentlich.

KAPITEL 16

Als ich zwei Stunden später im Taxi sitze, dreht sich in mir immer noch alles um die kurze Begegnung mit Logan. Nach der Sache an der Bar habe ich ihn und seine Begleitung nicht mehr gesehen. Trotzdem hatte ich das Gefühl, dass er mich zumindest hin und wieder beobachtet hat. Während Mary, Sam und ich eine Weile tanzten, war es, als spürte ich ihn. Ein paarmal habe ich mich nach ihm umgesehen, ihn aber nicht entdecken können. Meine Gefühle, meine Wahrnehmung spielen verrückt. Ich schüttele den Kopf und seufze leise. Warum muss mir das jetzt passieren? Diese Gefühle … Es ist alles viel zu kompliziert. Nicht nur, weil ich seine Angestellte bin. Denn das ist ja nur diesen Sommer der Fall. Meine Gedanken fahren Karussell. In einem Monat habe ich den Termin. Wer weiß, was danach ist? Nicht auszumalen, was im schlimmsten Fall passieren könnte. Die kleine Haley ist mir jetzt schon so ans Herz gewachsen. Wie sollte sie mit einem weiteren Verlust umgehen können, sollte sie für mich das Gleiche empfinden? Wie könnte ich daran denken, mich zu binden? Vor allem, wenn ein Kind im Spiel ist. Ich schlucke die Tränen hinunter. Ich darf daran nicht denken. Mary hat recht. Ich muss daran glauben, dass alles gut wird, und mich auf das Hier und Jetzt konzentrieren, und das bedeutet Haley.

Endlich hält das Taxi vor dem Haus. Ich bezahle und beschließe, noch einmal nach Haley zu sehen und anschließend Maggie von ihrem Babysitterjob zu erlösen.

Ich schleiche mich ins Haus. Der Fernseher läuft im ansonsten dunklen Wohnzimmer, und ich mache das Licht an, um es sofort hinunterzudimmen. Maggie liegt auf der Couch, eine Zeitschrift auf dem Bauch, ein Arm baumelt hinab. Ich kann mir ein Grinsen nicht verkneifen und freue mich von Herzen, dass Haley und Logan so eine herzliche Unterstützung in Maggie gefunden haben.

Ich setze mich neben sie und streichle behutsam ihren Arm. »Hey, Maggie, ich bin da. Du kannst nach Hause«, flüstere ich.

Erschrocken öffnet sie die Augen. »Ach, du bist es. Wie war dein Abend?«

»Sehr schön, es hat so gutgetan, mal wieder mit den Mädels zusammen zu sein.«

Maggie setzt sich auf und sieht mich kritisch an. »Und Logan? War er da?«

Ich wundere mich. »Ja, er war auch dort. Ist er schon zu Hause?«

»Nein, sonst hätte er mich sicher geweckt.«

»Woher weißt du denn dann, dass er ebenfalls dort war?«, frage ich.

Maggie grinst. »Ich habe mitbekommen, wie er sich vor dem Haus noch mit dieser Kimilein unterhalten hat. Er wollte unbedingt in diese Bar. Sie haben kurz diskutiert, denn sie wollte lieber auf eine It-Party in Manhattan.«

Ich schlucke.

Maggie zwickt mir mütterlich in die Wange. »Liebes, selbst wenn er es selbst noch nicht weiß, er ist verrückt nach dir. Glaub mir.«

»Unsinn, Maggie«, winke ich ab. »Du träumst noch.«

Sie streckt sich und gähnt. »Na, na, schon vergessen? Ich kenne ihn sein Leben lang. Und ich hab ihn nicht mehr so erlebt seit … na ja, er ist durcheinander. Du bringst ihn aus dem Konzept.«

Ich antworte nicht und sie steht ohnehin auf und zieht sich eine Strickjacke über. »Du wirst schon sehen. Ich trag jetzt mal meine müden Knochen nach Hause, aber erst sehe ich noch mal nach Haley.«

»Oh, das musst du nicht. Ich übernehme das. Danke, dass du hier warst. Es ist bereits eins. Geh ruhig nach Hause, Maggie.«

Sie nickt. »Ich komme morgen Nachmittag mal vorbei, ja?«

»Klar«, sage ich und drücke sie an mich.

Dann schleiche ich die Treppe hinauf und öffne vorsichtig die Tür zu Haleys Zimmer. Sie hat ein Nachtlicht an, das Sterne und Monde an die Decke projiziert. Ich höre ihr leises, regelmäßiges Atmen. Auf Zehenspitzen gehe ich zu ihrem Bett, streiche ihr eine Strähne aus dem Gesicht und ziehe die Decke, die weggerutscht ist, zurecht. Der Anblick des schlafenden kleinen Mädchens raubt mir den Atem. Sie sieht so friedlich aus und hat ihr ganzes Leben noch vor sich. Jetzt, da sie schläft, sieht man ihr den Schmerz, den sie in ihrem Herzen trägt, nicht an. Ich wünsche mir von Herzen, dass sie den kleinen Kokon der Trauer, in dem sie gefangen scheint, durchbricht und endlich das Leben bekommt, das sie verdient. Augenblicklich kommt mir eine Idee für den morgigen Ausflug. Wie wäre es, wenn sie sich frei fühlen könnte wie ein Vogel. Wie der Vogel in diesem Buch, das sie so liebt? In Gedanken spinne ich mir zurecht, wie ich sie dazu bringen kann.

Da höre ich die Tür knallen und dann fällt etwas zu Boden. Was zur Hölle? Blitzschnell husche ich aus dem Zimmer und schließe lautlos die Tür. Ich möchte nicht, dass Haley aufwacht.

Wieder rumpelt es und ich stehe wie angewurzelt da.

Ob das Logan ist?

Natürlich, wer sonst. Er muss es sein. Kurz habe ich dennoch ein mulmiges Gefühl, es kann ja auch ein Einbrecher sein, aber dann schiebe ich den Gedanken beiseite. Unsinn. Es muss Logan sein. Mit angehaltenem Atem schleiche ich die Hälfte der Treppenstufen hinunter und tatsächlich: Da steht Logan. Erst überlege ich, stehen zu bleiben, aber als er leicht schwankt, beschließe ich doch, ganz hinunter zu gehen.

Als ich unten ankomme, stützt er sich gerade an der Wand ab und versucht, aus seiner Jacke zu schlüpfen.

»Beobachten Sie mich schon wieder, Miss Harper?«, fragt er, ehe ich etwas sagen kann, und hebt den Kopf.

»Ich? Nein, ich war nur noch mal eben bei Haley«, sage ich und denke mir gleichzeitig, was heißt hier »wieder«?

Den Gedanken greife ich sogleich auf, halte seinem Blick stand und räuspere mich. »Was heißt überhaupt ›wieder‹?«

Er lächelt leicht. »Das heißt: wie in der Bar.«

Ich schüttle den Kopf. »Ich habe Sie nicht beobachtet, sicher nicht.«

Er löst sich von der Wand und kommt auf mich zu.

Mit einem Mal steht er dicht vor mir, beugt sich vor und in mir kribbelt es.

»Ich denke schon.« Seine Lippen sind nah an meinem Ohr und zu dem Kribbeln wird mir nun auch noch ziemlich heiß. Einen Moment lang stehe ich wie angewurzelt da, weiche dann aber zurück.

»Ich denke nicht«, flüstere ich jetzt, merke, dass ich mit einem Mal fast an der Wand stehe, und unsere Blicke treffen sich.

Logan will nachrücken, stolpert aber leicht, stützt sich mit einer Hand an der Wand ab und streicht sich mit der anderen durchs Haar.

Erneut ist er mir nah, gefährlich nah. »Sie haben, glaube ich, ein bisschen viel gefeiert und schätzungsweise ein wenig zu tief ins Glas geschaut«, scherze ich jetzt, um die Situation aufzulockern. Um das Flirren in der Luft irgendwie zu ersticken, wobei ich nicht weiß, ob ich das wirklich möchte. Je näher er mir ist, umso heftiger spüre ich den Drang, ihn zu berühren. Ich lächle verlegen.

Er jedoch sieht mich ernst an. »Meine Angelegenheit, Miss Harper«, brummt er und ich versinke dabei in seinem Blick.

Er will mich aus der Ruhe bringen. »Das war keine Frage, nur eine Feststellung«, entgegne ich und er kommt noch ein bisschen näher auf mich zu. Nur wenige Millimeter, aber dennoch.

Eine Weile sieht er mich an, atmet dann tief durch und räuspert sich. »Ja, vielleicht habe ich das heute. Nach langer Zeit mal wieder. Ich hab mich gehen lassen und dann, keine Ahnung …« Er tritt zurück. Bringt wieder Abstand zwischen uns, ich aber hake nach. »Warum? Gab es einen Grund?«, will ich wissen und mit einem Mal liegt sein Blick weich auf mir.

»Einen Grund«, murmelt er beinahe, stoppt, spricht dann aber wieder weiter. »Sie sind der Grund, Miss Harper – Lilian«, flüstert er jetzt und sieht mich noch immer dabei an, intensiv liegt sein Blick auf meinen Augen und ich spüre Gänsehaut.

»Ich?«, will ich wissen und weiß nicht, ob ich das jetzt als Kompliment nehmen soll oder nicht. Ich bin der Grund, dass er trinkt? Oder wie meint er das? Fragend sehe ich ihn an, betrachte seine Lippen, sie sind so schön geschwungen, sinnlich.

»Ja«, reißt er mich aus meinen Gedanken. »Sie – mit Ihrem ständigen Gerede, dieser lockeren Art, selbst mir gegenüber … Ihrem Boss. Und wie Sie sich um Haley kümmern und dann heute in der Bar, als Sie getanzt haben …«

»Dann waren Sie also doch noch da?«, flüstere ich heiser.

Er beugt sich erneut zu mir vor und legt seinen Zeigefinger auf meine Lippen. Er nickt leicht.

Ich weiß nicht, was ich tun soll. Ich will ihm nah sein und dann auch wieder nicht. Dauernd dieser Konflikt in mir zwischen wollen und dürfen. Wobei das *dann auch wieder nicht* deutlich unterlegen ist.

Alles in mir kribbelt erneut, mein Puls beherrscht meinen Körper und meine Gedanken spielen ohnehin längst verrückt.

Er betrachtet meine Lippen, sieht mir dann aber wieder in die Augen.

Er beugt sich weiter vor, noch weiter, und plötzlich kippt er gegen mich und ich spüre die Wand im Rücken und Logans Körper unmittelbar an meinem. Verdammt.

»Sie müssen ins Bett«, flüstere ich, selbst sein Gesicht liegt an meinem. Er wirkt so stark und doch so zerbrechlich.

»Ins Bett«, murmelt er jetzt und ich drücke ihn leicht von mir.

»Ja, kommen Sie, Sie müssen schlafen.« Ich schiebe ihn weiter von mir, so schwer es mir auch fällt, hake ihn unter und stütze ihn beim Gehen.

Laufe mit ihm in Richtung seiner Zimmer, die im Erdgeschoss sind. Kurz stocke ich. Denn eigentlich darf ich ja seine Räumlichkeiten nicht betreten.

Verlegen sehe ich Logan an. »Ist es okay, wenn ich Sie bringe?«

Er nickt und stolpert dann mit mir voran. Wir gehen durch eine Tür, den Flur entlang, bis er mit der Hand auf die dritte Tür links zeigt.

Als wir davorstehen, öffne ich sie und wir treten ein.

Mit einer Hand taste ich nach dem Lichtschalter, finde ihn aber nicht und beschließe dann, dass es vielleicht sogar besser ist. Logan soll sich einfach hinlegen. Ich sehe mich im Halbdunkel um. Im Zimmer gibt es nicht besonders viel. Es ist ordentlich aufgeräumt, mittig steht ein Bett mit schwarzem Rahmen, die Wände scheinen grau zu sein, zumindest wirkt es im leichten Fensterlicht so.

Ich führe Logan zum Bett, auf das er sich seufzend rücklings fallen lässt.

Dann liegt er da, die Augen geöffnet, und blickt an die Decke. »Das alles ist so …«

Ich weiß nicht, was er sagen will, denn er hält inne. Aber ich bin neugierig. »So?«

Er versucht, sich aufzusetzen, greift an seine Schuhe, lässt sich dann aber wieder zurückfallen. »So merkwürdig …«

»Warten Sie. Ich helfe Ihnen«, sage ich, knie mich vor ihn und fange an, die Schuhe zu öffnen. Ziehe sie ihm anschließend von den Füßen und stelle sie weg.

Dann gehe ich zu ihm und beuge mich leicht vor. »Soll ich Ihnen noch was zu trinken bringen?«, will ich wissen.

Er starrt mich an.

»Nein.«

»Sie sollen …« Er stockt, und ehe ich nachhaken kann, was ich soll, greift er nach meiner Hand und zieht mich zu sich aufs Bett. Sofort macht sich ein Kribbeln in mir breit; plötzlich bei Logan im Bett zu liegen, meine Hand an seiner Brust, die Muskeln deutlich spürbar, seine Finger an meiner Taille, das ist zu viel für meinen Herzschlag, der nun rasant beschleunigt.

»Hierbleiben«, flüstert er nun, seine Nase fast an meiner, seine Lippen nur Millimeter von meinen entfernt.

Ich würde zu gern wissen, wie sich seine Lippen auf meinen anfühlen.

Dennoch rolle ich mich schließlich seitlich weg, behalte jedoch meine Hand an seiner Brust. Ich streiche darüber und fühle mit einem Mal etwas kleines Hartes.

Erneut taste ich danach und dann dämmert es mir. Der Schlüssel. Zaghaft streiche ich über das kalte Metall.

»Was bedeutet er?«, frage ich, weil ich mich jetzt gerade mutig genug fühle und hoffe, dass er mir etwas über sich verrät.

Kurz schweigt er, atmet dann aber tief durch. »Er ... er verbirgt einen Ort, Haley, die Bilder ...«

Ich merke, wie schwer es ihm fällt, darüber zu reden, deswegen taste ich mich ganz behutsam vor. »Das Haus? Das Haley gemalt hat? Das auf dem Bild?«

Logan wendet sich mir zu und nickt. Greift nach dem Schlüssel, den ich noch in der Hand habe, und schon wieder berühren wir uns.

»Ja. Dieses Haus, sie hat es geliebt, und ich weiß, sie will da hin, weil wir immer dort waren, aber ... aber ich kann das nicht. Es ist einfach nicht so leicht.«

Ich spüre, wie viel es ihm abverlangt, mir das zu sagen, und ich strecke die Hand aus und streichle ihm über die Wange.

»Haley hat so viel verloren, doch Orte, die die schönen Erinnerungen lebendig halten können, helfen uns manchmal, Schritt für Schritt, zur Heilung.«

Er nickt. »Aber das ist nicht so leicht, ich kann das nicht allein.«

Wieder berühren wir uns und ich spüre eine starke Innigkeit zwischen uns.

»Haley braucht gerade so viel Liebe und Wärme, so viel Beständigkeit«, sage ich. »Sie sehnt sich nach dem, was war, und wenn es ihr helfen kann, dann sollten Sie versuchen, für sie da zu sein. Sie sollten versuchen, über Ihren Schatten zu springen, ich weiß, das ist nicht leicht, ich weiß das so sehr ...«

Er nickt, dann sieht er mich wieder an, intensiv, seine Lippen viel zu nah, mein Herzschlag zu laut für die Stille, die uns umgibt.

»Denken Sie darüber nach«, flüstere ich und er zieht mich mit einem Mal enger an sich heran. Ich weiß, was ich zu tun habe, ich sollte gehen, und das sage ich Logan jetzt auch.

»Ich muss jetzt gehen, die Regeln …«, mit diesen Worten rutsche ich von ihm weg, so schwer es mir auch fällt, denn gerade im Moment will ich nichts mehr, als ihn zu küssen.

Doch weit komme ich nicht, da zieht er mich schon wieder an sich heran.

Sieht mich mit einem Mal so intensiv an, dass mir schwindelig wird. Was wird das hier?

Will er mich küssen, will ich? Er kommt näher, noch näher, drückt seinen Körper gegen meinen und umarmt mich.

»Scheiß auf die Regeln«, flüstert er schließlich an meinem Ohr und ich liege noch eine ganze Weile so mit ihm da. Bis er mit einem Mal anfängt, gleichmäßig zu atmen, und einschläft. Als ich sicher bin, dass er tief und fest schläft, verlasse ich das Bett, hole in der Küche ein Glas und eine Flasche Wasser und stelle ihm beides auf den Nachttisch. Nach einem letzten Blick in sein entspanntes Gesicht schleiche ich auf Zehenspitzen aus dem Zimmer und gehe ins Poolhaus. Was für ein Abend!

KAPITEL 17

Als ich am nächsten Morgen aufwache, höre ich ein Geräusch.

Ich zucke zusammen, setze mich auf und sehe in Logans Gesicht.

»Morgen.« Seine Stimme ist rau und sein Blick auf mich gerichtet. Er sitzt auf einem Stuhl neben meinem Bett, in der Hand eine Tasse Kaffee.

»Morgen«, flüstere ich und streiche mir die Haare glatt. Was macht er hier? Wie lange ist er schon hier? Tausende Fragen wirbeln durch meinen Kopf.

Ich denke an die letzte Nacht, als ich in seinen Armen lag, und auch der Satz, den er mir, bevor er eingeschlafen ist, zugeflüstert hat, ist mit einem Mal wieder ganz präsent.

Scheiß auf die Regeln.

»Ich habe Kaffee für Sie«, sagt er und ich blicke zu der Tasse in seiner Hand. Er steht auf und reicht sie mir.

Noch ganz verschlafen und überfordert von der Situation greife ich danach. Ich nehme einen zaghaften Schluck, augenblicklich belebt mich das heiße Getränk und ich genieße die Wärme in meinem Magen.

»Ich dachte, das ist das Mindeste nach gestern Abend«, sagt er, als er sich wieder hinsetzt.

Ich schüttele den Kopf. »Das wäre echt nicht nötig gewesen, alles gut«, antworte ich und nehme erneut einen Schluck aus der Tasse.

»Na ja, ich war nicht ganz bei Sinnen, deswegen ...«

Sein Blick trifft auf meinen. Er war nicht ganz bei Sinnen? Was soll ich dazu sagen? Also spare ich mir jeglichen Kommentar und nicke nur. »Kein Problem, Sie haben eben ein bisschen zu viel getrunken, das haben wir doch alle schon mal.«

»Ja, aber es ist nicht Ihre Aufgabe, Ihren betrunkenen Chef ins Bett zu bringen, und deswegen – Entschuldigung dafür, und danke, dass Sie sich um mich gekümmert haben.«

Er lächelt leicht. »Das Wasser am Bett heute Morgen habe ich wirklich gebraucht.«

Ich lächle ebenfalls. »Ja, Sie wollten keines, aber ich dachte, es kann nicht schaden.«

»Ja, hat es wahrhaftig nicht, ganz im Gegenteil«, sagt er und dann sitzen wir eine Weile da. Sein Blick schweift durch den Raum, bleibt am Bücherregal hängen.

»Sie haben es sich hübsch gemacht hier, alles so schön sortiert und eingerichtet.«

»Danke, ja, und Haley mag das Regal, ich habe es mit ihr zusammen nach Farben sortiert, ich muss sagen, sie ist wirklich sehr kreativ.«

Er lässt den Blick erneut über das Regal wandern. »Das ist sie. Das war sie schon immer«, murmelt er beinahe zu sich selbst. »Die Liste, das, was sie zusammen mit ihrer Mutter aufgeschrieben hat ...«

Ich höre zu, nehme erneut einen Schluck aus der Tasse, nun einen größeren.

»Sie hat sie zusammen mit Kara gemacht. Ich hätte deswegen nicht so aus der Haut fahren sollen, genauso das Bild. Das tut mir leid. Ich habe darüber nachgedacht heute Morgen und deswegen ... Was halten Sie davon, wenn wir heute ein bisschen Zeit zusammen verbringen? Darüber reden und … ich habe noch was vor, aber das will ich Ihnen lieber zeigen als jetzt sagen.«

Erstaunt und überrascht zugleich sehe ich ihn an.

»Wir?«

»Ja, also Sie und ich, wie gesagt, wir reden etwas über die Woche, wie es mit Haley war. Diese Liste beziehungsweise das Buch und na ja, ich zeig Ihnen was.«

»Und was ist mit Haley?«

»Sie darf heute zu Maggie und hat sich darüber sehr gefreut. Ich habe auf Ihren Vorschlag gehört, dass sie ab und an auch mal etwas mit ihr machen sollte, und nachdem sie sich das gewünscht hat, habe ich es heute Morgen mit Maggie abgeklärt, sie fährt mit ihr in den Zoo, und ich denke, das ist eine gute Gelegenheit, dass wir zusammen die nächsten Wochen besprechen und ein wenig planen. Vielleicht auch gemeinsame …« Er stockt, räuspert sich.

Ich gebe mir Mühe, mein Erstaunen zu verbergen. »Gemeinsame?«

»Ja, Ausflüge, die Dinge aus dem Buch, dass wir sie Haley erfüllen. Und Sie hatten recht, dass ich mich da wieder mehr drauf einlassen sollte und muss, und deswegen will ich vorher mit Ihnen darüber reden. Was und wie wir es umsetzen können.«

»Na gut, also meinetwegen können wir das machen«, sage ich und er lächelt leicht.

Ich weiß nicht, warum, aber ich habe das Gefühl, dass er in diesem Moment ziemlich erleichtert wirkt. Und dass er sich wohl einige Gedanken zur Situation gemacht hat.

»Das ist gut, ich habe ja gesagt, dass ich Ihnen was zeigen will. Was halten Sie davon, wenn wir in einer guten Stunde losfahren?« Als ich nicht sofort antworte, räuspert er sich wieder und fügt hinzu: »Aber das ist nur eine Idee, wir können natürlich auch hierbleiben, ich will Sie da nicht überfordern. Das ist wirklich das Letzte, was ich will, und …«

Ich hebe eine Hand. »Nein, schon okay, das klingt wirklich nach einer guten Idee. Lassen Sie uns das machen, aber …«

Er sieht mich an. »Aber?«

»Vorher muss ich mich duschen und anziehen, also wenn es Sie nicht stört, würde ich eben aufstehen und mich fertig machen.«

Er sieht kurz zu seinen Schuhspitzen, dann wieder zu mir. »Ja, Entschuldigung, sicher, ich … ich gehe dann mal und warte in der Küche auf Sie. Kommen Sie einfach, wenn Sie fertig sind. Ist das ein Deal?«

»Ja, das ist ein Deal.«

Er steht auf, lächelt und streicht sich durch das Haar. »Also dann, bis gleich, Lilian Harper, und …«

»Und?«

»Danke wegen heute Nacht.«

Ich nicke und warte noch einen Moment, bis Logan das Poolhaus verlässt. Als er die Tür hinter sich schließt, klopft mein Herz heftig. Ich habe wirklich mit allem gerechnet, aber nicht damit, dass er heute etwas mit mir unternehmen will. Dass er mir etwas zeigen will und dass er sich wegen Haley und der Liste und des Bildes solche Gedanken gemacht hat. Aber anscheinend ist ihm das alles sehr zu Herzen gegangen. Ob es ein gutes Zeichen ist, ob ich doch Zugang zu ihm finde? Ich weiß es nicht, aber es fühlt sich zumindest genau jetzt, in diesem Moment, so an.

Kapitel 18

»Also schön, das hier ist es«, sagt Logan, als wir das Auto parken. Das Haus sieht noch viel hübscher aus als auf dem Foto und ich mustere es andächtig. Umgeben von allerlei Bäumen wirkt es wie eine alte, kleine Zauberhütte, und ich kann mir vorstellen, warum Haley so eine Sehnsucht danach hat.

»Wir waren früher oft hier«, beginnt Logan nun. »Aber nach dem Unfall und allem, was geschehen ist, konnte ich es einfach nicht mehr. Haley hat sich allerdings sehr danach gesehnt, aber das habe ich erst jetzt verstanden«, sagt Logan, als wir auf das Haus zugehen.

»Ist das hier eine Art Ferienanlage?«, will ich wissen und denke an den kleinen Laden in der Nähe, den ich im Vorbeifahren entdeckt habe.

»Ja, mit einem kleinen abgetrennten Bereich für jeden. Sie haben ja gesehen, als wir in die Anlage gefahren sind, dass dort eine Rezeption war, und da vorne gibt es auch ein hübsches Restaurant am See. Das kann ich Ihnen später zeigen. Aber zuerst ...« Er zückt den Schlüssel, der um seinen Hals hängt, und ich verstehe sofort.

»Er ist für das Haus«, flüstere ich und er nickt.

»Ja, er ist für das Haus. Und ich dachte, ich zeige Ihnen den Ort, damit wir reden können, wie wir das mit Haley machen und …« Er sieht mich an. »Ich weiß, wie ich wirke, und ich weiß, wie ich sein kann, aber eigentlich will ich nur, dass sie glücklich ist.«

Ich nicke. »Ich habe nie was anderes behauptet.«

Er lächelt, dann nimmt er den Schlüssel ab und steckt ihn in das Schloss, doch ehe er die Tür aufdrückt, sieht er mich noch mal an. »Ich war seitdem nicht mehr hier, und deswegen bin ich froh, dass Sie mit mir hergekommen sind. Haley wäre das sicher zu viel, ich weiß ja auch nicht, wie alles im Inneren aussieht, und na ja, ich wollte nicht, dass sie einen Schock bekommt, denn …«

»Denn?« Fragend sehe ich ihn an. Er stockt. Gibt es etwas, was er mir sagen will? »Verdammt, ich … Na schön. Ich war damals – also nach dem Unfall – noch mal hier. Allein. Ich war so unglaublich traurig und wütend auf das Leben und auf mich selbst, ich …«

Kurz huscht Traurigkeit über sein Gesicht, und ich denke an den Zeitungsartikel, in dem stand, dass er Schuld daran hatte. Natürlich habe ich nicht danach gefragt, dann hätte ich ja gestehen müssen, die Kiste geöffnet zu haben. Bis zu diesem Moment habe ich mir auch keine Gedanken darüber gemacht, aber gerade eben war da ein Ausdruck in seinem Gesicht. Als ob er mir mehr sagen will, doch er tut es nicht.

Er schluckt. »Ich habe mich gehen lassen, das ist mir klar, also bitte sehen Sie es mir nach.«

Logan drückt die Tür auf, und bereits der erste Blick lässt mich tief durchatmen.

Im Inneren des Hauses ist es hübsch, keine Frage, man kann erahnen, wie es eigentlich ausgesehen hat. Es wirkt trotz des Chaos noch gemütlich. An der Wand hängt ein Bild, das die Familie zeigt, Haley strahlt darauf. Und viele Zeichnungen, die sicherlich von Kara sind, man spürt gleich, dass Haley hier sehr oft mit ihrer Mama kreativ war. Doch es ist auch unheimlich viel zerstört.

»Ich war so wütend, ich …«

Ohne darüber nachzudenken, greife ich nach Logans Hand und halte sie einen Moment. »Es ist gut, wir machen das hier einfach wieder schön und dann … dann wird alles wieder gut.«

Er sieht mich an, eine ganze Weile, ehe er sagt: »Danke. Wirklich vielen Dank.«

Ich löse meine Hand von seiner, die Innigkeit des Augenblickes ist vorbei.

»Also schön. Dann lassen Sie uns loslegen.«

KAPITEL 19

Es dauert länger als gedacht. Natürlich, einiges muss aufgestellt, eingeräumt und wieder auf Vordermann gebracht werden. Logan erklärt mir das eine oder andere zu den Dingen und ich erfahre so vieles über Haley – hin und wieder bestätigt sich auch, was ich schon vermutet habe. In diesem kleinen, anfangs so wütenden Mädchen steckt so viel mehr als Wut. Der gänzliche Verlust ihrer Mama hat sie unglaublich gebrochen und der emotionale Verlust ihres Vaters zusätzlich. Genau das ist es nämlich, was Logan verstehen muss, und ich nehme mir fest vor, es ihm zu passender Zeit in Ruhe zu sagen. Als wir nach zwei Stunden im Wohnzimmer der Hütte stehen, ist alles wieder wie neu, so als ob niemals etwas zerstört worden wäre.

»Es ist kaum zu fassen«, seufzt Logan mit einem Mal und lässt den Blick durch den Raum wandern.

»Wenn man jetzt so dasteht, sieht es aus, als hätten wir die Zeit zurückgedreht, dann …« Er stockt, und ich merke, wie schwer ihm das Ganze fällt – und ich merke noch etwas anderes: dass er das Bild betrachtet, das Haley, Kara und ihn zeigt.

»Ja, man wünscht sich oft, die Zeit zurückdrehen zu können«, sage ich und sehe ebenfalls zu dem Bild. »Logan, ich weiß, wie schwer das alles ist. Und der Verlust, er ist nicht

124

wiedergutzumachen, aber Haley ist da und damit immer ein Stück Geschichte. Dass wir heute diese Hütte wieder zum Leben erweckt haben, ist genau richtig für sie. Denn Haley braucht genauso diese Momente, in denen sie sich erinnert. Das muss sie dürfen. Das ist so unheimlich wichtig.«

Er nickt. »Ja, das habe ich jetzt auch begriffen«, flüstert er.

Er blickt aus dem Fenster. »Wir haben so viel gemacht, dass es schon Nachmittag ist. Was halten Sie davon, wenn wir jetzt was essen?«

Ich nicke. »Ja, das klingt nach einer guten Idee.«

KAPITEL 20

Das Restaurant am See ist einladend und heimelig, und ich fühle mich sofort wohl, als wir an einem der kleinen Tische sitzen und auf das Wasser blicken.

»Wie sind Sie eigentlich dazu gekommen, Lehrerin zu werden?«, will er wissen, als unsere Getränke gebracht werden.

»Nun, es gab mehrere Gründe, einen davon habe ich Haley auch schon verraten.«

Logan zieht eine Augenbraue nach oben. »Und der wäre?«

»Ich hatte in der Schule eine Lehrerin, die, sagen wir mal, sich über mich lustig gemacht hat. Beziehungsweise über ein Kunstwerk, das ich gemalt habe. Ich habe damals nicht so gezeichnet, wie sie es für richtig gehalten hat. Und was sie darüber gesagt hat, hat mich sehr verletzt. Ich habe also am eigenen Leib verspürt, wie wichtig es ist, Kindern – vor allem als Lehrerin – Mut zu machen. Weil man seinen Schülern gegenüber in der Verantwortung steht, ihnen nicht nur etwas zu lehren und dabei das, was im Lehrplan steht, einfach stur abzuarbeiten, sondern auch den ganz individuellen Menschen zu sehen und nicht nur irgendein Kind. Denn jeder hat seine ganz eigenen Begabungen, und wenn ein mit Eifer gemaltes

Bild nicht der Aufgabenstellung des Lehrplans entspricht, heißt das nicht, dass das Kind nicht kreativ ist. Und wenn ein Schüler in seinem Aufsatz zum Beispiel ein Gedicht anders interpretiert als vorgegeben, ist es noch lange nicht falsch, im Gegenteil, es ist vielleicht sogar besonders kreativ. Ich denke, dass man genau das fördern sollte. Und deswegen hatte ich den Wunsch, Lehrerin zu werden.«

Logan nimmt einen Schluck von seinem Glas und sieht mich an, dann lächelt er. »Das passt so zu Ihnen.«

»Was meinen Sie damit?«

»Nun, Sie haben irgendwie ein Helfersyndrom.«

Ich lege den Kopf schief. Ich weiß, dass er es gut meint, und doch bekomme ich einen Kloß im Hals. Rasch winke ich ab. »Unsinn, ich habe kein Helfersyndrom, aber ich …«

Er hebt die Hand. »Das war nur ein Scherz. Ganz im Ernst, es müsste mehr Lehrer geben, die diese Einstellung teilen.«

»Danke«, sage ich. »Das nehme ich jetzt wirklich mal als Kompliment.«

»Das können Sie auch.« Sein Blick liegt auf meinem Gesicht, intensiv und lange, und ich sehe kurz weg, weil mich der Moment sonst zu sehr ergreift.

Ich trinke ebenfalls einen Schluck. »Und Sie? Was ist das, was Sie machen, wohin ziehen Sie sich immer zurück? Ein bisschen habe ich schon mitbekommen – Immobilien, nicht wahr?«

Er schüttelt den Kopf. »Nicht nur, ich plane eher Bauten und statte die Häuser aus. Insofern hat es natürlich mit Immobilien zu tun. Aber es gibt viele Bereiche. Ich habe das Unternehmen von meinem Dad übernommen, und ja, es hat Tradition, wir waren zuerst ganz klein und sind mit der Zeit ziemlich gewachsen. Vor allem, dass wir auch Gebäude bauen, die an Menschen mit weniger Geld vermietet werden können, kam sehr gut an. Jeder sollte einen Ort haben, an dem er sich wohlfühlt, egal wie viel er verdient. Dazu beizutragen ist mir sehr wichtig. Kara hatte auch viele Anregungen damals und … ja …«

»Sie scheint eine tolle Frau gewesen zu sein.«

»Ja, das war sie … und ich weiß, Sie hätten sich gut mit ihr verstanden, ganz sicher sogar.«

Einen Moment liegen unsere Blicke wieder tief auf einander. Und ich frage mich, wie er das meint.

»Warum glauben Sie das?«, will ich schließlich wissen.

Kurz sieht er mich an, ehe er antwortet. »Weil Sie auch so ein großes Herz haben, wie sie es hatte.«

Die Worte berühren mich tief. Ich weiß nur wenig über diese Frau, ich weiß, sie hat Haley geliebt und Logan, sie war kreativ und lustig – Logan könnte recht haben.

Wer sich dafür einsetzt, Wohnungen für Menschen zu schaffen, die nur wenig oder nichts besitzen, der kann nur ein gutes Herz haben. Doch ich – ich bin im Zweifel, ob das auch auf mich zutrifft. Mit einem Mal macht sich ein ungutes Gefühl in mir breit, in meiner Brust sticht es. Ha, ein guter Mensch, was ist das? Wer darf sich wirklich so nennen? Wir haben alle gute und schlechte Seiten, und wir treffen Entscheidungen, die manchmal nicht böse gemeint sind, aber Schlechtes hinter sich nachziehen.

»Alles okay?«, fragt Logan mit einem Mal und ich nicke leicht.

»Ja, alles okay, ich habe nur nachgedacht«, sage ich und bin erleichtert, weil im selben Moment die Bedienung mit unserem Essen an den Tisch kommt, sodass wir ein anderes Thema anschneiden oder einfach erst mal nur essen können.

* * *

»Wollen wir uns noch einen Moment an den See setzen?«, fragt Logan, als wir mit dem Essen fertig sind und er die Rechnung bezahlt hat.

Ich blicke zu dem Steg aus Holz, der ein Stück weit ins Wasser reicht. Dort zu sitzen ist romantisch und verlockend, aber ich darf mir nichts Romantisches mit Logan ausmalen. Wir sind schließlich mehr oder weniger geschäftlich hier, wegen Haley, auch wenn es sich gerade jetzt nicht so anfühlt, als ob es nur ihretwegen wäre. Aber das ist es nun einmal, ermahne ich mich.

»Also wollen wir«, reißt mich Logan aus meinen Gedanken.

»Entschuldigung, ja, sehr gern«, sage ich. Wir schlendern auf den Steg zu, lassen uns am äußersten Ende nieder und blicken auf das Wasser.

»Wir können jetzt noch mal darüber reden, wie wir für Haley weiter vorgehen wollen.«

Er zieht das Buch aus der Tasche. »Ich habe beschlossen, Ihnen da voll und ganz zu vertrauen.« Er deutet auf das Buch und lächelt leicht. »Danke, dass Sie das hier ernst genommen und mir die Augen geöffnet haben. Ja, ich würde gern die Dinge mit ihr machen. Mit Ihrer Hilfe, wenn das okay ist.«

»Mit meiner Hilfe?«

»Bitte, ich weiß, Haley würde sich darüber freuen, und Sie sind ihr in der kurzen Zeit sehr wichtig geworden.«

Ich nicke. »Okay, ja, ich helfe gern und, Logan … Es freut mich wirklich, dass Sie mir da vertrauen, ich verspreche, das mit dem Lernstoff haut hin. Er wird nicht darunter leiden, nur weil ich die Dinge etwas anders anpacke, ja?«

»Mittlerweile bin ich mir da ganz sicher, und wegen des Buches … Haleys Wünsche. Wir könnten damit starten, am Wochenende ins Museum zu gehen oder einfach einen Tag in New York zu verbringen. Und wenn wir das zusammen machen, gibt ihr das ein gutes Gefühl. Haley mag Sie, es ist nicht wie mit den anderen Lehrerinnen, da hat sie oft einiges angestellt, um … na ja, sie loszuwerden, das haben Sie ja bereits auf dem Gartenfest erfahren. Und auch sonst sieht Haley Frauen an meiner Seite nicht gern.«

»Sie meinen Sandra?«

Er sieht mich an. »Ja, unter anderem. Das mit den Nadeln im Mantel war nicht nett und … ich wusste teilweise wirklich nicht mehr weiter. Aber jetzt sind Sie da und Haley versteht sich mit Ihnen. Keine Ahnung, warum sie immer so reagiert hat.«

»Das verstehen Sie nicht? Was die Lehrerinnen betrifft, denke ich, sie war noch nicht bereit für den Unterricht. Na ja, und die anderen Frauen empfindet Haley als Konkurrenz, es ist also ganz normal. Es ist nicht leicht, die Mutter zu verlieren und den Papa mit einem Mal mit Frauen zu sehen und teilen zu müssen.«

Logan sieht mich an. »Ich weiß, aber diese Frauen, es ist mies, wenn ich das jetzt sage, aber sie bedeuten mir nichts, ich …« Er streicht sich durch das Haar. »Ich habe versucht, mich abzulenken, doch gerade gestern wieder gemerkt, dass es nicht geht. Kim ist ein nettes Mädchen, aber sie ist eben keine Frau, mit der ich mich wirklich unterhalten kann. Keine, die versteht, was ich will oder suche – wobei ich nichts suche. Ich weiß ja selbst nicht, was ich will. Schwer zu verstehen und vielleicht denken Sie, was für ein schrecklicher Mann ich bin, die Frau ist tot und ich treffe mich mit so vielen anderen, aber ich wollte einfach ab und an nicht …«

Ich greife nach seiner Hand, keine Ahnung warum, aber ich tue es einfach. »Einsam sein?«

Unsere Blicke treffen sich, dann nickt er. »Ja, das ist es. Einsam sein … Diese Stille, dazu noch Haleys Sprachlosigkeit, das alles hat mich aufgefressen, ich habe mich immer mehr in meinen Gedanken verloren und deswegen habe ich das alles gemacht.«

Wir blicken aufs Wasser, Logan wirkt nachdenklich und irgendwann streichle ich seine Schulter.

»Ich kann das verstehen, ab und an kann uns die Einsamkeit wirklich zermürben, aber … ich habe auch gelernt, dass sie sinnvoll sein kann. Dass sie hilft, sich über so manches klar zu werden und wieder zu sich zu finden.«

Logan neigt den Kopf, denkt über das nach, was ich gerade gesagt habe, und wieder ist da etwas zwischen uns, was ich nicht benennen kann.

Es scheint, als wolle er etwas sagen, aber er tut es nicht.

Wir sitzen noch einen Moment da, dann steht er auf.

»Wir sollten dann mal fahren, denke ich. Es ist schon spät, und vielleicht haben Sie heute noch etwas vor. Es ist schließlich Wochenende und Sie müssten gar nicht mit mir herumhängen.«

Ich stehe ebenfalls auf und deute auf das Buch, das noch am Boden liegt.

»Ich denke, es ist bei Ihnen in guten Händen«, sagt er, doch ich hebe es auf und halte es ihm entgegen.

»Ich glaube eher, Sie und Haley sollten es sich gemeinsam ansehen, das wird ihr viel bedeuten.«

Zaghaft nimmt er das Buch, steckt es ein und nickt. »Danke.«

Fragend sehe ich ihn an. »Wofür?«

»Für all das, auch für Ihre Zeit, wie gesagt, Sie müssten nicht …«

Ich hebe die Hand. »Es ist okay, ich habe heute nichts Besonderes vor«, sage ich und er atmet tief durch.

»Nichts? Kein Date in Aussicht?«

»Nun. Ich denke, das bleibt mein Geheimnis.«

Er grinst. »Schon klar, warum sollten meine Regeln nicht auch für Sie gelten?«

»Genau, die Regeln«, flüstere ich und merke, wie er mit einem Mal näher an mich herantritt. Ich betrachte seine

Muskeln, die sich unter seinem Shirt spannen. Obwohl ich das nicht sollte. Es sprechen so viele Gründe dagegen und es gibt auch noch zu viele Geheimnisse. Dennoch spüre ich etwas zwischen uns.

»Also dann«, sage ich. »Wir sollten gehen.«

KAPITEL 21

Als wir das Auto erreichen, klingelt mein Handy. »Entschuldigung«, sage ich und ziehe es hervor, blicke auf das Display und erstarre. Denn ich habe mit vielem gerechnet, aber nicht mit diesem Anruf.

Ich weiß nicht, was in diesem Moment mit mir passiert, ich stehe da und blicke regungslos auf den Namen, der immer und immer wieder vor mir blinkt.

»Alles okay?«, will Logan wissen und ich nicke.

»Ja, alles okay«, sage ich rasch und stecke das Telefon wieder ein. Er mustert mich fragend. »Sie können ruhig rangehen, also wegen mir ist das kein Problem«, sagt er, aber ich schüttle den Kopf.

»Nein, ist schon in Ordnung, ich rufe einfach später zurück.«

»Okay«, sagt er und entriegelt die Tür des Autos.

Tausende Gedanken sind auf einmal in mir. Warum dieser Anruf? Ist es schon so weit? Was erwartet mich?

Ich habe versucht, so weit wie möglich von allem wegzukommen, doch jetzt ist es mit einem Mal wieder so präsent.

Logan öffnet die Tür, setzt sich, und ich tue es ihm gleich, öffne ebenfalls die Autotür und lasse mich auf den Beifahrersitz fallen.

Gerade will er den Schlüssel in das Schloss stecken, als er mich ernst ansieht. »Ist wirklich alles okay?«

Ich versuche, zu lächeln und mir nicht anmerken zu lassen, was mich gerade beschäftigt und belastet. »Klar, alles okay.«

Er scheint es mir nicht abnehmen zu wollen. »Na schön«, gibt er schließlich nach und startet den Motor, wir fahren eine ganze Weile, und ich bin noch immer tief in den Gedanken versunken, als er mich erneut ansieht.

»Dass Sie so still sind, das ist echt ungewohnt. Hat das was mit dem Anruf zu tun?«

Ich spüre, wie ich mich innerlich verkrampfe. »Nein, alles in Ordnung, wirklich«, sage ich, merke aber selbst, dass ich nicht wirklich überzeugend klinge.

»Miss Harper, Lilian, wenn Sie etwas bedrückt, dann können Sie mir das sagen, ehrlich.« Er mustert mich, sieht dann aber wieder auf die Straße, während ich drüber nachdenke, wie ich ihm begreiflich machen kann, dass alles okay ist.

»Nein, alles gut, wirklich, ich …« Keine Ahnung, was ich mir gerade für eine Ausrede einfallen lassen will, als das Handy erneut summt. Ich ziehe es aus der Tasche und blicke auf das Display. Wieder lässt mir der Name darauf Schauer über den Rücken wandern. Schnell stecke ich das Telefon wieder ein.

»Und Sie wollen wirklich nicht darüber sprechen?«, will Logan wissen und ich sehe zu ihm, versuche zu lächeln.

»Nein, es gibt nichts zu besprechen. Fahren wir einfach nach Hause«, sage ich, als er den Wagen mit einem Mal an den Straßenrand lenkt und stehen bleibt.

»Lilian?«

»Logan?«, frage ich und sehe ihn an.

»Was bedrückt Sie?«

»Mich bedrückt nichts, glauben Sie mir, und außerdem … die Regeln, jeder hat doch etwas im Leben, was …« Ich halte inne, es geht ihn wirklich nichts an. Was soll das jetzt?

»Sie verraten mir jetzt, was los ist, haben Sie nicht selbst gesagt, dass so was befreiend wirkt?«

Hitze kriecht durch meinen Körper, ich will nicht darüber reden und schon gar nicht mit ihm.

»Es ist nichts, also fahren wir einfach.«

Wieder sieht er mich an. »Ich fahre nicht weiter, wenn Sie mir nicht sagen, was los ist.«

Was? Spinnt er? »Entschuldigung, dass ich das sage, aber ... das geht Sie nichts an, ich ...«

»Ich denke schon, ich bin Ihr Boss, und wenn es etwas gibt, was Sie in Ihrer Arbeit einschränkt, dann sollte ich das wissen.«

»Wie bitte?«

Er zuckt mit den Schultern. »Also?«

»Na gut, das war jemand aus meiner Vergangenheit, jemand, der mir zu schaffen macht, mehr will ich nicht sagen, weil ich selbst nicht damit umgehen kann und all das loslassen möchte ...«

»Und war das jetzt so schwer?«

»Was?«, frage ich.

»Befreit, oder? Haben Sie selbst gesagt. Ab und an einfach sagen, was gerade los ist.«

Ich runzle meine Stirn, antworte aber nicht.

»Sie können sich mir ruhig anvertrauen, ich bleibe unvor-eingenommen. Jeder hat Probleme.«

Er lässt den Motor an und wir fahren los.

Ich habe nicht damit gerechnet, aber in der Tat hat es gut-getan, den Satz auszusprechen. Meine Vergangenheit, die mich noch immer festhält, zu erwähnen. Natürlich würde ich ihm gern mehr sagen. Aber ich weiß, dass er dann ein anderes Bild von mir bekommen würde. Auch wenn er das nicht glaubt, ich bin mir sicher, dass es so ist.

Kapitel 22

Die Woche vergeht, zusammen mit Haley verbringe ich eine tolle Zeit. Wir haben unser »Eiscreme am Morgen«-Ritual, wir lesen, und irgendwann habe ich auch angefangen, immer mehr den Stoff mit ihr durchzugehen, genauso wie die einzelnen Zeichen der Gebärdensprache, alles ganz spielerisch. Und sie hat mehr und mehr ihre Freude daran. Als ich mit ihr zum Spaß einen Test schreibe, zeigt sich, dass sie alles gut verstanden und sämtliche Aufgaben richtig gelöst hat. Logan sehe ich tagsüber kaum. Er arbeitet wie üblich sehr viel. Doch an den Abenden, wenn ich Haley abliefere, ist er viel gelöster, er setzt sich mit ihr an den Tisch, lässt sich alles zeigen, und ich merke, dass da wieder eine Verbindung zwischen den beiden wächst. Als er ihr dann auch noch das Buch gibt und ihr mitteilt, dass wir die Dinge gemeinsam erleben wollen, umarmt sie Logan heftig und küsst ihn auf die Wange. Wir haben beschlossen, Haley die Entscheidung zu überlassen, mit was wir anfangen.

Sie war sofort ganz außer sich vor Freude, hat einen Block genommen und begonnen, den Plan für das Wochenende aufzuschreiben. Oberster Punkt: der Gnadenhof.

Wir kochen und essen auch zusammen, so gehen die Tage dahin, und als es schließlich Freitagabend ist und Haley mit Maggie Zeit verbringt, beschließe ich, im Poolhaus etwas abzuschalten. Sam wollte zwar, dass wir ausgehen, aber nach der Woche bin ich irgendwie auch mal froh, nichts vorzuhaben. Einfach zu lesen, runterzukommen und mir nicht so viele Gedanken zu machen. Vor allem nicht über den Anruf, den ich vor einer guten Woche erhalten habe. Ich habe hundertmal überlegt, ob ich zurückrufe, habe es jedoch nicht gemacht.

Mit einem Buch in der Hand liege ich gerade da, als es am Poolhaus klopft.

Erst bin ich wirklich überfordert, stehe dann aber auf, und als ich die Tür öffne, steht Logan davor.

»Tut mir leid, ich wollte nicht stören, aber ich habe Sushi bestellt und dachte, Sie wollen vielleicht auch ein bisschen was davon.« Fragend sieht er mich an.

»Ehrlich? Also, ja klar, ich liebe Sushi«, antworte ich und er lächelt.

»Das klingt gut, denn der Lieferservice hat irgendwie zu viel gebracht und na ja, ich dachte, da frage ich einfach Sie.«

Unsere Blicke treffen sich und ich nicke. »Danke, ich …« Ich sehe an mir hinunter und stelle fest, dass ich in der Sterne-Jogginghose dastehe – peinlich.

»Wenn Sie es schon so gemütlich haben … Im Fernsehen laufen die alten Folgen von ›King of Queens‹ – Lust?«

»Haben Sie sonst nichts vor? An einem Freitag?«

»Ich könnte Sie dasselbe fragen.«

Da hat er auch wieder recht.

»Na gut, also dann, ja klar, ich habe nichts gegen einen Film«, sage ich und er lächelt.

* * *

Wir sitzen auf dem Sofa, sehen »King of Queens« und essen Sushi. Wenn ich das Sam erzähle, weiß ich jetzt schon, dass sie ausflippt. Ich meine, es ist ja eigentlich normal, aber dann auch doch wieder nicht, denn immerhin ist Logan mein Boss.

Als wir das Sushi verputzt haben, lehnen wir uns zurück, schauen weiter den Film und lachen sogar an denselben Stellen.

Es ist einfach ein entspannter Abend und irgendwann berührt Logan zufällig meinen Fuß mit seinem. Unsere Blicke treffen sich.

»Und morgen? Was denken Sie, wird es Haley auf dem Gnadenhof gefallen?«, fragt er etwas später und ich nicke.

»Haley ist die letzten Tage schon ganz aufgeregt gewesen, ich glaube, wir können es uns wirklich schön mit ihr machen.«

»Ich denke auch«, sagt Logan, als es an der Tür klingelt.

»Wer das so spät ist?« Er blickt auf die Uhr. Ich sehe ihm nach, als er zur Tür geht, dann höre ich Gemurmel und meinen Namen.

Ehe ich darüber nachdenken kann, höre ich Logan nach mir rufen.

»Miss Harper, hier ist jemand für Sie«, sagt er, und ich stehe auf, gehe zur Tür und blicke in die Augen eines Mannes.

»Ich habe eine Sendung für Sie. Wenn Sie bitte hier unterschreiben«, sagt er und hält mir ein Gerät hin.

»Worum geht es denn, bitte?«, will ich wissen, während der Mann mir einen Brief reicht. Sofort, als ich sehe, woher der Brief stammt, wird mir schrecklich übel. Es fühlt sich an, als würde ich gleich das Sushi erbrechen.

»Alles okay?«, fragt Logan, ich nicke nur und unterschreibe auf dem Gerät.

»Dann noch einen schönen Abend«, sagt der Bote und geht, während ich wie angewurzelt dastehe und den Brief in meiner Hand anstarre.

»Der ist aus Virginia!«

Logan reißt mich aus meinen Gedanken und ich stecke den Brief schnell beiseite.

138

»Ja, ich weiß, es ist alles okay, ich … ich muss dann mal ins Bett«, sage ich und will an ihm vorbei, doch er greift meinen Arm und wirbelt mich zu sich herum.

»Was ist denn los?«, will er wissen und sieht mich eindringlich an.

»Nichts, ich bin nur sehr müde.«

Ich will an Logan vorbei, doch er stellt sich mir in den Weg.

»Ich muss da jetzt allein mit klarkommen.«

»Reden Sie einfach mit mir!«

Ich schüttle den Kopf. Ich weiß, er meint es nett, aber ich kann das jetzt nicht gebrauchen. Ich muss mich dringend ablenken, einfach weg und abschalten und beschließe, das auch zu tun.

KAPITEL 23

»Okay, wenn du feiern willst, bist du bei mir an der richtigen Adresse.« Sam hat sich sofort bereit erklärt, mit mir ins Jone's zu fahren.

Abschalten, den Kopf frei bekommen, nach dem, was mir in dem Brief mitgeteilt wurde, habe ich das mehr als nötig. Ich will nicht über irgendwelche bösen Situationen nachdenken und freue mich, mit Sam an der Bar zu stehen.

»Und der Brief, das hat mich mitgenommen, aber das wird schon.«

»Es wird alles gut gehen«, sagt sie mir.

Zu gern würde ich ihr glauben, doch ich bezweifle das. In zwei Wochen muss ich dort sein. In zwei Wochen wird sich entscheiden, wie es in meinem Leben weitergeht, und das jetzt, wo ich dachte, dass alles irgendwie besser wird. Schon hat mich die Vergangenheit eingeholt. Ich denke an all die Menschen in meinem Leben. Meine Eltern, die enttäuscht sein werden, wenn sie die Wahrheit erfahren. Und besonders Allison, ich wünschte, ich könnte sie unter anderen Umständen wiedersehen. Aber da ist auch diese Wut auf dieses Arschloch Brewster. Allein bei der Erinnerung an diesen Mann wird mir übel. Ich hatte gehofft, ihn nie wieder sehen zu müssen. Ich frage mich, wie ich das alles Logan erklären soll und Haley.

Ich weiß es nicht, und genau deswegen will ich einfach mal nicht mehr daran denken. Wir nehmen einen Drink nach dem anderen, und irgendwann fühle ich mich nur noch leicht, als gäbe es keine Vergangenheit, nur die Gegenwart und die Musik, in der ich versinke. Ich tanze gerade an der Bar mit einem Typen, als Sam an mir zieht. »Du solltest jetzt gehen, für heute ist es genug, und der Kerl da, mal im Ernst, der wirkt merkwürdig, also halt lieber Abstand, ich weiß nicht«, warnt sie, aber ich löse mich von ihr.

»Ich will nur ein bisschen Spaß, wirklich, Sam.«

Sie nickt. »Ja, das weiß ich. Aber irgendwann ist es auch gut. Wir sollten jetzt gehen, okay?«

Ich schüttle den Kopf. »Ich will aber nicht gehen, Sam, ganz und gar nicht.«

Sie seufzt. »Du kannst doch gar nicht mehr gerade stehen, also los. Taxi.«

Ich schüttele den Kopf.

»Doch, wir holen jetzt ein Taxi. Und ist morgen nicht der Ausflug mit Haley? So kannst du nicht daran teilnehmen, also sei vernünftig«, mahnt sie mich erneut und schließlich gebe ich nach.

Wir stehen draußen, warten auf das Taxi, und als es kommt, fahren wir erst zu Sams Wohnung, dann soll es weiter zu mir gehen.

Ein paar Blocks, nachdem wir Sam abgesetzt haben, stelle ich fest, dass ich meinen Geldbeutel nicht mehr habe. Das kann doch nicht sein. »Scheiße«, murmele ich.

»Ist irgendwas?«, will der Taxifahrer wissen.

»Mein Geldbeutel, ich glaube, ich habe ihn verloren und ...«

So schnell kann ich gar nicht schauen, da hält er schon den Wagen an.

»Sorry, aber dann ist die Fahrt für Sie hier zu Ende.«

»Wie bitte, ist das Ihr Ernst?«

Er nickt.

»Sie wollen mich hier einfach rausschmeißen?«

Wieder nickt er. »Es sind noch drei Blocks bis zur Fährstation und da drüben ist ne U-Bahn.«

»Mein Arbeitgeber wird Ihnen was geben, sicher, ich bin betrunken und …«

»Sorry, darauf verlasse ich mich nicht«, meint er und schließlich stehe ich wirklich vor der U-Bahn-Haltestelle. Mir ist schwindelig und ich könnte heulen. Das hier ist doch wirklich das Letzte.

Ich überlege, Sam anzurufen, aber was soll sie machen? Mich abholen kann sie nicht. Ich zücke das Handy und schließlich wähle ich Logans Nummer.

* * *

Als das Auto vor mir hält, bin ich mehr als dankbar, schäme mich aber auch. Ich merke den Alkohol, und sicherlich sehe ich furchtbar aus, bin verschwitzt und müde und muss mich in diesem Zustand auch noch von meinem Boss abholen lassen. Das macht einen ganz und gar nicht guten Eindruck.

»Es tut mir wirklich leid, aber ich habe die Geldbörse verloren und …«

Logan sieht mich an, erst nach einer Weile sagt er: »Es ist wegen der Nachricht, die heute gekommen ist, oder? Dieser Bote, der da war?«

Seine Worte treffen mich tief. »Ja, aber ich will und kann nicht darüber reden, gerade gar nicht und …« Jetzt wird mir auch noch übel.

Ich muss mich zusammenreißen.

»Alles gut? Wir sind gleich da,« sagt er, und ich bin dankbar, dass er die Situation erfasst hat und erst mal nichts mehr sagt. Wir erreichen schließlich das Haus, und als Logan hält, steigt er aus und öffnet mir die Tür.

»Na, dann los, heute bring ich Sie mal ins Bett, Miss Harper«, meint er. »Jetzt kann ich mich revanchieren, stützen Sie sich einfach ab.«

Ich will mich noch wehren, merke dann aber, wie gut es tut, und halte mich an ihm fest.

»Danke«, sage ich und stürze ins Bad. Ich will aus den Klamotten raus und mich waschen. Schnell dusche ich mich, ziehe einen Slip an und husche zurück ins Zimmer. Ich will mich gerade ins Bett legen, als ich bemerke, dass Logan noch da ist. Erschrocken zucke ich zusammen und halte mir die Hände vor die Brüste.

»Was machen Sie noch hier?«, frage ich und er mustert mich.

»Ich wollte sichergehen, dass Sie gut ins Bett kommen. Dass …« Er stockt und erneut gleiten seine Blicke über meinen Körper.

Meine Güte, ich habe noch immer nur den Slip an. Ich drehe ihm kurz den Rücken zu, zupfe mein quietschgelbes Schlafshirt unter dem Kissen raus und schlüpfe hinein. »Ja, es ist gut, wirklich«, sage ich.

»Wirklich?«, meint er, steht auf und kommt an mich heran. Mit einem Mal steht er dicht bei mir, und mein Herz fängt an, heftig zu klopfen. Mir schwirrt der Kopf, ich weiß nicht, von was mehr: vom Alkohol, der Situation oder Logans Nähe.

»Ich habe Wasser geholt«, sagt er schließlich und deutet auf eine Flasche und ein Glas, die er neben das Bett gestellt hat.

»Danke, das ist nicht nötig, wirklich, ich schäme mich, ich …«

Er legt mit einem Mal einen Finger auf meine Lippen.

»Nicht, ich denke, wir sind damit einfach quitt, okay?«

Ich nicke, er löst seinen Finger von meinem Mund und sieht mich an.

»Ich gehe dann jetzt mal«, sagt er schließlich, als ich unerwartet nach seiner Hand greife.

»Danke, wirklich, das war nett, dass Sie mich abgeholt und ins Haus begleitet haben. Das mit dem Wasser, das auch … wirklich sehr.« Noch immer halte ich seine Hand fest.

»Soll ich noch bleiben, bis du eingeschlafen bist?«, fragt er.

»Du« – er hat »du« gesagt und ich sehe ihn an. Ja, irgendwie würde ich es schön finden, ihn noch hierzuhaben, aber das Ganze ist verrückt, ich weiß nicht, wie ich damit umgehen soll, er hier mit mir.

Ohne meine Antwort abzuwarten, löst er seine Hand von meiner, tritt zurück und schlägt die Bettdecke auf, ich lege mich ins Bett, und er deckt mich zu, dann legt er sich auf die andere Seite.

»Sie müssen nicht bleiben, wirklich, ich …« Besser, ich bleibe beim *Sie*.

»Sie sind letztens auch geblieben.«

Gut, er geht darauf ein. »Ja«, sage ich nur und er lächelt.

»Was ist da los, was hat Sie so aus der Bahn geworfen?«

»Nichts, es ist einfach vieles im Leben los, ich denke, da haben wir was gemeinsam. Nicht alles geht gut aus, nicht alle Wünsche erfüllen sich.« Ich brauche einen Moment, um mich zu sammeln.

»Was wünschen Sie sich, Lilian?«

Ich sage nichts, denn eigentlich gibt es nur eine Sache, die ich mir von Herzen wünsche, aber dabei wird Logan mir nicht helfen können.

»Na schön, schalten Sie einfach mal ab und schlafen Sie gut. Morgen genießen wir alle den Ausflug. Oder passt Ihnen das nicht mehr?«

»Natürlich, machen Sie sich keine Gedanken, ich werde pünktlich zum Frühstück in der Küche erscheinen.«

Er lächelt. »Das ist gut.«

Wieder sehen wir uns innig an, viel zu innig. Ich betrachte ihn, seine Wimpern, die Augen, das Profil seines Gesichtes, und ich spüre diese Sehnsucht in mir. Ihn zu berühren. Und wie von selbst lasse ich meine Hand an seine Wange wandern.

»Danke«, flüstere ich noch mal.

»Bitte«, flüstert er und rückt näher an mich heran.

»Ich weiß nicht, ob wir das tun sollten, uns so nah sein, wir haben Regeln …«, sage ich, als er mich noch näher an sich zieht, vergesse aber sofort jede einzelne davon. Ja, wir haben Regeln, denke ich, aber wir haben so oder so in der kurzen Zeit schon so viele davon gebrochen.

Er zieht mich noch enger an sich und ich fühle seine Muskeln, als ich meinen Kopf an seine Brust lege. Ich atme seinen Duft ein, ich will ihn küssen, ich will mehr, ich will noch mehr Nähe.

»Die Regeln«, flüstere ich noch mal und weiß nicht, ob ich mich selbst erneut daran erinnern will oder ihn.

»Scheiß auf die Regeln«, sagt er und hält mich fest. Und dann, irgendwann, fühle ich nur noch seinen Herzschlag, er beruhigt mich, ich spüre seine Hand in meiner, die Wärme seines Körpers, die mir so guttut. Die mich erfüllt und wegträgt. Die meine Angst für diesen Moment einfach wegwischt. Gerade zählt nur das Hier und das Jetzt; gerade zählt nur der Moment und dass wir nicht allein sind. So wie Logan nicht allein sein will und mich an sich gezogen hat, so brauche auch ich ihn. Wir sind wie zwei Ertrinkende, zwei Suchende, die sich irgendwie gefunden haben. Die sich voneinander angezogen fühlen, aber Regeln haben. Regeln, die sie brechen.

»Die Regeln«, flüstere ich noch mal an seiner Brust.

»Alles gut. Scheiß auf die Regeln«, höre ich seine Stimme leise an meinem Ohr. Und dann, einfach so, schlafe ich ein. Ich versinke in dem Gefühl, gehalten zu werden, in dem Moment, und ich glaube auf einmal, dass vielleicht wirklich alles gut wird. Gerade eben fühlt es sich zumindest so an.

Kapitel 24

Langsam öffne ich meine Augen. Mir ist ein wenig schwindlig. Ich fühle einen Körper neben meinem, regelmäßiges Ein- und Ausatmen. Eine Hand liegt auf meiner Hüfte. Wieder schließe ich die Augen und denke nach. Als ich sie öffne, fällt leichtes Licht in den Raum. Ich träume nicht, und doch frage ich mich, wo ich bin, als die Erinnerungen zurückkommen. Die Party im Jone's, die Heimfahrt, das Taxi, das mich einfach auf der Straße ausgesetzt hat. Logan.

Er in meinem Zimmer.

Logan.

Ich in seinen Armen.

Und dann spüre ich ihn wieder, ganz nah an mir, und mein Herzschlag beschleunigt sich.

Okay, die Situation ist wirklich ganz und gar merkwürdig. Aber sie ist real. Er ist da, neben mir. Mein Herz fängt an, heftig zu klopfen. Was mache ich jetzt? Mich aus seiner Umarmung lösen? Liegen bleiben und so tun, als würde ich noch schlafen?

Aber ich komme nicht mehr dazu, weiter darüber nachzudenken, denn mit einem Mal hebt sich sein Arm von meiner Hüfte. Er ist wach, so muss es sein, und ich bleibe still liegen. Schnell schließe ich die Augen wieder und warte ab. Er steht

147

auf, Sekunden verstreichen, dann höre ich die Tür. Er geht, und ich warte noch einen Moment ab, ehe ich mich herumdrehe. Er ist weg. Aber seine Wärme ist noch da. Sanft streiche ich über die Matratze und frage mich, wie ich jetzt reagieren soll. Heute wollen wir mit Haley den Ausflug machen. Wird es merkwürdig sein zwischen uns?

Ich weiß es nicht.

Ich greife nach meinem Handy, blicke auf die Uhr. Es ist neun – wir hatten geplant, um zehn loszugehen.

Aber gerade bin ich einfach verunsichert. Ich beschließe, Sam von der letzten Nacht zu erzählen, und wähle ihre Nummer. Zum Glück erreiche ich sie gleich, sie klingt etwas verschlafen, aber sie hört mir geduldig zu.

»Er hat dich also abgeholt und ins Bett gebracht und … er war heute Morgen noch da?«

»Ja, er hat sich aber weggeschlichen, ich denke, das alles war ihm dann doch unangenehm. Ich meine, wir haben diese Regeln und …« Ich stoppe, mir fällt ein, was Logan in der Nacht gesagt hat. Scheiß auf die Regeln. Ob er das ernst gemeint hat? Ich weiß es nicht.

»Ich denke eher, dass er keine Lust hatte, sich mit der Situation auseinanderzusetzen. Es ist ja auch etwas merkwürdig, oder?«

»Ja, schon.« Ich schlucke.

»Am besten sagst du einfach nichts, es kommt vielleicht aus der Gelegenheit heraus zur Sprache, aber heute zählt vor allem der Ausflug mit Haley, ja? Ihr habt doch einiges geplant.«

Sie hat recht. Das, was gestern war, ist erst mal nebensächlich.

* * *

Bevor ich mir weiter den Kopf zerbreche, sollte ich schleunigst unter die Dusche gehen und mich zurechtmachen. Wir beenden das Gespräch, Sam wünscht mir einen schönen Tag, und als ich schließlich eine halbe Stunde später fertig angezogen in die Küche komme, steht Logan am Herd und macht gerade Pancakes. Haley sitzt am Tisch, vor sich eine der goldgelb gebratenen Köstlichkeiten. Es duftet lecker, und mein Magen macht sich bemerkbar.

»Guten Morgen«, sage ich und Haley lächelt mich an.

Logan dreht sich zu mir herum und mustert mich. »Guten Morgen«, sagt er dann und lächelt ebenfalls.

»Hunger?«, will er wissen und ich nicke.

»Ja, wenn ich ehrlich bin, schon«, antworte ich und er deutet auf den Tisch.

»Ich habe für Sie mit gedeckt. Kommen Sie mit der Maschine zurecht?«, fragt er und deutet auf eine Tasse, die neben der Maschine steht.

Ich nicke, stelle die Tasse in die richtige Position und drücke die Taste.

»Kaffee ist mehr als nötig«, sage ich dabei leise und etwas verlegen und gebe, als die Maschine fertig ist, Milch dazu, bevor ich mich setze.

»Wir können in einer guten Stunde los«, sagt Logan schließlich. Er kommt mit weiteren Pancakes an den Tisch und setzt sich ebenfalls.

Dann sieht er zu Haley.

»Freust du dich auf unseren Ausflug?« Haley nickt. Blickt zu ihm, dann zu mir. Kurz habe ich das Gefühl, dass sie etwas mitteilen will. Aber dann deutet sie nur strahlend auf einen Punkt in ihrer Liste.

Wir essen mit gutem Appetit und machen uns schließlich auf den Weg.

Als der Hof von Mrs Jacob in Sicht kommt, rutscht Haley unruhig auf dem Sitz hin und her. Man sieht ihr an, wie sehr sie sich auf die Tiere freut.

Während Haley an der Hand von Mrs Jacob vorausläuft, fühle ich mich leicht. Die Sonne scheint am strahlend blauen Himmel und Logan wirkt gelöst und entspannt.

»Sie liebt Tiere«, fange ich ein Gespräch an.

»Ja, das hat sie schon immer getan. Bereits im Kindergartenalter wollte sie uns überreden, kranke Tiere aufzunehmen, um sie gesund zu pflegen.«

Ich lächle. »Ein weiteres Zeichen dafür, wie sensibel und empathisch Haley ist. Sie blüht hier richtig auf.«

Logan nickt. »Ja, seit sie damals eine Reportage von diesem Gnadenhof für alte und kranke Tiere gesehen hat, wollte sie unbedingt dorthin, um zu helfen. Sie und ihre Mutter haben es dann in das Büchlein aufgenommen.«

»Tiere können einem unheimlich viel zurückgeben. Und die Pferde haben es ihr offenbar besonders angetan.« Ich lächle, während wir uns den beiden nähern. Haley ist gerade dabei, einem Pferd ein Stück Apfel zu füttern. »Sie sieht so glücklich aus«, sage ich und freue mich von ganzem Herzen.

»Ja, das tut sie wirklich.«

Wir bleiben stehen, und ich frage mich, ob ich die Tatsache, dass er heute Nacht bei mir war, wirklich nicht ansprechen soll. »Also gestern Nacht, ich …«, setze ich an und sehe Logan direkt in die Augen, die mit einem Mal zu funkeln scheinen. Doch schon läuft Haley auf uns zu. Sie zieht ihren Papa am Ärmel seines Pullis, um ihn dazu zu bewegen, mit ihr zu gehen. Ich nicke ihm lächelnd zu und folge den beiden. Es ist so schön, mit ihnen hier zu sein. Und ich war wirklich beeindruckt, als ich erfahren habe, dass Logan vorab mit der Farmbesitzerin persönlich gesprochen hat, um auch ganz sicher zu gehen, dass wir kommen können. Er meint es ernst, dessen war ich mir bis dahin nicht sicher. Mit einem entspannten Gefühl geselle ich mich zu den dreien. »Wir haben diesen Hof mittlerweile seit fast zehn Jahren und konnten einigen der armen Tiere einen schönen Lebensabend ermöglichen«, erklärt Miranda Jacob. »Meine Schwester und ich konnten mehrere Sponsoren gewinnen.«

»Zum Glück«, sage ich. »Das, was ihr hier macht, ist so eine gute Sache.«

Miranda nickt.

»Ich danke Ihnen, dass wir den Hof besuchen dürfen«, sagt Logan und sieht wieder zu Haley hinüber, die mit dem alten Gaul ein Herz und eine Seele zu sein scheint.

»Wir freuen uns immer, wenn es Menschen gibt, die sich für unsere Arbeit interessieren. Niemand wollte diese Tiere mehr haben, und wir können leider nicht immer jedes aufnehmen. Haley hat offenbar sofort Freundschaft mit unserem alten Oskar geschlossen. Normalerweise ist er Fremden gegenüber eher abweisend.«

Ich sehe den Stolz in Logans Augen und weiß in diesem Moment, dass mit diesem Nachmittag die Weichen für ihn und seine Tochter gestellt sind.

»Da ist sie wie ich«, erklärt er jetzt auch. »Wenn sie irgendwen mag, dann wickelt sie denjenigen im Nu um den Finger. Das kann sie.« Er sieht von Miranda zu mir herüber. Unsere Blicke verfangen sich ineinander und ich schneide eine Grimasse.

Haley kommt gelaufen, um sich noch ein paar Äpfel zu holen. Miranda geht dann mit ihr gemeinsam zum Pferd zurück, mit ihrem roten Haar und dem Cowboyhut, den sie trägt, sieht sie aus wie aus dem Wilden Westen. Als die beiden außer Hörweite sind, räuspere ich mich und sehe Logan an. »So ist das also bei euch Westwicks?«

Ein Lächeln umspielt seine Lippen. Lippen, die so schön geschwungen sind. Voll und sanft. Bewusst lenke ich meinen Blick von ihnen weg.

»Ja, Miss Harper, so sind wir. Wenn wir einmal jemanden mögen, dann lassen wir ihn nicht so schnell wieder gehen. Es gibt kein Entkommen.«

Ich lächle jetzt auch. »Ach ja?«

»Ja, kein Entkommen«, flüstert er beinahe und in meinem Bauch kribbelt es.

»Diesmal muss ich mich bei Ihnen bedanken, Mr Westwick.«

Er kommt einen Schritt auf mich zu und ich kann mich nicht von der Stelle rühren. Ich schlucke, denn jetzt streift er mir zärtlich eine Haarsträhne hinters Ohr. »Ach ja, wofür denn?«

»Dass Sie heute Nacht geblieben sind«, antworte ich und kann meinen Blick nicht von seinem lösen.

»Sie erinnern sich?«, fragt er.

Ich nicke. »Ja, ich erinnere mich. Danke.«

Mit einem Räuspern geht er wieder einen kleinen Schritt zurück. »Keine Ursache. Sie waren komplett durchgefroren. Ich dachte, ein wenig Nähe könnte Ihnen guttun. Und eins noch ...«

Mein Herz pocht gegen meine Brust. »Ja?«, frage ich und bin gespannt, was er sagen möchte.

»Da Sie schon in meinem Bett gelegen haben und ich in Ihrem, denke ich, ist es angebracht, uns beim Vornamen anzusprechen.«

Ich lache leise. »Ach ja? Neue Regeln?«

Jetzt kommt er mir wieder näher und mir wird mit jedem Zentimeter wärmer. »Ich dachte, du erinnerst dich?«, fragt er und legt den Kopf ein wenig schief.

»Scheiß auf die Regeln«, antworte ich heiser.

Er lächelt und nickt bestätigend.

»Wollen Sie zu den Katzenbabys? Es ist Fütterungszeit. Vielleicht möchte Haley mithelfen«, holt Miranda uns aus diesem kurzen, aber intensiven Moment.

Sofort treten wir ein wenig auseinander.

»Da bin ich mir sicher«, antwortet Logan, und Haley strahlt uns an, während sie heftig mit dem Kopf nickt.

Miranda deutet nach links auf eine kleine Scheune. »Es ist gleich da drüben.«

Schon sprintet Haley los.

Logan lächelt, und noch nie habe ich gesehen, dass seine Augen derart gestrahlt haben.

Ich fühle mich im Moment leicht und frei und bin so glücklich, dass wir heute hier sind, um einen Punkt der Liste für Haley zu erfüllen. Ihr einen Glücksmoment zu schaffen, macht nicht nur sie fröhlich. Es ist so ansteckend.

Zu beobachten, wie Haley ein Kätzchen füttert, ist herzzerreißend. Sie ist so in ihrem Element, und immer mehr erkenne ich das fröhliche Kind, das sie war, bis ihre Welt aus den Fugen geriet. Und ein Blick auf Logan lässt mein Herz noch ein wenig höher hüpfen. Auch er wirkt ausgelassen. Er füttert eines der Katzenbabys mit einem Fläschchen. Wieder atme ich durch, straffe meinen Rücken und gehe lächelnd auf die beiden zu. »Das macht ihr ja super. Die werden bestimmt ganz gesunde und prächtige große Katzen.«

»Was haltet ihr davon, wenn wir einen kleinen Stopp einlegen und New York etwas unsicher machen?«, schlägt Logan vor und sieht Haley und mich an. Haley lächelt und nickt leicht und ich nicke ebenfalls zustimmend.

»Wie wäre es mit einem der besten Hot Dogs der Stadt?«, fragt Logan und ich bin erst verwundert, dann aber gleich begeistert.

»Das ist eine gute Idee, oder was meinst du?«, frage ich Haley und nun nickt sie energischer.

Wir fahren los. Der Verkehr ist wie immer sehr belebt, aber schließlich parkt Logan in der Nähe der 8th Avenue zwischen

39th und 40th und wir gehen zusammen zu dem Stand auf der gegenüberliegenden Straßenseite.

»Ich weiß nicht, ob du schon mal davon gehört hast, aber das hier ist der beste Hot Dog in New York«, sagt Logan, bestellt uns drei Stück und kurz darauf genießen wir die mit Wurst gefüllten Brötchen und betrachten dabei die Menschen, die an uns vorbeilaufen. Echte New Yorker gehen schnell und wir machen ein Spiel daraus, ob wir es schaffen, Touristen unter den vielen Menschen auszumachen.

»Angeblich tragen New Yorker auch immer ein schwarzes Kleidungsstück, hab ich mal gelesen«, sage ich und Logan lacht.

»Also, dann lass uns mal sehen, ob wir welche daran erkennen.«

Wir albern, haben Spaß. Haley deutet irgendwann auf eine Frau, die gekonnt über die Straße rennt. Fast wie eine Akrobatin, die ihre Turnübungen vollzieht.

Es ist so schön, auch mal wieder direkt in der Stadt zu sein, denke ich bei mir. Wir schlendern umher, bleiben an einigen Schaufenstern stehen und Haley darf sich von einem Straßenkünstler noch einen Ballon aussuchen. Wir sind glücklich in diesem Moment, in der großen Stadt, die so voller Leben ist. Man sieht uns förmlich an, wie unsere Herzen vor lauter Glück schlagen.

Und dann sehe ich Haley – sie blickt auf, öffnet leicht ihren Mund. Einen Moment habe ich den Eindruck, sie würde tatsächlich etwas sagen wollen. Ja, sie ist glücklich. Und das macht mich glücklich. Und traurig zugleich.

* * *

Am Abend hat Haley darauf bestanden, dass Logan und ich sie gemeinsam ins Bett bringen.

Jetzt stehen wir vor ihrem Bett. Über uns der Sternenhimmel aus Licht und Schatten. Der mit Gas gefüllte Ballon ist nach oben gestiegen und ziert ebenfalls die Zimmerdecke. Wir beobachten, wie Haley sich zur Seite legt und an ihren Lieblingsteddy kuschelt.

Logan greift nach meiner Hand und sofort kribbelt es von meinen Fingerspitzen durch meinen ganzen Körper. Ich fühle, dass der heutige Tag so viel mit uns gemacht hat. Mit Logan, Haley und mir. Doch wir stehen hier an Haleys Bett und irgendwie ist er doch immer noch mein Boss und … Ich ziehe vorsichtig meine Hand aus Logans und folge ihm dann leise aus dem Zimmer.

Wir lassen uns im Wohnzimmer auf die Couch fallen. Logan hat das Licht gedimmt und leise Töne klingen aus den Lautsprechern an der Wand. Er steht auf und ich kann nicht anders und beobachte ihn. Die letzten Tage haben ihn verändert. Alles an ihm. Es gehen eine Leichtigkeit und Freude von ihm aus, und als er mit zwei befüllten Weingläsern auf mich zukommt, strahlen seine Augen mich an. Er reicht mir eines der Gläser und setzt sich zu mir auf das Sofa.

»Lilian, das heute … das war großartig. Hast du gesehen, wie offen Haley gewesen ist?«, fragt er und lächelt.

»Ja, total. Sie ist auf so einem guten Weg. Mit allem. Sie macht echt Fortschritte. Sie war so glücklich. Und du auch«, füge ich an und senke leicht den Blick. Logan stellt sein Glas auf den Tisch und rückt nah an mich heran. »Und das haben wir dir zu verdanken. Du kamst mit deiner schusseligen und quirligen Art in unser Haus gestolpert … und was soll ich sagen, du hast Haleys Herz im Sturm erobert.«

Ich winke ab und sehe zur Seite. »Ach, so viel habe ich nicht getan, ich habe sie nur genommen, wie sie ist.«

Er nimmt mir das Glas aus der Hand und stellt es ebenfalls auf den Tisch. Mit zwei Fingern an meinem Kinn hebt er

155

meinen Kopf ein wenig nach hinten. »Auch mit mir hast du was gemacht«, sagt er beinahe flüsternd. Ich schlucke und spüre mein Herz heftig gegen meine Brust klopfen. Wieder sehe ich auf seine Lippen und in Gedanken berühre ich sie mit meinen. Atme seinen Duft, an den ich mich die letzten Wochen schon so sehr gewöhnt habe. Zärtlich streichelt er meine Wange und sieht mich intensiv an. Ich schließe die Augen und endlich spüre ich ihn so nah, so intensiv. Unsere Lippen treffen aufeinander, verschmelzen. Ich verliere mich im Moment, bis Logan sich von mir löst. »Ich bin gleich wieder da«, raunt er und immer noch klopft mein Herz heftig. Ich nehme einen tiefen Schluck aus meinem Weinglas. Soll ich mich darauf einlassen? Ich meine, hat er nicht selbst gesagt, scheiß auf die Regeln?

Mein Handy klingelt in meiner Tasche. Einen Moment überlege ich, nicht darauf zu reagieren, doch dann sehe ich doch darauf. Als ich ihren Namen auf dem Display lese, erschrecke ich und nehme augenblicklich das Gespräch an.

»Allison? Was ist los?«, frage ich aufgeregt. »Bitte, ich kann das nicht mehr … ich«, schluchzt Allison und sofort schnürt es mir die Kehle zu. Ich klemme mir das Telefon zwischen Kinn und Schulter, greife nach meiner Tasche und eile aus dem Haus in Richtung Poolhaus, während ich spreche. »Sch, sch … was ist los? Allison, rede mit mir! Was ist passiert?« Doch im nächsten Moment bricht die Verbindung ab.

KAPITEL 25

Seit Stunden wälze ich mich im Bett. Hin und wieder bin ich in eine Art Halbschlaf gesunken, nur um von schrecklichen Bildern wieder wach zu werden. Alle fünf Minuten sehe ich auf die Uhr. Gleich hat Sam Feierabend. Es ist drei Uhr nachts und während ich es nicht erwarten kann, ihre Stimme zu hören, klingelt das Telefon in meiner Hand. Gedankenübertragung. Sofort gehe ich ran.

»Sam, ich bin so froh, dass du mich zurückrufst«, sage ich.

»Was ist denn los? Deine Nachricht hat mir Angst gemacht. Ich steh noch in der Umkleide.«

Ich setze mich auf und blicke aus dem Fenster. Es ist tiefdunkel und am Himmel sind kaum Sterne zu sehen. Tief atme ich ein. »Allison hat angerufen. Ich mache mir Sorgen um sie.«

»Allison? Ich dachte, sie ist untergetaucht.«

»Das dachte ich auch und ich weiß ehrlich gesagt nichts Genaues darüber. Ich meine, sie hat geschluchzt, dass sie nicht mehr könne, und dann aufgelegt.«

Mit einem scharfen Ton holt Sam Luft. »Meinst du, es ist etwas passiert. Dieser Brewster?«, will sie wissen und ich bete, dass dem nicht so ist. Heiße Tränen rinnen über meine Wange. »Oh Gott, ich hoffe nicht. Was, wenn er sie weiterhin im Visier hat? Er ist unberechenbar. Was soll ich nur tun, Sam? Soll ich zurück nach Virginia und Allison suchen?«

Sam schweigt einen Moment. »Ich weiß es nicht. Vielleicht solltest du morgen noch mal versuchen, sie zu erreichen. Vielleicht kannst du jemanden aus dem Ort fragen. Aber bitte, bitte überstürze nichts.«

»Ja, vielleicht ist das eine gute Idee, auch wenn mir gerade niemand einfällt, den ich da anrufen könnte.«

»Sprich doch mal mit Logan, vielleicht kannst du etwas früher nach Virginia. Der Termin ist doch ohnehin bald.«

Ich weiß nicht, welcher Gedanke mir mehr Übelkeit bereitet. Mit Logan über die ganze Sache zu reden oder an den Termin zu denken. Ich seufze. »Das mit Logan ist kompliziert. Aber du hast recht. Es wird eine Lösung geben. Danke, dass du mich gleich angerufen hast.«

»Klar, was denkst du denn? Versuch trotzdem, ein wenig Schlaf zu finden.«

»Okay, und du komm gut nach Hause, ja?«

* * *

Am nächsten Morgen warte ich, bis Logan das Haus verlässt, bevor ich hinübergehe. Maggie ist an diesem Morgen schon sehr bald da, worüber ich froh bin. Zweimal hat er gestern noch versucht, mich anzurufen. Ins Poolhaus hat er sich nach meinem Abgang wohl nicht getraut. Dann hat er eine Nachricht geschickt:

Lilian, ich wollte dich nicht überrumpeln. Lass uns morgen Abend sprechen.

Ich war nicht in der Lage, darauf zu antworten.

Bestimmt hat er geahnt, dass ich ihm am Morgen aus dem Weg gehe.

Nachdem Maggie und ich gemeinsam mit Haley gefrühstückt haben, gebe ich ihr eine Aufgabe. »Wie wäre es, wenn du Maggie aufschreibst, was wir gestern auf dem Hof erlebt haben? Wenn du möchtest, kannst du ein passendes Bild dazu malen. Was hältst du davon?«

Haley nickt eifrig, geht nach nebenan und macht sich gleich ans Werk.

»Liebes, möchtest du auch noch eine Tasse Kaffee?«, fragt mich Maggie, und ich nicke.

»Gern. Kaffee ist genau das Richtige.«

Kurz darauf nippe ich an meiner Kaffeetasse und sehe aus dem Fenster.

»Ihr wart gestern auf dem Gnadenhof? Logan hat vorhin erzählt, wie Haley aufgeblüht ist. Das ist großartig«, holt mich Maggie aus meinen Gedanken.

»Ja, die beiden hatten wirklich viel Freude, und Haley kann echt gut mit Tieren. Vielleicht würde ihr ein Haustier guttun.«

»Hm, kann sein«, sagt Maggie. »Und warum bist du dann so bedrückt?«

Ich stehe auf, gehe zur Spüle und schütte den Rest des Kaffees hinein. Warum, weiß ich selbst nicht. »Wie kommst du darauf? Hat dir das auch Logan erzählt?«

»Keine Angst. Er meinte nur, dass du gestern plötzlich weg warst. Liebes, was ist nur los? Erst dachte ich, Logan übertreibt damit, dass er sich um dich sorgt, aber um ehrlich zu sein, ich tue es auch.«

Ich blicke Maggie an. »Er sorgt sich?«

»Natürlich. Und das ist auch überhaupt kein Wunder. Willst du mir nicht erzählen, was mit dir los ist?«

Ich ringe mit mir. Würde es schaden, ihr meine Geschichte zu erzählen? Bald würden es ohnehin alle erfahren. Doch etwas hält mich ab. Ich vertraue Maggie, dennoch möchte ich unter keinen Umständen riskieren, dass Logan es von irgendjemand anderem erfährt ... und Haley. Also schüttle ich den Kopf. »Es ist nichts. Also doch ... aber es geht um eine meiner ehemaligen Studentinnen aus Virginia. Sie hat mich gestern angerufen und ich mache mir Sorgen um sie.« Ich atme tief ein und denke, näher an die Wahrheit geht es nicht. Denn tatsächlich mache ich mir schreckliche Sorgen um Allison. »Sie klang sehr bedrückt, und ich vermute, sie hat ernste Schwierigkeiten.«

Maggie nickt und kommt auf mich zu. »Es muss wirklich etwas Schlimmes sein. Du solltest ihr helfen.«

Ich senke den Kopf. »Wie soll das funktionieren? Ich müsste nach Virginia Beach und da kann ich Haley schlecht mitnehmen. Logan wird mir nach so kurzer Zeit noch keinen Urlaub geben«, sage ich und weiß wirklich nicht, wie ich das alles lösen soll. Davon mal abgesehen, habe ich nicht damit gerechnet, so schnell wieder zurückzumüssen.

»Aber du bist dir sicher, dass sie dich braucht?«, holt mich Maggie aus meinen Gedanken.

Ich schließe die Augen. »Ja«, sage ich schließlich leise.

»Dann musst du alles in Bewegung setzen, um zu ihr zu fahren. Logan wird es verstehen, glaube mir. Erkläre es ihm.«

»Und was ist mit Haley? Und dem Unterricht?«, frage ich.

»Ich kann dich doch zwei, drei Tage vertreten. Du gibst mir einfach Aufgaben, die Haley erledigen soll, und dann mache ich das mit ihr. Und wir gehen auch Eis essen«, verspricht Maggie.

Ich lächle und bin gerührt von ihrer Hilfsbereitschaft. Ich stehe auf und öffne die Tür zum Nebenzimmer einen Spalt. Haley ist noch immer in ihre Aufgaben vertieft, bemerkt mich nicht einmal. Sie hat solche Fortschritte gemacht und sie hat sich mit ihrer Art direkt in meinem Herz verankert. Ich schließe die Tür und wende mich wieder an Maggie. »Ich überlege es mir«, sage ich schließlich.

Nachdem Maggie gegangen ist, sitze ich einfach nur da und sehe aus dem Fenster. Die Sonne glitzert im Wasser des Pools und alles wirkt so ruhig und friedlich. Ich fühle mich fremd, denn ich passe mit all meinen Sorgen hier nicht mehr her. Erschrocken wende ich mich zur Seite, als ich eine Hand auf meiner Schulter spüre. »Oh, Haley. Ich habe dich gar nicht gehört«, versuche ich, mit einem Lächeln möglichst gelassen zu sagen. Haley legt die Stirn kraus und zupft ein Stofftaschentuch aus ihrer Hosentasche, um es mir zu reichen. Ich nehme es entgegen. »Das ist lieb von dir, aber mir ist nur … nur was ins Auge gekommen«, schwindle ich und tupfe mir mit dem Tuch über die Wange, um eine Träne wegzunehmen. Haley nickt, aber ich bin mir nicht sicher, ob sie mir die Geschichte abkauft. So wie ich sie kenne, höchstwahrscheinlich nicht.

»Hast du alles ausfüllen können?«, frage ich und deute auf das Heft, das sie in der linken Hand hält. Sie legt es auf den Tisch und ich werfe einen Blick hinein. »Das hast du gut gemacht. Nur die beiden Staaten hast du verwechselt.« Ich radiere Arizona und New Mexico weg und reiche ihr das Heft. Sie setzt sich neben mich und macht sich eifrig daran, die Bundesstaaten korrekt in die Skizze zu schreiben. Während ich sie beobachte, frage ich mich, ob ich ihr sagen soll, dass ich ein paar Tage weg sein werde. Ich räuspere mich. »Haley, ich denke, für heute ist es gut. Wollen wir nach draußen gehen und uns ein wenig unterhalten?«

Normalerweise würde Haley sich darüber freuen, den Unterricht vorzeitig abzubrechen, um in der Sonne zu liegen. Heute trifft das nicht zu, und wieder bin ich von ihrer sensiblen Art gerührt. Sie spürt genau, dass irgendetwas nicht stimmt, und ich bin es ihr schuldig, ihr zu sagen, dass ich die nächsten Tage nicht da sein werde.

»Aber du kommst doch wieder?«, fragt sie in Gebärdensprache, nachdem ich ihr erklärt habe, dass ich einige

Tage nach Hause muss. Ich schlucke. »Na, das hoffe ich doch«, antworte ich so fröhlich wie nur möglich. Und ich hoffe es wirklich. Mit den Händen formt sie etwas, was ich nicht sofort verstehe. »Wer macht mich traurig?«

Haley ärgert sich, dass sie die Zeichen nicht sofort hinbekommen hat.

»Lass dir Zeit. Ganz langsam«, fordere ich sie auf. Aufmerksam sehe ich zu, wie sie konzentriert ein Wort nach dem anderen zeigt. Und nun kann ich mir nicht helfen, Tränen kullern meine Wangen hinab. »Nein, meine Süße, du machst mich nicht traurig und ich gehe sicher nicht wegen dir nach Hause, hörst du?«

Fest nehme ich sie in den Arm. Sie klettert auf meinen Schoß und vergräbt ihr Gesicht an meiner Schulter. Zärtlich streiche ich ihr übers Haar. »Ich hab dich lieb«, flüstere ich.

Im Laufe des Tages normalisiert sich die Stimmung und auch wenn Haley mir kaum von der Seite weicht, haben wir einen tollen Tag.

Am Abend lässt sie sich gleich vier Geschichten vorlesen, ehe sie endlich, völlig übermüdet, einschläft. Und auch mir fällt es an diesem Abend schwer, ihr Zimmer zu verlassen. Ich sehe sie noch eine Weile an, küsse sie auf die Wange und gehe dann auf Zehenspitzen hinaus.

Wieder versuche ich, Allison zu erreichen, doch vergeblich. Ich muss einfach ihre Stimme hören. Noch nie, nicht einmal damals, als sie sich mir endlich anvertraute, klang sie so außer sich. Das Telefon in der Hand, tigere ich in meinem Zimmer auf und ab. Bitte geh ran, bitte geh ran, schicke ich ein Stoßgebet gen Himmel. Wieder die Mailbox. Wütend werfe ich das Handy auf das Bett. Ich setze mich auf die Matratze und grübele. Soll ich ihre Eltern anrufen? Nein, das geht auf keinen Fall. Ich bin mir nicht sicher, wie sie zueinander stehen, und weiß einfach nicht, was das Richtige ist. Stattdessen rufe ich

Sam an. Sie hat mir geraten, noch ein wenig abzuwarten, doch was jetzt?

»Lil, hast du was von ihr gehört?«, fragt sie sofort und es liegt Sorge in ihrer Stimme.

Ich schüttele den Kopf, auch wenn sie es nicht sehen kann. »Nein, verdammt, Sam, irgendetwas stimmt da nicht. Ich hab so sehr das Gefühl, dass sie mich braucht.«

Kurz herrscht Schweigen. Sam räuspert sich. »Dann musst du hinfahren und sehen, was los ist.«

Wieder lasse ich mich auf das Bett fallen. »Und was ist mit Logan und Haley? Sie brauchen mich auch.«

»Lässt es sich wirklich nicht ermöglichen? Was ist mit den Großeltern?«

»Das ist nicht das Problem«, entgegne ich. »Maggie hat sich bereits angeboten.«

Wieder Schweigen auf beiden Seiten. »Was ist denn dann das Problem?«

Ich schlucke und spüre, dass Tränen über meine Wangen rinnen. »Ich habe so schreckliche Angst«, gebe ich zu und schluchze.

»Hey, meine Süße. Das musst du nicht. Soll ich mitfahren?«

»Auf keinen Fall, Sam. Ich will niemanden von euch da mit reinziehen«, sage ich bestimmt.

»Aber wir sind ...«

»Ja, genau. Wir sind Freunde. Gerade deshalb. Und wenn du wirklich meine Freundin bist, dann wirst du nichts tun. Ich verspreche, ich halte dich auf dem Laufenden. Und du versprichst mir, dass du alles für dich behältst.«

»Du weißt, ich bin für dich da, also pass bitte, bitte auf dich auf. Egal, was du vorhast.«

»Ja, das tue ich. Und du? Versprichst du, nichts zu sagen? Zu niemandem?«

Sam seufzt am anderen Ende der Leitung. »Ich verspreche es.«

Ich bin erleichtert. »Du, ich muss jetzt auflegen. Ich muss noch hinüber zu Logan.«

»Okay, mach's gut. Und melde dich!«

»Ja, Sam. Ich melde mich.«

Kaum habe ich aufgelegt, knie ich schon auf dem Boden, um meinen Koffer unterm Bett hervorzuziehen. Ich habe mich entschieden. Ich werde fahren, und auch wenn ich es noch nicht schaffe, mich meinen eigenen Dämonen zu stellen, werde ich Allison dabei helfen, sich ihren zu stellen. Dazu bin ich mit einem Mal fest entschlossen. Sie braucht mich, und nicht zuletzt bin ich daran schuld, dass es ihr so geht, wie es ihr jetzt geht. Ich schulde es ihr. Schnell hole ich Kleidung für drei Tage aus dem Schrank. Als ich mich umdrehe, lasse ich den Stapel vor Schreck fallen. »Mr Westwick, äh … Logan, was tust du hier?« Mein Herz rast. Logan mustert mich und zieht seine Stirn kraus. »Was ist hier los?«

Ich blicke zu Boden. »Nichts. Ich muss nur … für ein paar Tage weg«, sage ich stotternd.

»Du musst weg? Jetzt? Wohin denn?«

Ich kehre ihm den Rücken zu und packe die Kleidungsstücke in die Tasche.

»Würdest du bitte mit mir sprechen? Was zur Hölle hast du vor? Und wohin willst du um diese Zeit?«

Ich sehe aus dem Fenster. Es dämmert bereits, und bald wird es völlig dunkel sein.

»Das ist unwichtig. Logan, bitte. Mach es nicht schwerer, als es ohnehin schon ist.«

Ich spüre seine Hand an meinem Oberarm und er zieht mich nah an sich heran. »Es ist wegen gestern. Der Kuss, hab ich recht?«

Trotz aller Sorgen, aller Gedanken, die mich umtreiben, spüre ich noch immer seine Lippen auf meinen, als hätten wir uns gerade eben erst geküsst. Ich würde ihm so gern sagen, dass es nicht an ihm liegt und dass ich seine Nähe nicht nur genossen habe, sondern mich sogar jetzt, in diesem verrückten Moment, mehr denn je danach sehne. Doch ich kann nicht. Also schweige ich. Ein Schweigen, das in diesem Moment alles bedeuten kann.

»Okay, keine Antwort statt der Antwort, die ich nicht hören wollte. Lil, aber bitte lass uns vernünftig bleiben. Wir sind erwachsen und ich ... ich gebe zu, ich habe mich verleiten lassen.«

Verleiten lassen? Seine Worte treffen mich. Ich befreie mich aus seinem Griff und mache mich wieder ans Packen. Dann soll es vielleicht so sein. Er sieht unsere Annäherung als eine Art Versehen, als einen Moment des Kontrollverlusts. Ich schlucke Tränen hinunter. Das alles ist mir einfach zu viel.

Logan räuspert sich. »Aber bitte, bitte, denke an Haley. Sie hat durch deinen Unterricht solche Fortschritte gemacht, du kannst sie doch nicht einfach so im Stich lassen.«

Abrupt drehe ich mich um, schiebe eine Strähne, die sich vor mein Auge gelegt hat, zur Seite. »Glaub mir, ich will und wollte Haley nie schaden. Aber ...«

»Aber?«, hakt er nach.

»Im Moment ... Ach, es ist einfach alles so kompliziert.«

»Was kann ich tun, damit du bleibst?«

»Lass mich gehen«, sage ich leise und kann nicht verhindern, dass eine Träne meine Wange hinunterrollt.

Logan setzt sich auf das Bett, und ich unterdrücke das Bedürfnis, ihn in den Arm zu nehmen, ihm zu sagen, wie sehr ich ihn und Haley ins Herz geschlossen habe. Dass alles gut wird. Aber das kann ich nicht. Wie könnte ich auch? Denn ich weiß einfach nicht, ob alles gut wird. Letztendlich macht es keinen Unterschied, ob ich sie jetzt enttäusche oder in ein paar Wochen, denke ich mir.

»Kommst du wieder?«, fragt er, als hätte er gerade meine Gedanken gelesen.

»Ich weiß es nicht«, flüstere ich, und es ist die Wahrheit.

Logan steht auf und fährt sich durchs Haar. Es versetzt mir einen Stich, zu sehen, wie er leidet. Und ich wünschte, ich trüge keine Schuld an seinem Schmerz. Warum nur läuft alles in meinem Leben schief und warum muss ich den Menschen, die ich mag, so wehtun? Ich hasse mich in diesem Moment selbst.

Logan atmet tief durch. »Lass mich einen Vorschlag machen. Ich muss wissen, dass du irgendwo bist, wo es dir gut geht, und ich bitte dich sehr, dass du dich bei mir meldest, wenn du dort, wo du hinwillst, angekommen bist.«

Ich überlege einen Moment und nicke dann. »Okay«, sage ich zaghaft.

»Noch eins«, fügt er an. »Bitte denke darüber nach, zurückzukommen.« Er sieht an mir vorbei. »Aber wir können nicht allzu lange warten. Drei Tage! Sag uns in drei Tagen, ob du zurückkommen wirst.«

Und jetzt kann ich nicht anders. Ich stelle mich auf die Zehenspitzen und umarme Logan. Ich schließe die Augen, erinnere mich daran, wie unsere Lippen sich gestern berührt haben. Wie gut er sich angefühlt hat, als er neben mir lag, und an all die Zeit, die wir miteinander verbracht haben. Er erwidert meine Umarmung. Vergräbt seinen Kopf in meinem Nacken und streichelt mit seiner Hand zärtlich mein Haar. Dieser Moment ist so intensiv. Ein Abschied und ein Versprechen zugleich. Nur schwer löse ich mich aus unserer Umarmung und sehe ihm fest in die Augen. »Ich fahre zurück nach Virginia Beach. Und ich verspreche, dass ich mich, um Haleys willen, in drei Tagen melde und dir sage, ob ich zurückkommen werde.«

Er nickt. »Danke, Lilian. Wann geht dein Flug?«

»Ich reise mit dem Bus. Das ist günstiger.«

»Das wird eine lange Fahrt.« Er seufzt. »Dann lass uns aufbrechen.«

Ich stutze. »Uns?«, frage ich irritiert.

»Ich möchte dich zum Bus bringen. Und du rufst mich an, wenn du gut in Virginia angekommen bist, es würde mich wirklich sehr beruhigen.«

»Danke«, sage ich gerührt.

KAPITEL 26

Während der Busfahrt bemühe ich mich, keinen merken zu lassen, dass ich weine. Ich habe Logan versprochen, ihm in drei Tagen zu sagen, ob ich zurückkommen werde. Aber wie könnte ich das? Eine Mischung aus Traurigkeit und Angst ergreift Besitz von mir. Endlich war mir nach langer Zeit wieder etwas wichtig. Sofort sehe ich Haley vor mir. Es tut mir leid, dass Logan denkt, es liege an ihm. Doch ich konnte seine Vermutung nicht verneinen, konnte ihm nicht die Wahrheit über meine Vergangenheit erzählen. Nicht in diesem Moment.

Die Lichter der Stadt verglühen mit jedem gefahrenen Kilometer. New York, die Stadt, die Träume in Erfüllung gehen lässt. Mary sagte vor ein paar Wochen noch, ich solle mich meinem Schicksal ergeben. Die Stadt könne es für mich in die richtigen Bahnen lenken. War das also mein Weg? Ich atme tief durch. Es wird Zeit, Stärke zu beweisen. Ich tue das für Allison und ich bin es ihr schuldig. Mom und Dad habe ich nicht Bescheid gesagt, dass ich morgen schon in Virginia Beach sein werde. Ich weiß einfach noch nicht, wie ich ihnen gegenübertreten soll. Ich habe ihnen erst erzählt, dass ich in New York eine neue Stelle angefangen habe, als ich schon dort war. All die schlimmen Dinge, die damals geschehen sind, kennen sie nur bruchstückhaft. Ich habe es einfach nicht übers Herz gebracht, ihnen zu erzählen, was vorgefallen ist. Sie waren immer so stolz auf meine Anstellung am College. Um ehrlich zu sein, weiß ich bis heute nicht, was sie wirklich glauben. Klar, wir haben telefoniert. Aber die beiden sprechen nicht über solche Dinge, sodass das Thema immer umgangen wurde. Und mir war es recht. Ich schiebe den düsteren Gedanken zur Seite und versuche, an meine Tasche zu gelangen. Meine Sitznachbarin sitzt mit halber Pobacke auf dieser und schläft so selig, als ob sie in ihrem eigenen Bett läge. Vorsichtig ziehe ich an meiner Tasche. Keine Chance. Deshalb stupse ich sie leicht an und schlucke. Die Frau sieht nicht danach aus, als würde sie gern geweckt werden. Ihre Hände sind tätowiert, und zwar nicht mit Röschen.

»Entschuldigung, Entschuldigung …«, sage ich, während ich sie erneut anstupse. Ein Grunzen kommt über ihre Lippen. Verdammt! Hilft nichts. Ich rüttle etwas kräftiger. »Hallo, könnten Sie bitte … meine Tasche.«

Endlich öffnet sie erschrocken ihre Augen. »Sind wir schon da«, grummelt sie.

»Ähm, nein«, antworte ich. »Aber Sie sitzen auf meiner Tasche.«

»Was? Und wegen so einem Scheiß weckst du mich? Da hast du deine blöde Tasche.« Sie hebt ihren Po etwas an und ich kann endlich meine Tasche hervorziehen. »Lass mich jetzt bloß in Frieden, sonst kannst du was erleben.«

Ich schließe die Augen und verkneife mir eine Antwort. Auf keinen Fall will ich mit einer dicken Lippe in Virginia Beach auftauchen. Aber telefonieren traue ich mich dennoch nicht. Also beschließe ich, Allison eine Nachricht zu schicken.

Allison, bitte melde dich bei mir. Ich bin auf dem Weg nach Virginia Beach und hoffe, wir sehen uns morgen.

Es ist die fünfte Nachricht, die ich, ohne eine Antwort bekommen zu haben, verschicke. Mittlerweile kann ich es kaum mehr erwarten, bei ihr zu sein, denn ich spüre, sie braucht mich mehr denn je.

* * *

Meine Schultern schmerzen, und mein Po fühlt sich taub an, während ich blinzelnd aus dem Fenster blicke. Draußen sieht es alles andere als nach Großstadt aus. Wir fahren durch weite Landstriche und ich fühle sofort diese Vertrautheit. Hier bin ich aufgewachsen. Hier habe ich gelacht und alles gelernt, was mich ausmacht. Und hier will ich eigentlich nie wieder sein.

Eine Stunde später steige ich aus dem Bus und strecke mich erst einmal. Es ist erst acht Uhr am Morgen, aber schon drückend warm und ich sehne mich nach einer Dusche. Für die nächsten zwei Nächte habe ich mir ein Motel herausgesucht. Doch erst einmal will ich mir einen Überblick verschaffen und sehen, wie es Allison geht.

Allison. Letzte Nacht habe ich von ihr geträumt. Sie rannte auf mich zu und fiel in meine Arme. Sie war mit einem weißen Nachthemd bekleidet und Blut rann an ihren hellen Oberschenkeln bis auf ihre nackten Füße hinab.

Ich schlucke und schiebe die finsteren Bilder zur Seite. Zum Glück ist es so früh, dass an diesem verschlafenen Ort genügend Taxis herumstehen. Zielsicher gehe ich auf eines zu und habe im ersten Augenblick ein wenig Sorge, den Fahrer zu kennen, denn hier bin ich schließlich aufgewachsen, und der Ort, Virginia Beach, ist sozusagen ein Dorf. Erleichtert stelle ich fest, dass ich den Mann hinterm Steuer noch nie zuvor gesehen habe.

»Lady, wohin darf ich Sie bringen?«, fragt er und seine schwarzen Rastazöpfe tanzen zum Takt der Musik, zu der er sich bewegt.

»Bitte ins Motel One«, sage ich und fühle mich schon viel besser.

»Oh, ich hätte wetten können, Sie kommen zu Besuch, um den Unabhängigkeitstag zu feiern«, sagt er fröhlich.

Das hatte ich fast vergessen. »Ja, schon. Aber es ist eine Überraschung. Morgen«, erwidere ich geistesgegenwärtig und überlege kurz, ob ich nicht vielleicht doch bei meinen Eltern vorbeischauen sollte. Ich verwerfe den Gedanken. Nach feiern ist mir nicht zumute. Noch weniger nach Fragen von meiner Familie. Die Zeit wird kommen, das weiß ich, aber jetzt gilt es, andere Dinge zu erledigen.

* * *

Erschöpft setze ich mich auf den kleinen Balkon meines Motelzimmers und lasse die Sonne auf meine Haut scheinen. Ich schließe die Augen. Mein Haar ist noch nass und Tröpfchen fallen von den Haarspitzen auf meine Schultern. Die letzten Tage waren mehr als anstrengend, doch ein Gefühl sagt mir, dass es erst einmal nicht besser wird.

Logan. Wie immer, wenn ich etwas Zeit für mich habe, wandern meine Gedanken zu ihm. Ob er jetzt ebenfalls an mich denkt? Hätte ich ihm die Wahrheit erzählen sollen, und hätte er es verstanden? Wahrscheinlich nicht. Drei Tage, denke ich. Drei Tage und ich muss mich entscheiden. Ich öffne die Augen und sehe aufs Meer. Trotz des guten Wetters sind die Wellen erstaunlich hoch und brechen tosend am Strand. Als ich hier lebte, und das ist noch gar nicht so lange her, hatte ich fast vergessen, wie wunderschön die Gegend ist. Als ich klein war, war Dad oft mit Josua und mir am Strand. Josua liebte es, es war, als ob es hier egal wäre, ob er hören konnte oder nicht. Er war eins mit dem Meer. Einmal sagte er, er höre die Wellen. Ganz leise und tief in ihm drin. Vielleicht war es ein Gefühl. Ein Gefühl

171

wie die Liebe, die laut in uns spricht, ob wir sie hören wollen oder nicht.

Eigentlich hatte ich mir fest vorgenommen, nicht auf das Telefon zu blicken. Ich wollte heute einfach nur ankommen und mir überlegen, wo ich Allison am Abend finden könnte. Ich hole es dennoch aus meiner Handtasche, gehe damit zurück auf den Balkon. Keine Nachricht, Logan scheint nicht an mich zu denken. Blödsinn. Er hat ja gesagt, dass er meine Entscheidungen respektieren will. Dann schreibe ich.

> Hey Logan. Ich habe versprochen, mich zu melden, wenn ich gut angekommen bin. Also, ja. Mir geht es gut. Müde, aber gut. Wie geht es Haley? Unternehmt ihr etwas heute?

Ich lese den Text durch und streiche die letzten Sätze wieder durch. Klar würde ich gern wissen, wie es Haley geht, aber auf der anderen Seite weiß ich nicht, wann ich sie wiedersehen werde. Wenn ich ehrlich zu mir bin, vermisse ich sie jetzt schon.

Ich habe meine Gedanken noch nicht zu Ende gedacht, da poppt auch schon eine Nachricht von Logan auf. Mein Herz klopft augenblicklich schneller gegen meine Brust, als ich lese.

> Das freut mich. Bist du bei deinen Eltern?

Ich lächle, während ich antworte.

> Nein, ich bin in einem Motel. Einfach, aber gut.

> Was? Warum hast du nichts gesagt? Ich hätte dafür Sorge getragen, dass du gut unterkommst. Zumindest für die nächsten Tage, bis du zu uns zurückkommst.

Es schnürt mir die Brust zu. Wie soll ich ihm erklären, dass ich vielleicht nicht zurückkommen werde? Was würde es für einen Sinn haben? Die Verhandlung ist bald. Und ich weiß nicht, wie das alles laufen wird. Wäre es nicht gemein, zurückzureisen, um anschließend womöglich für viel länger fort zu sein? Ich schlucke und unterdrücke die Tränen, die sich in meinen Augen ansammeln wollen.

Lilian, bist du noch da??

Ich beschließe, nicht auf die erwähnten drei Tage einzugehen.

Ja. Entschuldige. Nein, das war nicht nötig. Ich hatte Glück und hab ein tolles Zimmer, recht günstig, im Motel One bekommen. Sogar mit Meerblick. Alles gut. Du, ich muss jetzt weiter. Ich melde mich.

Ohne auf eine Antwort zu warten, klappe ich das Telefon zu und werfe es in meine Tasche. Nach wie vor fühle ich mich ausgelaugt. Allison habe ich noch immer nicht erreicht. Sie meldet sich einfach nicht bei mir. Ein Gedanke, den ich am liebsten ganz weit zur Seite schieben möchte, lässt sich mittlerweile nicht mehr verdrängen. Ich werde bei ihr zu Hause nach ihr sehen müssen. Bei dem Gedanken daran möchte ich am liebsten einen Rückzieher machen. Allzu gut sind die Worte ihrer Eltern in meine Erinnerung gebrannt. Ich hätte ihre Tochter manipuliert, dazu gezwungen, eine Falschaussage zu machen und vieles mehr. Allison hat es nicht berichtigt, doch ich habe ihr deshalb nie Vorwürfe gemacht. Es war besser so. Das glaube ich auch heute noch. Dennoch bereitet mir der Gedanke, auf ihre Eltern zu treffen, Übelkeit.

KAPITEL 27

Ich gehe auf und ab. Laufe in meinem Zimmer umher. Immer noch hängt mir die lange Fahrt in den Gliedern, und mein Vorhaben, Allison zu sprechen, wirkt so unrealistisch. Mein Telefon holt mich aus den Gedanken und ich schmunzele, als ich Sams Namen auf meinem Display lese.

»Hey, ich freu mich so, von dir zu hören«, sage ich ins Telefon und setze mich auf mein Bett.

»Bist du gut angekommen? Wie geht es dir?« Es tut mir leid, dass Sam so besorgt klingt.

»Ehrlich gesagt, nicht so besonders. Allison ist nach wie vor telefonisch nicht zu erreichen und ich bin einfach … ach, ich weiß auch nicht.«

»Oh je, das hört sich nicht gut an. Du zweifelst doch nicht etwa?«

»Hört man das so deutlich?« Ich seufze. »Ach, Sam, wahrscheinlich war das alles eine total doofe Idee. Vielleicht habe ich mich da in etwas hineingesteigert.«

»Unsinn. Du kennst doch Allison, und ich wüsste niemanden, der über eine bessere Menschenkenntnis verfügt als du. Wenn sie an ihr Telefon gegangen wäre, hättest du die lange Reise ja nicht auf dich nehmen müssen.«

Ich drücke meine noch feuchten Haarsträhnen zusammen und Tröpfchen bilden einen dunklen Kreis auf der weißen Bettdecke. »Ja, du hast ja recht. Aber glaubst du, bei ihren Eltern werde ich weiterkommen? Was, wenn sie nicht zu Hause ist?«

»Du wirst es versuchen müssen. Und mal ganz ehrlich, mehr als abweisen können dich ihre Eltern auch nicht. Wenn sie nicht da ist, dann kommt sie früher oder später bestimmt zurück nach Hause.«

Ich atme tief ein. »Also, du meinst, ich soll einfach hingehen?«

»Genau. Und weißt du was, auch wenn du das anders siehst, du bist mutig und du schaffst das.«

Ich lache leise. »Na, eigentlich bist du die Mutigere von uns.«

»Das glaube ich nicht. Du hast für Allison und all die anderen alles versucht und so viel riskiert ...«

»Nicht sehr erfolgreich«, unterbreche ich Sam.

»Darum geht es nicht. Es geht darum, dass Allison dich braucht, genau wie damals. Also, geh hin und sieh nach, was los ist.«

Ich nicke. »Sam, weißt du, dass ich dich lieb habe?«

»Und ich hab dich lieb. Ruf mich später an. Ich hab heute frei, du kannst mich jederzeit erreichen.«

»Danke, das mache ich.«

* * *

Mein Herz klopft heftig gegen meine Brust, als ich vor Allisons Tür stehe. Gerade hatte ich noch ausreichend Mut, jetzt scheint er sich verflüchtigt zu haben. Ich hole tief Luft und drücke auf die Klingel.

Mr Brown schaut erst verwundert drein, dann wird er wütend. Er tritt zu mir vor die Tür und lässt sie nur einen Spalt offen. Ich bin hier nicht willkommen, das ist mehr als deutlich zu spüren.

»Was tun Sie hier?«, zischt Mr Brown und ich weiche einen kleinen Schritt zurück.

»Ich möchte zu Allison«, sage ich mutiger, als ich es für möglich gehalten habe.

»Ach ja, finden Sie nicht, Sie haben bei meiner Tochter genug kaputt gemacht? Ihre Karriere, ihr Studium?«, fragt er. »Und ihren Ruf?«, schiebt er nach.

»Glauben Sie mir. Ich wollte und will Allison niemals schaden. Sie ist mir wichtig«, erkläre ich und lasse mich nicht beeindrucken.

»Wichtig? Wie können Sie es wagen!«, sagt er laut. »Es ist Ihre Schuld. Sie haben nichts als Scherben hinterlassen. Das Mädchen ist seitdem ein Schatten ihrer selbst. Und Sie? Sie haben es sich leicht gemacht. Sind nach New York abgehauen, ohne sich umzudrehen.« Er wird immer wütender, sein Gesicht hat sich gerötet und er schreit mich mittlerweile beinahe an.

Ich spüre, wie sich ein Kloß in meinem Hals bildet. Was habe ich mir nur dabei gedacht, hier einfach aufzutauchen? Zu denken, sie könnte mir einfach so verzeihen, nachdem ich sie im Stich gelassen habe. Die Wunden sind einfach zu tief. Während ich nach Worten suche, öffnet sich die Tür.

Allisons Mutter sieht mich mit großen Augen an. »Lilian, was … Was tun Sie hier?«, fragt sie, und ich möchte an ihrem Mann vorbei, um sie zu grüßen.

Doch Mr Brown stellt sich noch stärker in den Weg. »Sie wollte gerade gehen. Nicht wahr, Miss Harper?«, fragt er eindringlich und fixiert mich mit einem Blick, der mir keine Wahl lässt.

Ich nicke zaghaft. »Ja, es ... es tut mir leid.« Ich drehe mich um und gehe zwei Schritte. Doch das kann nicht so sein. Entschieden wende ich mich wieder Allisons Eltern zu. »Bitte, bitte. Sagen Sie Allison, dass ich im Motel One bin. Sie kann mich jederzeit anrufen. Bitte, würden Sie das tun?«, flehe ich fast.

Drohend macht Mr Brown einen Schritt nach vorne. »Sie werden meine Tochter in Ruhe lassen. Haben Sie das verstanden? Nur weil Sie einen persönlichen Rachefeldzug vollführen ...« Er hebt drohend seine Finger, dicht vor meinem Gesicht.

Ich weiche nicht mehr zurück. An ihm vorbei blicke ich zu Mrs Brown und habe das Gefühl, sie ist anderer Meinung als ihr Mann. Sie sieht mich intensiv an, schließt die Augen und nickt leicht.

Ein Stein fällt mir vom Herzen. Vielleicht gibt es doch noch eine Chance, mit Allison zu sprechen. Wortlos drehe ich mich um und gehe. Instinktiv wende ich mich jedoch noch einmal um, als ich die Tür ins Schloss fallen höre. Mein Blick streift das Fenster im ersten Stock, und ich sehe, wie ein Vorhang sich bewegt. Wenn das Allison war, weiß sie wenigstens, dass ich da war. Ich hoffe es so sehr.

KAPITEL 28

Der dritte Tag und noch immer kein Lebenszeichen von Allison. Nach wie vor reagiert sie nicht auf meine Nachrichten. Ich zweifle ernsthaft daran, dass alles gut werden könnte. Wie sollte es auch? Egal, was geschieht, wenn ich mit Allison nicht sprechen kann, wird es in Kürze auch für mich schlecht aussehen. Noch nicht einmal meine Eltern habe ich bisher aufgesucht und zum Glück werden Allisons Eltern den Teufel tun, rumzuerzählen, dass ich hier bin. Ich habe mich nur an wenig belebten öffentlichen Plätzen bewegt, um bloß nicht unerwartet auf jemanden zu treffen, der mich erkennt. Dafür bin ich nicht bereit. Nicht, bevor ich mit Allison gesprochen habe. Traurigkeit überfällt mich. Denn meine selbst gesetzte Frist ist eigentlich abgelaufen und ich habe immer noch keinen blassen Schimmer, was ich tun soll.

* * *

Erschrocken fahre ich hoch und sehe in die Dunkelheit. Was zur Hölle war das eben? Wo bin ich? Der Mond hängt groß und schwer am Himmel und sendet einen kleinen Lichtkegel in mein Zimmer. Langsam erkenne ich, wo ich bin, und doch wundere ich mich, denn da ist eindeutig ein Geräusch gewesen. Ich horche in die Nacht. Da ist es wieder. Jetzt sogar deutlicher. Auf mein Handy blickend, checke ich die Uhrzeit. Es ist elf Uhr nachts. Fünf verpasste Anrufe von Logan. Ich schlucke. Was, wenn Brewster an der Tür ist? Was, wenn er erfahren hat, dass ich in der Stadt bin? Seine Drohungen waren deutlich.

Angst kriecht in mir hoch und sofort zittere ich. Ich halte mein Handy fest umschlossen. Habe ich abgesperrt, frage ich mich. Natürlich. Ich sperre in fremder Umgebung immer ab. Seither.

Auf Zehenspitzen schleiche ich zur Zimmertür und halte mein Ohr daran. Erschrocken weiche ich zurück, jemand klopft gerade gegen die Tür. Ich weiche weiter zurück und stoße gegen die Kommode. Eine Vase fällt zu Boden. Verdammt. In dem Moment wird mir bewusst, wie irrational ich reagiere. Der Arsch würde doch nicht klopfen. Nein. Der würde so lange an der Tür rütteln, bis sie aufspringt.

»Lilian, bist du da? Ich höre dich doch«, kommt es von der anderen Seite der Tür.

Aber – das gibt es doch nicht.

»Logan?«, frage ich durch die Tür.

»Ja, ich bin es. Machst du jetzt auf?«

Ich zerre an der Sicherung, reiße die Tür auf und kann es nicht glauben. Er ist es wirklich. Mein Herz klopft, mein Puls rast, die Gefühle überwältigen mich auf jede nur erdenkliche Weise.

»Logan«, flüstere ich und er nickt. Dann, ehe er etwas antworten kann, falle ich in seine Arme. Halte ihn fest, vergrabe meine Nase an seiner Schulter und nun kann ich es nicht mehr zurückhalten. Tränen fließen über meine Wangen, ich schluchze, während ich spüre, wie er meine Umarmung erwidert und mich fest an sich zieht.

Mit einem Mal fühle ich mich sicher, all das, was passiert ist, tritt für den Moment in den Hintergrund. Denn gerade eben will und muss ich nicht stark sein.

Ich spüre, wie er mir über den Rücken streicht. Er hält und beruhigt mich.

Meine Tränen versiegen und ich atme ruhiger.

»Kann ich reinkommen?«, fragt er und ich nicke. Er schiebt sich zu mir ins Zimmer und ich schließe die Tür.

»Ich bin froh, dass du da bist«, flüstere ich und Logan sieht mich eindringlich an.

»Ich dachte, ich muss nach dir sehen.« Er wirkt besorgt. Sein Blick liegt sanft auf mir, ich lehne an der Tür und weiß nicht, was ich sagen soll, ich bin einfach nur froh, dass er diesem Gefühl und seinen Gedanken nachgegeben hat.

»Lilian, was ist los mit dir? Erzähl es mir.« Er macht eine Handbewegung in den Raum. Und sosehr ich auch möchte, mir fehlen plötzlich die Worte. Alles ist so schrecklich durcheinander. Auf der einen Seite weiß ich nicht, wie ich damit umgehen soll, dass er hier ist. Auf der anderen Seite bin ich so froh. Seine Anwesenheit gibt mir Sicherheit.

»Wo ist Haley?«, lenke ich vom Thema ab.

»Sie ist bei ihren Großeltern.«

Ich nicke. »Weiß sie, also dass ich … vielleicht?«

»Dass du vielleicht nicht wieder zurückkehren willst?«

Wieder nicke ich.

»Nein. Und das werde ich ihr auch nicht sagen. Weil das nicht passieren wird.«

Ich widerspreche nicht, dennoch weiß ich nicht, worauf er hinauswill. Ich habe ihm doch gesagt, dass es nicht sicher ist, ob ich zurückkomme. Er geht auf mich zu, nimmt meine Hände in seine und zieht mich leicht an sich.

»Lilian, es tut mir leid. Ich wollte dich mit dem Kuss nicht überfordern. Es ist nur so, dass ich … ich habe mich seit Karas

Tod nie wieder so lebendig neben einer Frau gefühlt wie bei dir.«

Ich sehe ihn aufmerksam an. »Du sagtest, es war ein Versehen«, hake ich nach, löse mich von ihm, gehe zum Bett und setze mich.

Er seufzt, geht mir nach und setzt sich neben mich.

»Ja, Lilian, aber doch nur weil ich Angst hatte, dass du mich zurückweist. Dass du dich nicht wohlfühlst und dass du die Regeln, die wir aufgestellt haben, vorziehen würdest.«

Ich schlucke. »Du denkst, ich bin deshalb weg?«, frage ich kopfschüttelnd.

Er zieht die Schultern nach oben. »Ehrlich gesagt weiß ich es nicht. Ich meine, irgendetwas trägst du mit dir herum.« Er tippt sich an seine Brust. »Etwas, worüber du nicht reden möchtest. Aber seit dem Kuss wolltest du weg und bist gegangen.«

Sicher, in seinen Augen muss es an ihm gelegen haben. Er hat ja nichts von Allisons Anruf mitbekommen. Ich sehe ihn an.

»Logan, es hat wirklich nichts mit dir zu tun. Es ist nur … alles in meinem Leben ist so verdammt kompliziert. Und ungewiss. Ich will das dir und Haley nicht zumuten. Aber deshalb bin ich nicht hier. Trotzdem kann ich nicht bei euch bleiben. Auch wenn ich wollte. In meinem Leben ist so vieles einfach noch ungeklärt.«

Er sieht mich intensiv an. »Was es auch ist, rede mit mir, Lil.«

Ich distanziere mich ein wenig von ihm. »Du verstehst das nicht. Auch wenn ich will, es geht nicht.«

Logan schüttelt den Kopf. »Das verstehe ich wirklich nicht. Aber weißt du, was ich weiß? Dass es egal ist. Es gibt einen Weg, wenn man möchte. Und du hast gerade gesagt, du möchtest. Also werden wir einen Weg finden. Vertrau mir.«

»Du denkst, es ist so einfach. Aber das ist es nicht. Ich …«

181

Logan legt den Zeigefinger auf meine Lippen. »Erkläre mir nicht, was möglich ist oder nicht. Bitte sei so fair und lass mich selbst entscheiden, was ich für möglich halte.«

Ich schließe die Augen und nicke leicht.

»Bist du müde?«, fragt er mich zärtlich, während er mir eine Strähne aus dem Gesicht schiebt.

»Nein, eigentlich nicht«, antworte ich zaghaft.

»Wollen wir am Strand spazieren gehen? Es ist nicht kalt, und vielleicht fällt es dir draußen leichter, mir zu erzählen, was in dir vorgeht.«

Ich denke einen Moment darüber nach. Nachts am Strand spazieren. Für andere hört sich das vielleicht romantisch an. Nicht für mich. Ich nicke trotzdem zustimmend, denn mit Logan an meiner Seite fühle ich mich sicher. Er würde niemals zulassen, dass mir etwas passiert.

* * *

Tatsächlich wirkt es befreiend, den Strand entlangzugehen. Logan hält meine Taille fest umschlossen, und im Moment fühlt es sich an, als wären wir ein ganz normales verliebtes Pärchen, das seinen ersten Sommer miteinander verbringt. Doch als er mit einem Mal stehen bleibt, holt mich das jäh in die Realität zurück.

»Wollen wir uns setzen?«, fragt er und zeigt auf ein paar Liegen. Sie gehören zu einer Hotelanlage.

Ich nicke.

»Warum bist du wirklich nach New York gekommen? Hier ist es wunderschön und ich finde, du passt hierher. Also?«

Ich räuspere mich, und es fällt mir einfach schwer, zu sprechen. »Wo soll ich nur anfangen?«, frage ich leise. Mehr zu mir selbst als zu ihm.

»Am Anfang«, antwortet er dennoch und umschließt meine Hand mit seiner. Die Wellen rauschen leise und der Mond lässt das Wasser leuchten. Es ist wie einer dieser perfekten Momente in diesen Liebesfilmen. Nur dass das, was ich zu sagen habe, alles andere als perfekt ist und sicher nicht zu diesem Moment passt.

»Ich wollte schon immer Lehrerin werden«, versuche ich, einen Anfang zu finden. »In den ersten Schulen, in denen ich nach dem Studium gearbeitet habe, kam ich sehr gut zurecht. Mein Ziel war aber immer, am Stratford College zu arbeiten. Ich konnte es nicht glauben, als sie mich, eine so junge Lehrerin, dann tatsächlich angenommen haben.« Ich schlucke und Logan drückt mir aufmunternd die Hand. Ich vermeide es, ihn direkt anzusehen. Gleich wird er mich ohnehin hier sitzenlassen.

»Auf jeden Fall war am Anfang auch alles ganz toll. Die Studenten waren motiviert, und ich liebte es, zu unterrichten. Eines Tages wurde ich für ein Projekt eingeteilt. Ich sollte gemeinsam mit Professor Brewster etwas erarbeiten. Und ehrlich? Ich freute mich darauf und war hoch motiviert. Ich hatte ihn schon immer bewundert, und es war eine Ehre für mich, dass ich für dieses Projekt auserwählt war.« Ich räuspere mich, bevor ich weiterspreche. »Die ersten beiden Wochen waren super. Wir sind mit dem Projekt gut vorangekommen. Und er hat mich gelobt. Er sagte, es wäre nicht selbstverständlich, dass jemand sich so schnell in die Sache einarbeitet. Natürlich nahm ich das Lob gern an, und ich gebe zu, dass ich es zu dieser Zeit schon immer seltsam fand, wie nah er mir hin und wieder kam. Ich tat es als eigenartige, unbedeutende Gewohnheit ab. Nahm ihn als einen Menschen, der Nähe und Distanz nicht spürt. Das erste Mal, dass ich sein wahres Gesicht kennenlernte, war, als er mich nach der Arbeit zum Essen einladen wollte. Im Grunde hätte ich nicht mal was dagegen gehabt, doch ich war müde und am nächsten Morgen sollte ich eine Vorlesung halten, anschließend unterrichten und am Nachmittag weiter am Projekt arbeiten. In dieser Zeit steckte ich all meine Kraft in die Arbeit.« Ich mache eine Sprechpause und sehe Logan in die Augen. Sein Gesicht wirkt verkniffen. An seinem Kiefer sehe ich, dass er die Zähne fest aufeinanderpresst. Die rechte Hand hält er zur Faust geballt. Während er mit dem linken Daumen zärtlich über meinen Handrücken fährt. Ich frage mich, woran er denkt. Doch jetzt gibt es kein Zurück mehr. Ich fahre fort.

»Auf jeden Fall war ich an diesem Abend einfach zu müde, um noch wegzugehen. Ich wollte nur nach Hause. Ein Bad nehmen, noch etwas fernsehen und dann schlafen. Also sagte ich ihm das auch so. In diesem Moment hat sich alles an ihm verändert: seine Haltung, der Blick. Er war wütend geworden. Und ich verstand einfach nicht, weshalb. Doch ich spürte etwas in mir. Einen Instinkt, der mir sagte, es wäre besser, zu gehen. Ich verabschiedete mich und ging zügig zur Tür des Labors. Er war schneller und stellte sich vor die Tür. Er wollte mich nicht vorbeilassen. Zuerst nahm ich das alles nicht so ernst, wurde sogar selbst wütend. Na ja, bis er mit beiden Händen nach meinen Brüsten grapschte.«

Logan saugt hörbar Luft ein. Doch er bewegt sich keinen Millimeter und spricht kein Wort.

Ich beschließe, weiterzuerzählen. »Ich war so erschrocken und taumelte und stolperte rückwärts über einen Stuhl. Es fiel mir schwer, aufzustehen, doch die Angst und das damit verbundene Adrenalin, das durch mein Blut schoss, ließ mich alles tun, um das Zimmer zu verlassen. Ich nahm meine Chance wahr, als er sich von der Tür entfernte und links um den Stuhl wollte, der umgekippt neben mir lag. Auf allen vieren kroch ich, so schnell ich konnte, zur Tür, zog mich hinauf und riss die Tür ruckartig auf.«

Logan atmet tief durch, und ich kann nicht mit Sicherheit sagen, dass er die letzten Minuten geatmet hat. »Lilian, es tut mir so leid«, flüstert er jetzt. Er drückt mich fest an seine Brust und sein Herzschlag sowie der Wind, der warm um meine Wange weht, beruhigen mich in diesem Moment. »Konntest du entkommen?«, fragt er sichtlich erschüttert.

»Ja, ich hatte Glück. Am Ende des Ganges traf ich auf einen von der Putzkolonne. Er sei auf dem Weg ins Labor, erklärte er mir, er habe was gehört. Ich sagte ihm, dass ich gefallen bin, und er rief einen Krankenwagen. Ich hatte eine gestauchte Hand, zum Glück nichts Schlimmeres.«

»So ein Arschloch! Den mach ich fertig!«, knirscht Logan. Ich verstehe ihn. Am liebsten hätte ich das selbst längst getan. Will es immer noch tun. Doch es gibt Menschen, auf die ich Rücksicht nehmen muss. Nicht zuletzt auf den Mann, der vor mir steht, und auf seine Tochter. Mein Magen krampft bei dem Gedanken. »Logan, ich weiß. Es ist schrecklich. Aber beruhige dich bitte. Ich hab mich mittlerweile erholt, auch wenn Brewster seine verdiente Strafe nicht bekommen hat«, sage ich bitter.

Endlich setzt sich Logan neben mich, nimmt mich in den Arm und sieht mich erneut intensiv an. »Was willst du denn hier? Warum bist du hergekommen? Erpresst er dich? War er der komische Anrufer während der Autofahrt?«

Ich schüttele den Kopf. »Nein, das war meine Anwältin. Sie hat mir den Termin zum Anklageverfahren mitgeteilt, mit dem Hinweis, mich nach einem günstigeren Rechtsbeistand, umzusehen, da ich mit der Zahlung der Rechnungen zu diesem Zeitpunkt schon in Verzug war.«

»Also, dann wird das Arschloch doch noch bestraft.«

Ich antworte nicht, sondern sehe auf meine Füße, die ich in den kühlen Sand grabe.

»Was ist los, Lilian? Er wird doch angeklagt werden in dieser Verhandlung?«

Langsam schüttle ich den Kopf. »Nein. Ich bin die Angeklagte«, presse ich hervor.

KAPITEL 29

»Was? Ich verstehe nicht … du? Aber er hat doch …« Logan versucht, sich einen Reim auf das Gesagte zu machen.

Jetzt kommt wohl der Moment, ab dem er nichts mehr mit mir zu tun haben will. »Bevor ich nach New York kam, gab es ein Ermittlungsverfahren gegen mich. Man wirft mir Verleumdung und Falschaussage vor. Und leider entspricht dies auch der Wahrheit.«

Logan ist sichtlich schockiert. »Aber wie kann das sein? Nach allem, was dieses Arschloch dir angetan hat.« Logan fährt sich mit beiden Händen durchs Haar. Es ist ihm deutlich anzusehen, wie sehr ihn die Sache mitnimmt.

»Ich sagte doch, das alles ist kompliziert. Ich werde es dir erklären.«

Er nickt ungeduldig.

»Am nächsten Tag habe ich einen Strauß Blumen nach Hause bekommen. Genesungswünsche von Jack Brewster. Zuerst war ich wütend, doch dann kam jeden zweiten Tag ein Strauß von ihm. Er rief mich auch mehrmals an, aber ich ging nicht ans Telefon. Trotzdem hatte ich verstanden, was er mir sagen wollte. Mit seinen Aufmerksamkeiten zeigte er mir ständig, dass er mich im Blick hatte. Er hat mich nicht wirklich bedroht, trotzdem hatte ich Angst vor ihm. Immer wieder sah ich sein Gesicht, das sich an diesem Abend im Labor zu dem eines Monsters verändert hatte. Es war nichts mehr von seiner sonst zuvorkommenden, charmanten und auch fröhlichen Art zu sehen. Ich überlegte drei Tage, was ich tun sollte, und beschloss, den Vorfall für mich zu behalten, das Projekt abzubrechen und ihm einfach aus dem Weg zu gehen.«

»Scheiße, Lil. Solche Menschen dürfen nicht einfach so davonkommen. Du hättest zur Polizei gehen sollen.«

»Klar! Und die hätten mir dann geglaubt? Welche Beweise hätte ich denn vorlegen sollen?«, frage ich aufgebracht.

Logan streicht mir über den Arm. »Entschuldige bitte, das sollte kein Vorwurf sein. Erzähle weiter«, fordert er mich auf.

»Ein paar Wochen später bin ich mit Prudence, unserer Sekretärin, essen gewesen. Nach ein paar Drinks fragte sie mich, ob ich etwas für mich behalten könne, was an diesem Tag passiert sei. Ich dachte mir nichts dabei und bejahte. Na ja, damals hörte ich das erste Mal, was Allison, einer Studentin von mir, widerfahren war. Sie hatte an diesem Morgen gegenüber Pru Professor Brewster des sexuellen Missbrauchs beschuldigt. Doch als Pru die Polizei hinzuziehen wollte, nahm sie ihre Aussage zurück.«

»Also hat er sich an mehreren Frauen vergriffen«, schließt Logan.

»Ja. Und da fing für mich das Kopfkino an. Ich bekam so ein schlechtes Gewissen. Wäre es doch besser gewesen, zur Polizei zu gehen? Hätte ich Allison damit das ganze Leid ersparen können? All diese Gedanken quälten mich.«

»Das verstehe ich«, stimmt Logan zu.

»Nach einigen Tagen beschäftigten mich diese Fragen immer noch. Also dachte ich, wäre es vielleicht gut, mit Allison zu sprechen. Ich überzeugte sie davon, mit mir einen Kaffee trinken zu gehen. Zuerst wich sie all meinen Fragen aus, doch dann, als ich ihr erzählte, was mir widerfahren war, erzählte sie mir, was passiert war.« Ich schluchze. Die Erinnerung an dieses Gespräch jagt mir immer noch einen kalten Schauer über den Rücken.

Logan drückt mich fest an sich, und ich bin froh, dass er da ist. »Was hat sie erzählt?«

»Es muss schrecklich für sie gewesen sein. Er hat ihr überall aufgelauert. Sie erzählte, sie wäre beinahe verrückt geworden. Hat sich überall verfolgt gefühlt. An dem betreffenden Abend hatte er sie nach einer Verbindungsparty auf dem Nachhauseweg überrumpelt und wollte ihr an die Wäsche. Sie konnte sich in letzter Minute befreien. Das war kurz vor den Semesterferien letztes Jahr. Sie hat sich krankschreiben lassen und sich nicht mehr auf die Straße getraut«, erzähle ich.

»Das arme Mädchen war total eingeschüchtert«, stellt Logan betroffen fest.

»Ja, das war sie. Bei unserem Treffen, noch vor den Ferien, war sie nur noch ein Schatten ihrer selbst. Ich wollte sie unbedingt dazu bringen, Anzeige zu erstatten. Der Vorfall war zu diesem Zeitpunkt ja erst eine Woche her. Die Verzögerung der Anzeige hätte sie mit Schock begründen können. Mehr denn je wollte ich, dass dieses Arschloch seine gerechte Strafe bekam. Und dann haben wir uns etwas überlegt.« Ich verstumme plötzlich aus Angst vor Logans Reaktion. Trotzdem weiß ich, dass ich die Wahrheit jetzt aussprechen muss. Es führt kein Weg daran vorbei. »Wir brauchten einen Beweis. Etwas Stichfestes. Sie hatte keine Zeugen, niemanden, der etwas von dem Vorfall mitbekommen hatte, denn sie war nach der Party ganz allein unterwegs. Da kam ich auf die Idee, dass ich erzählen könnte, ich hätte es beobachtet.« Ich schlucke und senke den Blick. Für einen Augenblick habe ich das Gefühl, dass alles um uns herum still ist. So als wäre der nächste Hurrikan nicht weit und das wäre die Ruhe vor dem Sturm. »Ihr habt entschieden, eine Lüge zu erzählen, um diesen Mistkerl dranzubekommen?«

Ich nicke, ohne Logan dabei anzusehen.

»Und wie ging es dann weiter?«, fragt er.

Ich atme tief durch. »Sie wusste die Uhrzeit nicht mehr genau, hatte es in den Tiefen ihres Unterbewusstseins vergraben, und so haben wir versucht, den Ablauf des Abends zu konstruieren, um die Uhrzeit einzugrenzen. Ich ging dann zur Polizei und erklärte, dass ich diesen Vorfall beobachtet hatte, und nannte mit 23.30 Uhr eine Uhrzeit, die Allison später bestätigen sollte. Wir hielten uns aber ansonsten an all das, was tatsächlich vorgefallen war. An den Armgelenken hatte sie noch die Hämatome, die gut sichtbar waren.«

»Lass mich raten. Es ging schief?«

»Es ging schief. Allison musste sich extrem in der Uhrzeit vertan haben. Er hatte ein Alibi. Und er hat Gegenanzeige gestellt. Er sagte, ich neide ihm seinen Posten und habe persönliches Interesse daran, ihm zu schaden. Deshalb habe ich die junge Allison auf meine Seite gezogen, um ihn von der Uni zu entfernen. Mit Allison sei es andersherum gelaufen. Sie habe ihm Sexdienste angeboten, um ihre Noten zu verbessern, das habe er strikt abgelehnt. Brewsters verleumderische Behauptungen blieben zwar bei der Polizei und den Anwälten unter Verschluss, doch was Allison betrifft, hat ihr angebliches Sexangebot doch den Weg in die Öffentlichkeit gefunden.«

Logan schüttelt den Kopf und sieht fassungslos auf die Wellen.

Ich weiß, er wird nichts mehr mit mir zu tun haben wollen. Ich bin für ihn und als Haleys Lehrerin nicht tragbar. Erst recht nicht, wenn ich verurteilt werden sollte. Ich stehe auf und ziehe meine leichte Strickjacke enger um die Brust. »Ich verstehe, wenn du jetzt nichts mehr mit mir zu tun haben willst. Wer will schon eine Lügnerin um sich haben? Eine, die demnächst wahrscheinlich auch vor Gericht diesen Stempel aufgedrückt bekommt. Ich will nur, dass du weißt … dass ich möchte … Also du sollst wissen, ich habe dir nichts vorgespielt. All das zwischen uns war und ist von meiner Seite echt. Dennoch, es geht nicht.« Mit diesen Worten drehe ich mich um und gehe mit schnellen Schritten den Weg zurück, den Strand entlang zu meinem Motel.

»Warte! Lilian!«, ruft Logan mir nach. Ich höre ihn hinter mir herlaufen und schon hat er mich eingeholt.

»Warum rennst du immer davon? Kannst du mir das verraten? Warum kannst du nicht einfach mal abwarten, was dein Gegenüber zu sagen hat?« Logan wirkt wütend. Zu Recht.

»Weil ich bereits weiß, was du mir sagen wirst, und wenn ich ehrlich bin, will ich den Schmerz, den deine Worte in mir verursachen werden, nicht ertragen.«

Logan hält mich immer noch am Arm fest. »Ach ja? Und du weißt also, worüber ich nachdenke und was ich von dir denke? Wie kommst du dazu, mir ständig einreden zu wollen, was ich denke oder fühle?«

Ich öffne den Mund, doch die richtigen Worte wollen sich einfach nicht formen. Ich versuche dennoch, meinen Standpunkt zu erklären. »Selbst wenn du mich nicht für eine verachtenswerte Lügnerin hieltest, was würden all die wichtigen Leute, mit denen du dich umgibst, dazu sagen, wenn sie von mir erfahren? Du könntest deinen guten Ruf verlieren. Vielleicht muss ich ins Gefängnis, Logan. Was sollen wir Haley erzählen? Ich sei im Urlaub? Die nächste Lüge?«

Plötzlich grinst Logan und das macht mich sauer. »Was gibt es da zu grinsen? Das ist nicht lustig, finde ich.«

Er legt den Kopf etwas schief. »Du hast wir gesagt.«

»Was? Wovon sprichst du?«, will ich wissen.

190

»Du hast gefragt, was sollen *wir* Haley erzählen.« Wieder lächelt er und seine Augen leuchten mit den Sternen um die Wette.

Ich sehe auf meine Füße. »Und wenn schon. Logan, das ändert rein gar nichts an der Tatsache, dass du und ich keine Zukunft haben.« Wieder drehe ich mich um und gehe weiter.

»Das sehe ich anders, Lilian Harper«, ruft er mir hinterher. Ich bleibe stehen, doch drehe mich nicht um.

»Ich habe dich gewarnt! Wenn wir Westwicks etwas wollen, dann sind wir hartnäckig. Und ich will dich und du kannst rein gar nichts dagegen tun.«

Ich kann es nicht ändern, aber ein Lächeln umspielt meine Lippen. Hat er das gerade wirklich gesagt? Langsam drehe ich mich zu ihm um und er kommt mir näher. Als er endlich vor mir steht, berühren sich beinahe unsere Nasenspitzen.

»Lass mich an deiner Seite stehen. Du wolltest diesem Mädchen helfen, und ich lasse nicht zu, dass dir etwas geschieht. Du gehörst zu uns. Zu Haley und mir, wenn du das möchtest.«

KAPITEL 30

Zurück im Motel kann ich die Stimmung schwer fassen. Auf der einen Seite fühle ich diese unendliche Erleichterung. Ja, und auch Freude. Trotzdem holt mich die Angst vor der Zukunft ein. Sie greift nach mir wie der Tentakel eines Monsters. Wir liegen auf dem Bett, noch mit sandigen Schuhen, und starren an die Decke. Die Balkontür haben wir weit geöffnet. Der Wind, der uns leicht umspielt, riecht trotz der Dunkelheit nach Sonne, Salz und Urlaub. Aus dem Augenwinkel sehe ich, dass Logan mir sein Gesicht zugewandt hat. Mein Herz klopft höher und ich drehe meinen Kopf nun ebenfalls in seine Richtung. Eine Ewigkeit sehen wir uns in die Augen, und seine Hand sucht meine, die auf meinem Bauch liegt.

»Was denkst du?«, fragt Logan flüsternd. Seine Stimme, die die Stille um uns bricht, wirkt wie Heilung. Sie bringt meine Gedanken, die stets um dasselbe kreisen, zur Ruhe. »Dank dir steht das Karussell in meinem Kopf endlich still«, sage ich und hoffe, er versteht, was ich meine. Er nickt leicht. Er dreht sich ganz auf die Seite und stützt sich auf seinem Ellbogen ab. »Ich weiß, was du meinst. Nach Karas Tod, da waren so viele Fragen und Gedanken und auch Selbstvorwürfe ...«

Ich rolle mich ebenfalls auf die Seite und streiche ihm durch sein dichtes Haar. Ich spüre, dass er noch etwas sagen will, und schweige.

»Weißt du, all diese Vorwürfe von allen Seiten. Kara war eine wunderbare Frau und im Haus war es nie still. Doch als sie ging, wurde es um mich herum so schrecklich ruhig. Haley wurde von dieser Stille verschluckt und schien sich ihr ganz und gar hinzugeben. Umso lauter wurde es hier oben.« Er tippt sich leicht mit dem Zeigefinger an die Schläfe. »Es war, als würden all die Gedanken, die in meinem Kopf kreisten, zu meinen neuen Lebensgefährten. Ich konnte es einfach nicht ertragen. Deshalb … deshalb …« Er stockt, und ich bin gerührt, denn ich habe ihn noch nie so sensibel gesehen, so echt. Ich drücke seine Hand und er lächelt mich schüchtern an.

»Ich konnte es nicht mehr ertragen, deswegen habe ich Ablenkung gesucht. Ständig war ich unterwegs, war auf jeder Gesellschaft, es gab keine Party ohne mich. Und auch wenn das nie mein Ziel war, dachten die Frauen, ich wäre wieder im Rennen. Ich gebe zu, sie waren die perfekte Ablenkung, wenn es Stunden gab, in denen ich mich nicht in Lärm flüchten konnte. Es war wie eine Sucht. Doch weißt du was? Die Gedanken, die Stimmen in meinem Kopf wurden nicht leiser. Nur Haley wurde es. Alles, was uns verband, schien am seidenen Faden zu hängen. Bis du kamst, war ich dabei, sie zu verlieren.«

Ich schlucke. »Das war ich nicht, Logan. Du und Haley, ihr seid eine Familie und ihr hättet euren Weg auch ohne mich gefunden.«

»Nein«, sagt Logan und sieht mich ernst an. »Verstehst du es nicht? Du hast den Krach, den wir so vermisst haben, wieder in unser Leben gebracht. Seit du weg bist, herrscht wieder die Stille zu Hause und der Lärm in meinem Kopf drängt erneut an die Oberfläche.«

Ich drehe mich zurück auf den Rücken. »Es geht nicht, Logan. Du siehst doch, dass mein Leben eine einzige Katastrophe ist. Wie könnte ich für euch da sein? Das schaffe ich einfach nicht.«

Logan setzt sich auf die Knie, und auf den Arm gestützt richte ich meinen Oberkörper etwas auf, um ihn besser ansehen zu können.

Er lächelt leicht. »Du verstehst gar nichts. Lilian, du sollst uns nicht helfen oder therapieren oder so was, wirklich nicht. Du bist unsere Familie und wir sind deine und wir tragen einander. Doch ohne dich sind wir nicht vollständig, nicht im Gleichgewicht.« Er lacht leise, und ich lese in seinen Augen, dass er an irgendetwas Komisches denkt. Nun setze ich mich ihm gegenüber in den Schneidersitz und sehe ihn direkt an.

»Wir waren taub, taub fürs Leben. Bis du ins Haus gestolpert kamst. Aber du bist blind und siehst es nicht. Und jetzt bin ich an der Reihe.«

»Ziemlich gehandicapt«, sage ich lachend.

Logan kommt ganz nah an mich ran. »Lass es mich ändern«, raunt er und ich schlucke. Sofort fühle ich einen wohligen Schauer über meinen Rücken jagen. Ich presse die Lippen aufeinander.

»Schließ die Augen«, flüstert er, und ich kann nicht widersprechen, denn seine Lippen liegen bereits auf meinen.

* * *

Ich lasse mich fallen. Spüre seine großen, schönen Hände auf meiner Haut. Seine Lippen wandern von meinen Lippen, die seine sofort vermissen, zu meiner Wange. Streichen über meinen Hals, liebkosen meinen Puls. Ich stöhne leise auf. Noch nie war etwas in meinem Leben so intensiv wie in diesem Moment. Eine leichte Gänsehaut überläuft mich, als er mir das Shirt über den Kopf zieht. Mein Haar und der warme Wind streicheln meinen Rücken, jede Faser meines Körpers sehnt sich nach ihm.

»Du bist so schön«, flüstert er. Es ist mir nicht möglich, darauf zu antworten. Ich schlucke. Der Mond strahlt nun hell ins Zimmer und überzieht unsere Körper mit silbrigem Glanz. Ich schließe die Augen, als ich Logans Lippen wieder auf meinem Körper spüre. Sie liebkosen meine Hände, fahren sanft wie Federn über meine Unterarme. Wandern über meine Schlüsselbeine und ich ziehe scharf die Luft ein. Endlich berühren sie meine Brüste. Ich spüre, wie meine Brustwarzen vor Erregung hart werden. Es gibt jetzt kein Zurück mehr. Die Lust, die von mir Besitz ergreift, bäumt sich dem Mann entgegen, der mich seine Familie nennt. Es gibt nichts, was in diesem Moment richtiger wäre. Vorsichtig kommt er mir näher und unsere Körper berühren sich vollständig. Das Dunkel verschwindet trotz geschlossener Augen und ich sehe Funken sprühen wie zahllose Sternschnuppen, die diesen Augenblick feiern. Mir schwindelt. »Logan«, stöhne ich leise, und wieder verschließt er meine Lippen mit einem intensiven Kuss. Unsere Zungen tanzen zu unserem Song. Eine Melodie, die wir in diesem Moment erfinden. Unsere Körper tanzen miteinander wie füreinander geschaffen. Ich spreize meine Oberschenkel und bei letztem Verstand flüstere ich: »Hast du … Na, du weißt schon.«

Ich bin dankbar, dass er mich versteht. »Bereits erledigt«, sagt er leise und zeigt mir die Verpackung des Kondoms. Ich nicke und lasse mich erneut in den Rausch der Nacht, unserer Nacht fallen.

* * *

Am nächsten Morgen ziehe ich das Bettlaken über meine Brust. Es ist kühl im Zimmer und ich blicke verschlafen um mich herum. Die Sonne strahlt vom kitschig blauen Himmel und ich fühle mich leicht wie ein Schmetterling. Ich lasse meinen Blick zur Seite wandern. Das Bett ist leer und einen Moment sticht es in meinem Herzen. Habe nur ich alles so intensiv empfunden? All die Worte, all die Gefühle der letzten Nacht? Ich höre ein Geräusch im Badezimmer und dann die Dusche, die eingeschaltet wird. Während ich aufstehe, schlinge ich das Laken um meinen Körper und wage dann einen Blick vom Balkon ins Freie. Ein paar Leute sind mit dem Fahrrad auf der Strandpromenade unterwegs. Andere gehen mit ihren Hunden spazieren. Ich vernehme ein Räuspern und drehe mich erschrocken zur Seite. Auf dem Nachbarbalkon sitzt eine ältere Dame. Ihre Haut ist sonnengebräunt und sie hält eine Tasse, vermutlich mit Kaffee gefüllt, in der Hand. »Schön hier, nicht wahr?«, fragt sie freundlich. Ich nicke. »Ja, sehr«, antworte ich und mein Hals ist belegt. Sie grinst, steht auf und beugt sich über die Balkonbrüstung. »Der perfekte Ort für einen Liebesurlaub«, schwärmt sie und zwinkert mir zu. O weh, wie peinlich. Ob sie uns gehört hat?

Ich räuspere mich. »Da haben Sie vollkommen recht. Der perfekte Ort für einen Liebesurlaub.« Mir schwindelt bei dem Gedanken an die letzte Nacht. »Ich muss dann mal wieder«, füge ich an. »Einen schönen Tag wünsche ich Ihnen.«

»Danke, Kleines, und genießen Sie die Zeit. Später, wenn man länger zusammen ist und einen der Alltag fest im Griff hat, ist es meist nicht mehr so aufregend wie jetzt in Ihrem Alter.«

Ich grinse. »Das mache ich. Danke.«

Leise schließe ich die Tür und überlege, ob ich mich anziehen soll oder warten, bis Logan aus der Dusche kommt. Oder …?

Ich lasse das Laken fallen, überlege noch einmal kurz, gehe dann aber mit sicheren Schritten zum Badezimmer. Entschlossen drücke ich die Klinke nach unten. Die Dame hat recht. So wie jetzt wird es vielleicht nicht immer sein. Der Moment ist da, um genutzt zu werden.

Die feuchte, warme Luft umhüllt mich sofort mit wohliger Wärme. Es riecht nach Duschgel. Durch den durchsichtigen Duschvorhang, der quer an der Badewanne hängt, sehe ich Logans Umrisse. Sein Rücken ist genauso muskulös wie der Rest seines Körpers. Erneut packt mich die Lust. Die Sehnsucht nach dem Körper, der sich an meinem so natürlich anfühlt. Zitternd schiebe ich den Vorhang zur Seite und bekomme sofort ein paar Wassertropfen ins Gesicht. Logan dreht sich zu mir um, lässt seinen Blick an mir hinabwandern, und ganz offensichtlich gefällt ihm, was er sieht. Mein Unterleib zieht sich bei der Erwartung der nächsten Momente zusammen und ich steige wortlos in die Wanne zu ihm. Ich drücke meinen Körper an seinen.

»Guten Morgen«, raunt er in mein Ohr.

Ich fasse an seinem Oberkörper entlang, tief nach unten und grinse. »Guten Morgen«, wispere ich zurück. Er sieht mir tief in die Augen, umfasst mit beiden Händen meinen Po, hebt mich hoch und drückt mich an die Wand. »Warte, ich bin gleich wieder da«, sagt er und setzt mich wieder ab, doch ich greife am Vorhang vorbei und nehme das Kondom, das ich aufs Waschbecken gelegt habe. Dann knie ich mich in die Wanne und ziehe es ihm über. Sein Stöhnen hallt durch den kleinen Raum, und ich kann es nicht erwarten, ihn in mir zu spüren. Schnell stehe ich wieder auf. Er hebt mich erneut auf seine Hüften und schon bewegen wir uns miteinander im regelmäßigen Rhythmus.

KAPITEL 31

»Das Frühstück ist einfach so gut. Ich kann mich nicht daran erinnern, wann ich das letzte Mal so was Leckeres gegessen habe«, sage ich und schiebe mir gleich die nächste Gabel mit Rührei in den Mund.

Logan lacht. »Das liebe ich an dir, du bist so leicht zu begeistern. Offenbar bist du ganz schön ausgehungert«, sagt er und zeigt auf meinen Teller, der schon wieder fast leer ist. Verlegen kaue ich etwas langsamer. »Du hältst mich sicher für einen Vielfraß.«

Er grinst. »Na ja, die Portionen hätte ich jetzt nicht so schnell vertilgen können. Aber das ist doch gut. Das zeigt mir, dass es dir gut geht. Appetit ist ein Beweis dafür, oder?«

Ich zucke die Schultern. »Mag sein. Ja, mir geht es gerade wirklich gut. Wie schon lange nicht mehr.«

Logan räuspert sich. »Das soll immer so sein, Lil. Lass uns dafür sorgen.«

Ich lege die Gabel zur Seite und sehe an ihm vorbei. Die Terrasse des Motels ist kaum besetzt. Wir waren die Letzten am Büfett, alle anderen haben sicher bereits ihren Tag begonnen. Auf der Uferpromenade ist es relativ ruhig. Wahrscheinlich sitzen die Menschen zu Hause mit ihren Familien zusammen, um den Unabhängigkeitstag zu feiern. Ich denke an meine Eltern.

»Was ist los? Was geht dir im Kopf um?«, will Logan wissen.

Ich überlege kurz, ob ich ihm meine Gedanken mitteilen soll. »Meine Eltern wissen gar nicht, dass ich hier bin.«

»Okay, warum nicht? Habt ihr euch gestritten?«

»Nein, eigentlich nicht direkt. Ich habe ihnen nie erzählt, was an dem Abend im Labor vorgefallen ist.«

»Was? Warum nicht?«

Wenn er wüsste, wie oft ich mir im Nachhinein genau diese Frage gestellt habe. »Es war einfach alles so unwirklich und mein Vater hat mich aus dem Krankenhaus abgeholt und dabei natürlich mitbekommen, dass ich gesagt habe, ich wäre gestolpert ...«

Logan nickt. »Dann hast du es dabei belassen. Wusstest nicht, wie du es erklären solltest.«

Ich seufze. »Deshalb konnten sie auch meine Lüge für Allison nicht verstehen und irgendwann habe ich dann einfach zu allem geschwiegen. Einfach so getan, als wäre nie etwas gewesen. Und weißt du, das war für mich auch okay. Die ganze Situation hat mich überfordert. Darum auch meine Bewerbung in New York.«

Logan sieht mich nachdenklich an. »Ich verstehe. Aber warum hast du dich nicht bei ihnen gemeldet?«, will er wissen.

»Was hätte ich sagen sollen, weshalb ich hier bin? Weil Allison angerufen hat? Ich hab ihnen nicht einmal von der anstehenden Verhandlung erzählt. Geschweige denn, dass ich eine Falschaussage gemacht habe.«

Logan umgreift meine Hand und sieht mich intensiv an. »Ich bin mir sicher, deine Eltern vermissen dich und werden immer hinter dir stehen.«

Ich wende meinen Blick ab. »Ich weiß nicht. Das alles …
dass mir so was passieren konnte. Immer wieder denke ich darüber nach, ob ich es hätte kommen sehen, ob ich es hätte verhindern können. Alles.«

»Du hast keine Schuld an dem Verhalten dieses Mistkerls.
Du hast weder Allison noch dich selber beschützen können.
Warum denkst du, deine Eltern stünden nicht auf deiner Seite?«

»Na ja, als die Sache mit Allison war, hat Dad geäußert,
dass manche Frauen sich nicht wundern brauchen, wenn
Männer Dinge falsch verstehen. Er meint, die Frauen heute
würden allein schon mit ihrem Äußeren provozieren. Und
Allison habe es wohl auch darauf angelegt.« Ich stocke und
Logan drückt meine Hand nun etwas fester. »Er hat die durch-
gesickerte Unterstellung, Allison hätte sich so Vorteile verschaffen wollen, ohne nachzufragen für bare Münze genommen.
Wir hatten einen Riesenstreit. Ich konnte dann erst recht nicht
mehr erzählen, weshalb ich eigentlich gestolpert bin. Weder er
noch meine Mutter hätten verstanden, warum ich ihnen das
verschwiegen habe. Es hätte alles noch komplizierter gemacht.
Und ich kam nicht mehr dazu, ihnen zu sagen, dass ich Allison
zu der Aussage überredet habe und wir … na ja, die Wahrheit
ein wenig gebogen haben. Und wie es bei meinen Eltern so ist,
wird ohnehin am nächsten Tag einfach nicht mehr über unan-
genehme Dinge gesprochen. Für mich ist klar, dass ich ihnen
niemals die Wahrheit sagen kann. Sie würden es einfach nicht
verstehen.«

»Nun, manchmal ist es dennoch wichtig, die Wahrheit zu
sagen, damit es einem selbst besser geht. Ich glaube daran, dass
die Wahrheit immer mächtiger ist als alles andere.« Er sieht
mich intensiv an. »Und die Liebe.«

Ich nicke und atme tief durch. »Ich weiß nicht, was ich tun
soll. Die ganze Sache ist so beschissen, und ich dachte, ich gehe

weg, lasse das alles hinter mir. Du hast recht, das ist genau der Grund, weshalb ich jetzt in dieser Zwickmühle stecke.«

»Sei nicht so hart zu dir selbst. Du wolltest Allison schützen, der Weg war vielleicht nicht ganz der richtige, aber ihr habt nicht gelogen.«

Nervös spiele ich mit einer Haarsträhne. »Und was, meinst du, soll ich jetzt tun?«

Logan schließt kurz die Augen und sieht mich dann ernst an. »Du musst das alles richtigstellen. Gehe zuerst zu deinen Eltern, erzähle ihnen die volle Wahrheit.«

»Das ist nicht so einfach«, presse ich hervor.

»Alles ist einfacher, wenn die Menschen, die dich lieben, hinter dir stehen, glaub mir das.«

Ich sehe in den Himmel, beobachte die Wolken, die fröhlich im Blau dahinziehen. Wenn alles nur so einfach wäre.

»Okay, du meinst, ich spreche mit meinen Eltern, und dann?«

»Dann versuchst du es noch mal bei Allison. Ihr müsst euch einig sein. Danach gehen wir zur Polizei und du machst eine Aussage. Die Wahrheit. Also auch den Angriff auf dich. Wenn die hören, was wirklich vorgefallen ist, wird sich alles lösen.«

»Du meinst, dann bekomme ich keine Strafe?«

»Das weiß ich nicht, aber ich würde mich gern für dich darum kümmern und dir noch einen richtigen Anwalt besorgen. Der setzt sich viel stärker für dich ein als deine Pflichtverteidigerin.«

»Das kann ich nicht annehmen. Was ist, wenn die Presse davon erfährt? Du hast selbst erzählt, du erholst dich erst langsam von den Vorwürfen wegen Kara.«

Logan winkt ab. »Das hier ist was völlig anderes. Außerdem habe ich dich und Haley. Schon vergessen? Alles ist so viel leichter, wenn die Menschen, die du liebst, hinter dir stehen«, sagt er und zwinkert.

Ob er sich das nicht viel zu einfach vorstellt? »Ich fürchte, es könnte sehr viel schwieriger werden«, gebe ich zu bedenken.

»Das wird sich zeigen. Doch es ist egal. Ich werde dich nicht im Stich lassen. Keine Chance. Westwickgene«, erklärt er, und tatsächlich muss ich lachen.

»Ich habe Angst«, gebe ich zu.

»Ich weiß. Aber ich bin da und fang dich auf, falls du fällst. Versprochen.«

* * *

Meine Hände schwitzen und mein Herz klopft kräftig gegen meine Brust, als wir vor meinem Elternhaus stehen. Es ist noch gar nicht so lange her, dass ich diesen Ort verlassen habe. Ich bin mit meinen Eltern immer so gut zurechtgekommen, dass es mir nichts ausmachte, noch ein paar Jahre im großen Haus zu wohnen, obwohl ich schon im Berufsleben stand. So konnte ich meinem Bruder Josua hin und wieder helfen, wenn es um Schuldinge ging. Er fand das allerdings nicht so toll, glaube ich zumindest. Ich atme tief durch, als die Tür sich öffnet.

Mamas Kiefer klappt ein wenig nach unten, als sie mich sieht. Sofort wird mein Herz weit.

»O mein Gott, Lilian. Was machst du denn hier?« Sie umarmt mich stürmisch und ich genieße ihre Nähe. »Backst du gerade?«, frage ich, ohne auf ihre Frage einzugehen. Sie nickt. »Ja, entschuldigt. Ich sehe furchtbar aus.« Ihr Blick wandert zu Logan.

»Darf ich vorstellen, das ist Logan ... mein ...«

»Freund«, unterbricht mich Logan und sieht mich einen Moment verschmitzt an.

Ich grinse, doch Mama merkt es nicht. »Dein Freund? Das ist ja wunderbar, kommt rein«, fordert sie uns auf und tritt zur Seite. Sie lässt Logan vorausgehen und knufft mir beim

Betreten des Hauses in die Seite. »Geht schon mal rüber. Ich bringe Limonade«, ruft sie und verschwindet Richtung Küche.

»Deine Mom ist nett«, fängt Logan ein Gespräch an.

»Ja, *Freund*, das ist sie.«

Er zieht die Schultern nach oben. »Ist es nicht so? Jetzt zu erklären, dass ich eigentlich dein Boss bin ... viel zu kompliziert.«

»Da kennst du Mom nicht.«

»Ich will alles wissen. Wie habt ihr euch kennengelernt?«, tönt Mom auch schon, als sie das Wohnzimmer mit der süßen Limonade betritt. Ich sehe zu Logan und grinse.

»... und so hat sie mein und Haleys Herz im Sturm erobert«, schließt Logan, der meiner Mutter bereitwillig unsere Geschichte erzählt hat.

»Das ist wirklich rührend«, sagt Mom, und ich muss zugeben, die Art und Weise, wie er eben von mir gesprochen hat, hat mich ebenso gerührt.

»Wo ist die Kleine denn jetzt?«, will Mom wissen.

»Bei ihren Großeltern. Wegen des Feiertags«, beeile ich mich zu sagen. »Wir dachten spontan, wir könnten euch besuchen.« Aus dem Augenwinkel sehe ich, wie Logan die Stirn krauszieht. Doch es ist noch nicht der Moment, ihr die Wahrheit zu sagen. Um ehrlich zu sein, genieße ich den Moment, in dem sie sich aufrichtig für mich freut. Sie hat sich immer eine gute Partie für mich gewünscht. »Und Dad? Wo ist er?«, frage ich.

»Oh, er besucht Tante Ruth im Pflegeheim.«

»Geht es ihr schlechter?«, will ich wissen.

»Ja, Liebes. Sie war schwer erkältet und hat sich von einer wochenlangen Lungenentzündung noch nicht vollständig erholt. Da dachte Dad, er fährt zu ihr rüber und besucht sie, da sie dieses Jahr nicht kommen kann.« Mom schweigt einen Moment. »Ich bin froh, dass du da bist. Weißt du, nachdem du so plötzlich weg warst und nur gesagt hast, dass du einen Job in New York hast, war Dad der Meinung, dir nicht hinterhertelefonieren zu sollen, sondern zu warten, bis du dich erneut meldest. Ich hatte solche Angst, dass das nie wieder passieren würde.«

»Es tut mir leid, ich wollte euch nicht enttäuschen«, antworte ich leise. Es tut mir weh, sie so traurig zu sehen.

»Das ist wahrscheinlich meine Schuld, Miss Harper. Lilian hatte wirklich viel zu tun«, mischt Logan sich ins Gespräch.

»Das dachten wir uns auch. New York, neuer Job … da kann man die alten Eltern zu Hause schon mal vergessen.«

Ich stehe auf, gehe zu Mom und umarme sie. »Ich könnte euch nie vergessen. Bitte sag so etwas nie wieder. Und es tut mir leid. Ich hätte mich melden müssen. Dafür gibt es keine Entschuldigung.«

Sie nickt und streicht mir übers Haar. »Schon okay. Jetzt bist du ja da. Du kannst uns ja heute Abend alles erzählen. Wir werden grillen. Dein Bruder ist noch bei Julies Eltern, er und Julie kommen später auch. Und deine Großeltern ebenfalls, aber du kennst sie ja, lange hält es sie nicht.«

Ich lächle. »Ja, am liebsten sind sie in ihren vier Wänden.«

»Genau. Also, was haltet ihr davon, schon mal in den Garten zu gehen? Ich rufe Dad an und erzähle ihm, dass ihr hier seid. Er wird außer sich sein vor Freude.«

»Klar, machen wir, Mom«, stimme ich zu. Ich gehe mit Logan in den Garten und er nimmt wie selbstverständlich meine Hand, während ich ihm unser Grundstück zeige.

»Schön habt ihr es hier«, sagt er, als wir vor dem kleinen Teich stehen.

Als Kind habe ich gern hier gesessen und wenn, wie jetzt, Sommer war und alles bewachsen, dachte ich immer, ich sei eine Prinzessin, die auf ihren Prinzen wartet. Unglaublich, dass ich jetzt mit Logan hier stehe.

»Warum hast du es ihr nicht erzählt?«, fragt Logan und ich weiß genau, was er meint.

Ich starre in den Teich, als läge die Antwort auf seine Frage darin verborgen. »Hast du gesehen, wie glücklich sie war? Ich wollte den Moment nicht kaputtmachen.«

Er nickt. »Verstehe, aber hab nicht zu sehr Angst. Ich denke, es geht deinen Eltern ähnlich wie dir. Sie wollen vor allem, dass du glücklich bist.«

»Ja, mag sein.« Ich bin gerührt, wie einfühlsam er ist. »Findest du es egoistisch von mir, das Gespräch auf heute Abend zu verschieben? Wenn meine Großeltern und Josua mit seiner Freundin wieder weg sind? Es ist … einfach so schön, hier zu sein. Und … sie so glücklich zu sehen.«

Logan zieht mich an sich und sieht mir tief in die Augen. »Wir machen es in deinem Tempo, okay? Ich werde dich niemals zu irgendetwas drängen. Haley wird die nächsten drei Tage noch bei ihren Großeltern sein, und ich habe alles an Mitch übergeben. Der kommt in der Firma auch ohne mich ein paar Tage gut klar. Das hier ist wichtig, und wenn wir zurückkehren, werden wir das mit guten Erinnerungen tun, versprochen.«

Ich wünschte, ich könnte ihm glauben. Für den Moment tue ich es. Ich stelle mich auf die Zehenspitzen und suche seine Lippen, die meinen Kuss sofort erwidern.

KAPITEL 32

»Wollt ihr wirklich schon gehen?«, frage ich Gran und Pops, meine Großeltern, als ich sie zur Tür begleite.

»Kleines, wir sind müde und es wird Zeit für seine Medikamente«, antwortet Oma und klopft liebevoll Pops' Arm.

Er lächelt breit.

»Komm doch mit deinem Freund und seiner Tochter mal bei uns vorbei. Wir würden sie zu gern kennenlernen«, fügt sie an und Opa nickt zustimmend. »Guter Mann, dein Logan. Ist immer gut, jemanden an der Seite zu haben, der Verantwortung im Leben übernimmt.«

Ich umarme Opa in dem Bewusstsein, dass es gleich für mich an der Zeit ist, Verantwortung zu übernehmen. Leise schließe ich die Tür und gehe Richtung Terrasse. Dad unterhält sich angeregt mit Logan, und es versetzt mir einen Stich, ihnen zuzusehen. Was gäbe ich dafür, die gute Stimmung jetzt nicht zerstören zu müssen. Aber Opa hat recht: Es ist gut, Verantwortung zu übernehmen, und das sollte man nicht aufschieben. Aus der Küche höre ich Mom. Ich beschließe, ihr beim Aufräumen zu helfen.

»Hey, Liebes«, sagt sie und sieht einen Augenblick von der Geschirrspülmaschine auf und zu mir. Ich gehe zur Spüle und lasse etwas Wasser über einen der Teller rinnen, ehe ich ihn ihr gebe. »Die Salate waren super. Du hast dich selbst übertroffen, Mom.«

»Danke. Ich wollte mal was anderes ausprobieren. Der mit den Kichererbsen war nicht zu scharf?«, fragt sie ein wenig unsicher.

Ich schüttle den Kopf. »Nein, der hat mir mit Abstand am besten geschmeckt.«

Mom ist die Erleichterung anzusehen. »Und willst du mir endlich sagen, was dir auf dem Herzen liegt?«

Ich erschrecke, denn mit dieser Frage habe ich nicht gerechnet und bin froh, dass sie mich nicht direkt ansieht.

»Es ist nichts. Wie kommst du darauf?«, will ich wissen und reiche ihr das Besteck. Sie räumt es ein, nimmt die Milch vom Sideboard und stellt sie in den Kühlschrank. Ich beobachte sie ganz genau und klar, sie kennt mich. Aber ich kenne sie ebenfalls. Sie hat mich durchschaut. »Eigentlich müsstest du das glücklichste Mädchen sein. Ich meine, dieser Logan. Er scheint wunderbar zu sein und er himmelt dich an.«

Sofort schießt mir die Röte ins Gesicht. »Quatsch. Anhimmeln ... ist das nicht ein wenig übertrieben?«

Jetzt kommt sie näher auf mich zu. Sie schüttelt den Kopf. »Nein. Aber dein Verhalten ist meiner Meinung nach untertrieben.«

»Wie meinst du das? Soll ich ihm etwa pausenlos am Hals hängen? Das ist nicht meine Art.«

Mom wischt mit einem Putztuch über die Arbeitsplatte. »Das weiß ich. Dennoch, irgendetwas muss dich schrecklich quälen, denn du verhältst dich mehr als distanziert.« Sie hört auf zu wischen. »Sag schon, was ist los?«

Ich seufze. »Es ist wegen dieser Sache an der Uni«, gestehe ich und halte die Luft an.

Mom sieht mich traurig an. »Ja, die Sache war wirklich nicht schön. Aber das ist Vergangenheit, Liebes. Du hast ein neues Leben angefangen und vielleicht eine Familie gefunden, die dich liebt. Trotz deines Abgangs hier.«

Hat sie das wirklich gesagt? Trotzdem? Am liebsten würde ich sie zur Rede stellen, ihr sagen, wie es mich verletzt, dass sie offenbar denkt, ich sei deshalb weniger liebenswert. Doch ich wage es nicht und schlucke all die Worte hinunter. Ich spüre, dass Mom keine Antwort auf ihre Feststellung erwartet. Für sie ist das Thema damit erledigt.

»Lass uns zu den Männern gehen, ich finde, die haben genug über Football geredet«, sagt sie heiter wie das Leuchten der Julisonne und ist mit einem Tablett frischer Getränke schon auf dem Weg. Ich folge ihr.

Eine Weile sitzen wir da und unterhalten uns über dies und das. Besser gesagt unterhalten die drei sich. Meine Gedanken schweifen ständig ab, und ich überlege, was ich jetzt tun soll. Logan spürt offensichtlich meine Unentschlossenheit. Er greift nach meiner Hand und drückt sie leicht. Ich sehe ihn an und versuche, ihn anzulächeln.

»... und dann ist der Kerl vor mir an der Kasse einfach mit seinem befüllten Einkaufswagen durchgelaufen. Ganz ohne zu zahlen. Ihr könnt euch gar nicht vorstellen, wie blöd alle Leute geguckt haben. Ich ebenfalls. Und ...«

»Ich werde wegen Verleumdung angeklagt«, falle ich Dad ins Wort. Alle Augenpaare sind auf mich gerichtet. Steif sitze ich da und warte darauf, dass irgendjemand etwas sagt. Ich sehe den Schock in Dads Gesicht und wie er um Fassung ringt. »Warum? Was hast du getan?«, fragt er endlich.

Ich schüttele leicht den Kopf. »Es ist ... es geht um die Sache mit Allison«, erkläre ich und sehe, wie Dad die Stirn krauszieht. »Allison? Was für eine Allison?«

Mom sieht Dad an und stupst ihn in die Seite. »Das Mädchen, du weißt schon, die diesen Professor beschuldigt hat.«

Dad atmet tief durch. »Und was hast du jetzt mit dieser Lügnerin zu tun?«

Ich spüre, wie Wut, bitter wie Galle, in mir hochkriecht. »Sie ist keine Lügnerin.«

»Du bist so naiv, Lil. Sie wollte durch ihr Studium kommen, und das nicht auf dem klassischen Weg. Das ist doch mittlerweile bekannt.« Dad räuspert sich. »Wie auch immer, was hat das mit dir zu tun?«

»Jack Brewster hat sie angezeigt. Mich ebenfalls. Wegen Falschaussage«, erzähle ich stockend. Was sonst soll ich sagen?

Dad stellt das Glas, das er eben zum Mund führen wollte, ab. Seine Unterlippe zittert, und ich kenne den Blick, mit dem er mich fixiert. Mom streicht ihm vorsichtig über den Arm, doch Dad zieht ihn weg. Die Stimmung ist elektrisiert, eine Explosion im Anmarsch. »Du und deine beknackte Überfürsorge!«, zischt Dad und seine Worte treffen mich. »Ich habe dir gesagt, halt dich zurück. Hast du also nicht getan! Bist du doch mit ihr zur Polizei und hast Märchen erzählt über den armen Mann?«

»Schatz, bitte …«, versucht Mom zu intervenieren. Logan hält immer noch meine Hand. Ich spüre, dass auch er angespannt ist.

»Ich wünsche, dass du die Falschaussage zugibst, und danach wäre es besser, wenn du in deine Wahlheimat zurückkehrst und dich nicht so schnell wieder umdrehst.«

Mir bleibt der Mund offen stehen. Mit allem hätte ich gerechnet, nur damit nicht.

Logan steht auf, nimmt meine Hand. »Lass uns gehen.«

»Nein, warte!«, sage ich wütend, stehe aber mit ihm auf. »Wie kannst du deine eigene Tochter verstoßen?«

209

Dad sieht mich durchdringend an. »Wie kannst du den Ruf unserer Familie so in den Schmutz ziehen? Ich habe mein ganzes Leben hart gearbeitet, um unserer Familie all das hier zu ermöglichen. Wenn du nun angeklagt wirst, werden die Kunden meinen Laden meiden ... Du hast gar keine Ahnung, was du damit anrichtest, oder?«, brüllt er, und ich kann es nicht aufhalten, Tränen brennen sich wie eine Lavastraße heiß über meine Wangen.

»Was ich anrichte? Ist das dein Ernst? Hast du nur eine Minute daran gedacht, dass Allison die Wahrheit gesagt hat und sie nicht die Einzige sein könnte. Einmal überlegt, wie es den armen Frauen in so einer Situation geht? Das Arschloch hat es verdient, im Gefängnis zu versauern.« Wütend reiße ich mich von Logans Hand los, laufe durch das Wohnzimmer zur Haustür. »Sind Sie nun zufrieden?«, höre ich ihn noch sagen, ehe ich seine Schritte hinter mir höre. »Lilian!«, ruft er. »Warte bitte, Lil!« Doch ich laufe bereits die Straße entlang, will einfach nur weg. Logan holt mich ein und packt mich am Arm, damit ich stehen bleibe.

»Es tut mir so leid, mein Vater ... all das, es tut mir ...«, schluchze ich.

»Sch, dir muss überhaupt nichts leidtun. Alles wird gut, komm her«, flüstert er und zieht mich an sich heran. Ich lehne mich an seine Brust und alles, alles bricht über mich herein. Die ganze Wut und die Angst entladen sich in Form von Tränen auf Logans Brust.

»Es wird alles gut werden, mein Engel«, flüstert er, während er mich fest im Arm hält und zart über mein Haar fährt. Und wirklich, ich fühle mich in seinen Armen sicher. Langsam beruhige ich mich und löse mich aus seiner Umarmung. »Lass uns gehen«, bitte ich ihn und er nickt mir zu. Seine Augen strahlen Wärme aus, und dennoch kann er die Sorge, die er in sich trägt, nicht verbergen. Wieder erfüllt mich Traurigkeit. »Warum muss ich alles kaputt machen? Und du ... du hast auch ohne mein Päckchen so viele Sorgen. Ich will dir nicht ...«

Logan unterbricht mich. »Schon vergessen? Du bist meine Familie, und ich werde immer da sein, also tu das nicht. Grenze mich nicht aus.« Er nimmt mein Gesicht in seine Hände, sieht mir tief in die Augen und küsst zärtlich meine Stirn, dann meine Nasenspitze und schließlich meine Lippen. »Können wir heute noch zurück nach New York, selbst wenn es nur kurz bis zur Verhandlung ist?«, bitte ich ihn. Er atmet tief durch. »Wenn du das wirklich willst, fahren wir direkt zurück. Mein Auto steht vor der Tür.« Er zögert. »Aber was ist mit Allison? Du wolltest mit ihr sprechen.«

Ich schließe die Augen. »Allison will ganz offensichtlich nicht mit mir reden. Sie geht nicht an ihr Telefon. Ich war sogar bei ihr zu Hause. Was soll ich da noch tun?« Wieder lehne ich mich an Logans Brust. Der Wind weht mein Haar vor mein Gesicht und erneut rollen Tränen über meine Wangen. »Ich kann nicht mehr, Logan«, schluchze ich.

»Okay, dann lass uns gehen.«

* * *

Zurück im Hotel packen wir schweigend unsere Sachen zusammen. Trotz der Verzweiflung klopft mein Herz ein wenig höher, während ich auf dem Bett sitze.

»Woran denkst du?«, will Logan wissen und ich kann nicht anders und grinse, weil für einen Moment das Drama meines Lebens unwichtig ist.

»Weißt du, das Gute an dem Trip hierher sind du und ich«, erkläre ich und Logan sieht mich intensiv an.

»Es wird jetzt immer dieses ›du und ich‹ geben. Das hier war erst der Anfang.«

»Wollen wir vielleicht doch erst morgen fahren?«, frage ich vorsichtig. Ich an seiner Stelle würde mit mir bald verrückt werden, doch Logan grinst. »Ich bin erledigt. Jetzt, da die ganze Aufregung langsam nachlässt, fühle ich mich einfach nur erschöpft.«

Logan nickt. »Das kann ich gut verstehen. Was hältst du davon, wenn wir es uns draußen auf dem Balkon noch ein wenig gemütlich machen? Wir können uns in die Decken einwickeln. Na ja, und einfach den Wellen lauschen und die Sterne am Himmel beobachten.«

»Du bist ja richtig romantisch«, necke ich ihn.

»Hast du daran gezweifelt?«

»Ehrlich gesagt hätte ich damit nicht gerechnet, ja«, gebe ich zu.

»Oje, du musst ein schlimmes Bild von mir gehabt haben, als du mich kennengelernt hast.«

Er wirkt nachdenklich und ich lächle. »Arroganter Draufgänger trifft es.«

»Dann muss ich dir eben das Gegenteil beweisen«, sagt er und zieht mich Richtung Balkon, aber ich will mit ihm gerade einfach nur hier drinnen bleiben und halte dagegen.

»Was ist?«

»Wir brauchen keine Sterne, um einander nah zu sein, ich für meinen Teil will gerade einfach nur dich.«

Zärtlich schließt er mich in die Arme. »Ja, du hast recht«, flüstert er und voll Zärtlichkeit legen sich seine vollen Lippen auf meine.

Unsere Küsse werden fordernder, und ich dränge mich an ihn. Ich sehne mich nach ihm, seiner Haut, seinen Küssen und der Nähe, die mir so guttut. Die mich wegträgt und gleichzeitig hält.

Ich verliere mich völlig in dem Gefühl, bei ihm zu sein. Ja, so könnte ich es mir für immer vorstellen, so könnte es für immer sein. Ich weiß nicht, was uns zusammengebracht hat, vielleicht das Schicksal, irgendwie kommt es mir so vor, zumindest will ich daran glauben. Logan drückt mich fest an sich, mein Herz rast, und ich spüre so viele Gefühle. Meine Hände liebkosen seinen Nacken, seine wandern über meinen Rücken und schließlich unter mein Shirt. Zart streichen seine Finger über meine Haut und ziehen mir langsam das Shirt über den Kopf. Ich greife ebenfalls unter sein Shirt und erforsche jeden Zentimeter seiner Haut. Voller Sehnsucht befreie auch ich ihn von seinem Shirt und küsse seinen nackten Oberkörper. Stöhnend hebt Logan mich hoch und legt mich sanft auf das Bett, Verlangen im Blick. Seine Finger wandern über meinen Bauch, gleiten hinauf zu meiner Brust, bis an meine Wange, und als er sich zu mir beugt und mich erneut küsst, klopft mein Herz heftig.

Seine Hände sind jetzt überall, und ich hebe ein wenig die Hüften an, damit er mir die Hose abstreifen kann.

Voller Leidenschaft greife auch ich nach seiner Hose, und irgendwann liegen wir nur noch in Slip und Shorts da. Seine Hände gleiten über den Stoff, ziehen ihn schließlich von meinen Beinen und ich streiche über seinen Hintern. Ich will ihn, seine Haut, ihn in mir, auf mir, überall.

Unsere Körper scheinen zu glühen. Er übersät meinen Hals mit tausend kleinen Küssen, während er sich zwischen meine Beine schiebt. Ich recke ihm mein Becken entgegen, und endlich gleitet er in mich hinein. Mein Herz rast, ist überfordert von der Wucht der Gefühle, die auf mich einstürzen. Es ist noch intensiver als in der Nacht zuvor und am Morgen unter der Dusche. Ich will ihn immer und immer mehr.

Und doch überkommen mich mit einem Mal so viele Gedanken. Wir haben beide so viel erlebt, so vieles verloren. So viel Schmerz in uns. Und plötzlich ist da diese Liebe zwischen uns, dieses Gefühl, das wir gefunden haben, von dem ich noch nicht weiß, wie es weitergehen soll. Ich verzehre mich nach ihm, will ihn tiefer in mir spüren, noch leidenschaftlicher, und kralle mich voller Sehnsucht an ihm fest. Ich fliege, denn er ist mein Halt, mein Anker. Seine Bewegungen werden stärker, inniger, heißer und unsere beiden Körper sind zu einem verschmolzen. Haut an Haut. Das Feuer in meinem Bauch breitet sich in jede Faser meines Körpers aus. Alles an mir will Logan. Unsere Finger verhaken sich. Ich spüre ihn tief in mir, falle in seinen Rhythmus, seufze, keuche und stöhne gegen seinen Mund. Kann man einem Menschen näher sein? Mit Haut und Haaren verfallen? Total bedingungslos? Ich weiß es nicht, natürlich haben wir beide schon vieles erlebt, aber das gerade eben ist besonders und einzigartig. Es schmeckt nach einem neuen Anfang, nach Gefühlen, die wachsen, und ich überlasse mich völlig dem Glück, bei ihm zu sein.

KAPITEL 33

Der Schweiß auf meiner Haut und der leichte Wind von der geöffneten Balkontür her lassen mich etwas frösteln, doch ich will mich noch nicht aus Logans Armen lösen. Zart fährt er mit seinen Fingerspitzen über meinen Rücken. »Was denkst du?«, flüstert Logan in mein Ohr. Ich grinse und er sieht mich verwundert an. »Oh, was Lustiges? Komm schon, ich will es wissen«, drängt er, und ich weiß nicht, ob ich ihn wirklich teilhaben lassen soll.

Ich seufze. »Ach, heute Morgen hab ich mich ein wenig mit unserer Zimmernachbarin unterhalten.«

»Ach ja?«

»Ja, sie sagte, augenzwinkernd, man müsse das schöne Gefühl der Liebe genießen. Und wer wisse schon, was die Zukunft bringt.«

»Augenzwinkernd? Du meinst ... sie hat uns gehört? Letzte Nacht?«

»Möglich«, erwidere ich schulterzuckend und schmunzele. »Wenn nicht, dann spätestens gerade eben.«

Auch Logan kann sich ein Grinsen nicht verkneifen und küsst mich zärtlich auf die Nasenspitze. »Ich finde, sie hat recht. Und ich möchte keine einzige Sekunde missen.«

Ich kuschele mich noch etwas enger an ihn. »Tut mir leid, dass du meinen Dad so erleben musstest. Eigentlich ist er ein netter Kerl.«

»Mach dir keine Gedanken. Wäre ich an seiner Stelle, wüsste ich vielleicht auch nicht, wie ich mit all dem umgehen soll«, beschwichtigt er, und ich bin mir sicher, dass dem nicht so ist. »Das glaube ich nicht. Du würdest immer zu Haley stehen, und sie unterstützen bei allem, so wie du es für mich tust.«

Logan atmet tief ein. »Das hoffe ich wirklich, aber ganz so ist es bisher auch nicht gelaufen«, gibt er zu bedenken.

Ich sehe ihn an und wieder erkenne ich den Schmerz in seinem Gesichtsausdruck. »Hey, so darfst du nicht denken. Du bist das Gegenteil meines Vaters.«

Er schweigt einen Moment. So, als überlege er, ob ich recht haben könnte.

»Warum konnte ich dann all die Zeit nicht zu Haley durchdringen? Warum hat sie sich dermaßen vor mir verschlossen?«, stellt er die Frage in den Raum.

Ich bin mir nicht sicher, ob er eine Antwort von mir hören will, aber tief in meinem Herzen weiß ich, dass ich jetzt für ihn da sein muss. »Du und Haley, ihr seid ein Team und wart es schon immer. Daran hat sich nichts geändert. Aber ihr habt getrauert, jeder auf seine Weise, und vielleicht hat sie die Stille in sich gebraucht. Ich denke, ihr als Team seid gerade dabei, euch neu zu formieren. Sieh dir an, wie sie sich entwickelt hat.«

Logan drückt mich noch ein wenig fester an sich. »Das stimmt, sie hat sich sehr entwickelt. Und dich jetzt in unserem Team zu haben, macht alles so viel besser.«

Ich schlucke und sehe in den Sternenhimmel. Es ist klar und der Wind immer noch warm. Zu gern würde ich mich der romantischen Vorstellung von einer Familie mit Haley und Logan hingeben, doch in Wahrheit ist alles so ungewiss.

Logan hebt mein Kinn etwas an, um mir in die Augen sehen zu können. »Du glaubst doch an uns, oder?«

»Ich würde es so gern«, sage ich und rücke ein wenig von ihm ab. »Aber ich kann einfach nicht sagen, was die Zukunft bringen wird.« Ich schlucke. »Was ist, wenn ich für die Lüge einsitzen muss?«, frage ich und versuche, Tränen zu unterdrücken.

»Das schaffen wir alles. Ich glaube nicht daran, dass so etwas passieren wird. Und du weißt, ich würde es niemals zulassen, dass du ins Gefängnis gehst.«

»Ach ja, und was könntest du dagegen tun?«, will ich wissen.

»Zuerst werden wir mit meinem Anwalt sprechen. Er hat schon meinen Vater vertreten und kümmert sich auch um das Unternehmen. Glaub mir, wenn es um Geld geht, gibt es viele Menschen, die einen regelmäßig verklagen.«

»Das ist lieb von dir, aber das kann ich nicht annehmen. Ich möchte weder für Haley noch für dich, dass du Probleme kriegst. Haley kommt bald in eine neue Schule. Ich weiß, wovon ich spreche, wenn ich sage, Kinder können sehr gemein sein. Wenn rauskommt, dass ich vorbestraft bin, wird sich das bestimmt auch irgendwann auf Haley niederschlagen.«

»Sieh mich an!«, fordert Logan. »Haley liebt dich und ich liebe dich. Außerdem muss es nicht so kommen … Und selbst wenn, was soll es? Dann stehen wir auch das durch.«

Tief in meinem Inneren bin ich mir dessen nicht sicher, aber für den Moment möchte ich es einfach gut sein lassen. »Wollen wir schlafen? Morgen haben wir eine weite Strecke vor uns«, sage ich und Logan nickt zustimmend.

»Du hast recht, morgen ist ein neuer Tag, und er wird sicher gut. Davon bin ich überzeugt.« Ich lächle. »Wo du nur auf einmal deinen Optimismus herhast …«

»Wo du nur deinen hinhast, frage ich mich«, erwidert Logan und steht langsam auf. Er zieht sich sein Shirt über, das noch auf dem Boden lag. Wenn ich ihn so ansehe, kann ich mein Glück kaum fassen.

»Kuschel dich schon mal ein, ich bin gleich wieder da«, sagt Logan und verschwindet in Richtung Bad.

Nur zu gern sehe ich ihm hinterher und ja, auch aus dieser Perspektive ist er mehr als nett anzusehen. Ich seufze, während ich mir ein frisches Shirt überziehe. Ich gehe zur Garderobe und ziehe mein Handy aus der Handtasche. Neben einigen der Voranzeigen, unter anderem von Sam, entdecke ich eine mir unbekannte Nummer. Eine Vorahnung überkommt mich und mit zitternden Fingern öffne ich die Nachricht.

> Entschuldige, dass ich mich nicht gleich gemeldet habe. Es ist einfach alles zu viel gerade. Können wir uns morgen treffen?
>
> Allison

Ich lese die Nachricht zwei weitere Male. Mein Herz rast so heftig, dass ich das Gefühl habe, es könnte jeden Moment kollabieren. Schnell setze ich mich auf das Bett, nicht zuletzt aus Angst, ich könnte das Gleichgewicht verlieren.

»Ist dir ein Geist begegnet?«, fragt Logan, und ich erschrecke, denn ich habe ihn nicht aus dem Bad kommen hören.

Wortlos reiche ich ihm das Telefon mit der geöffneten Nachricht.

Nachdem er sie gelesen hat, setzt er sich neben mich. »Was willst du tun?«

Ich schließe die Augen. Ja, was will ich tun?

»Ich werde mich mit Allison treffen«, sage ich schließlich, und dann tippe ich die Antwort ins Handy, die ich im Kopf bereits formuliert habe.

KAPITEL 34

Ich bin unheimlich aufgeregt. Mit Herzklopfen stehe ich da und warte darauf, dass Allison kommt. Logan hält sich etwas abseits, so wie wir es besprochen haben, um Allison nicht zu verunsichern.

Die Zeit scheint nicht zu vergehen, immer wieder blicke ich auf das Handy und hoffe so sehr, dass Allison auch wirklich zum Treffen erscheint, als ich ein Mädchen im dunklen Hoodie um die Ecke kommen sehe. Sie sieht kurz auf, entdeckt mich und sofort erkenne ich Allison. Auch wenn sie nicht aussieht, wie ich sie in Erinnerung habe. Das junge Mädchen mit den langen blonden Haaren, die immer zurechtgemacht war, wirkt gebrochen, ihre Haare sind deutlich kürzer und umspielen ihr Kinn. Der Hoodie verdeckt das meiste ihres Kopfes. Sie wirkt unscheinbar und blass. Weit entfernt von dem quirligen, auffälligen Mädchen, das sie einst war. Ihre Kleidung ist weit und verbirgt ihre Figur. Ich schlucke, versuche aber, mir nicht anmerken zu lassen, wie sehr mich ihr Erscheinungsbild bewegt. Sie hat sich in so kurzer Zeit stark verändert.

Ich hebe die Hand, winke und Allison kommt auf mich zu. Ich weiß zuerst nicht, wie ich sie begrüßen soll, doch als sie vor mir steht, nehme ich sie einfach in den Arm und halte sie ganz fest.

»Schön, dich zu sehen«, sage ich, ohne sie loszulassen.

Als wir uns voneinander lösen, sind ihre Augen glasig, und ich kann den Schmerz sehen, den sie in sich trägt.

Wir setzen uns in das Café, bestellen zwei Cola und schließlich sieht Allison mich an.

»Es tut mir leid, dass ich mich nicht gemeldet habe. Es tut mir leid, wie alles gelaufen ist.«

Ihre Stimme ist zart und ich greife nach ihrer zitternden Hand. Die Fingerkuppen sind wund, die Nägel tief abgekaut. »Es ist alles gut, du musst dich für nichts entschuldigen.« Es zerreißt mir fast das Herz. Mit einem Mal ist alles, was passiert ist, wieder da. Und auch wenn ich längst eingesehen habe, dass es falsch war, zu lügen, wünsche ich für einen Moment, dass wir damit durchgekommen wären. Weil es nicht gerecht ist, was geschehen ist, weil uns niemand geglaubt hat und mit einem Mal wir zu den Angeklagten wurden. Weil ich sehe, wie schwer es Allison fällt, auch nur über das Geschehene nachzudenken und zu reden.

»Ich wollte mich eher melden, aber meine Eltern …« Sie stockt und ich nicke.

»Ich weiß, ich war bei ihnen, sie waren nicht besonders begeistert von meinem Besuch.«

»Sie wollen es nicht wahrhaben, verstehst du? Ich wollte nie, dass sie dich als Schuldige darstellen. Das alles … es tut mir so leid.«

»Das weiß ich, Alli«, sage ich. »Hör auf, zu denken, du wärst an irgendetwas schuld. Das bist du nicht. In keiner Weise. Ich bin mir sicher, deine Eltern werden es irgendwann verstehen.« Zu gern würde ich an meine Worte glauben, doch sofort habe ich das wütende Gesicht meines Vaters vor Augen. Ich verdränge dieses Bild. Denn jetzt geht es um Allison, nicht um mich. Zumindest nicht in erster Linie.

»Ich habe alles versucht, aber er hat auch danach nicht aufgehört, Lil. Immer wieder habe ich ihn gesehen, und ich dachte, ich werde verrückt. Selbst nach dem Uniwechsel. Und dort war es noch schlimmer, weil mich alle einfach nur fertiggemacht haben. Jeder wusste, was vorgefallen war. Die Dozenten, die Kommilitonen. Für sie alle bin ich die Lügnerin, die vor nichts zurückschreckt.«

Eine Träne rollt ihr über die Wange und ich selbst versuche, meine Tränen hinunterzuschlucken. Allerdings gelingt es mir nicht. Ich habe mit einem Mal eine schlimme Vorahnung, wohin dieses Gespräch führt.

Allison atmet tief durch. »Er hat mir aufgelauert, als ich von der Bibliothek kam, und meinte, er müsse mit mir reden, ich wollte nicht, aber ich hatte keine Chance und …« Immer mehr Tränen laufen aus ihren Augen, sie löst ihre Hand aus meiner und wischt sie sich aus dem Gesicht.

»Er hat gesagt, er würde sich nun holen, was ihm angekreidet worden war, und dann hat er mir den Mund zugehalten, mich gepackt und …«

Ich greife nach ihrer Hand, halte sie so fest ich kann. Mein Herz hämmert.

»Er hat es getan … und diesmal konntest du nicht entkommen?«, flüstere ich schließlich, ihr Blick trifft auf meinen, und er ist Antwort genug.

»Oh, Allison!« Der Gedanke, was dieses Monster der zarten Seele angetan hat, zerreißt mich fast. Ich stehe auf, gehe zu ihr herum, ziehe sie an mich und halte sie fest. Drücke das Mädchen an mich und wünschte, ich könnte die Zeit zurückdrehen. Aber ich weiß, nichts kann das wieder heilen, was dieses Ungeheuer zerrissen hat.

»Du bist nicht allein, wir kriegen das hin, wir kriegen ihn dran«, flüstere ich in ihr Haar und bin so fest entschlossen.

Auch wenn ich nicht weiß, wie.

»Er hat mir eine E-Mail geschrieben. Er wolle mit mir sprechen«, flüstert sie jetzt und ich trete kurz zurück und sehe sie an.

»Was? Worüber will er mit dir reden?«

Sie wischt sich erneut eine Träne aus den Augen.

»Er meinte, wenn es aufhören soll, muss ich kommen.«

Ich atme schwer. Und wage kaum, auszusprechen, woran ich sofort denke. Doch vielleicht ist dies die einzige Chance. »Allison, ich weiß, das alles ist entsetzlich, aber vielleicht ist das auch unsere Chance, unsere ...« Ich stocke, sehe sie an, und dann drehe ich mich herum und deute zu Logan, der abseits steht und uns aufmerksam beobachtet. Ihr Blick wandert in die Richtung, in die ich deute.

»Wer ist das?«, will sie wissen.

»Das ist Logan, ich mag ihn sehr, und ich denke, er kann uns helfen. Wenn wir ihn lassen. Erlaubst du, dass er zu uns rüberkommt?«

Eine Weile sieht sie skeptisch zu Logan hinüber, aber dann nickt sie und ich winke ihn zu uns. Ich weiß, er kann uns helfen, zumindest hoffe ich es so sehr.

Kapitel 35

Es dämmert bereits, und mein Herz rast, während ich zusammen mit Logan in unserem Versteck, seinem Auto, sitze. Was wir vorhaben, ist unsere letzte Chance, denn schon am nächsten Tag muss ich vor Gericht erscheinen. Ich bin so dankbar, dass Logan geblieben ist und sich um Haley noch ihre Großeltern kümmern können. Endlich entdecken wir Allison, die gerade wie ausgemacht die Bibliothek verlässt. Meine Schläfen pulsieren, und es fällt mir schwer, ruhig zu atmen.

Als Allison die Straßenseite wechseln will, sehe ich den Mistkerl schon auf sie zukommen. Lange habe ich sein Gesicht erfolgreich aus meinen Gedanken verbannt. Doch jetzt, selbst in der Dunkelheit, ist es, als sähe ich ihn direkt vor mir. Und ich weiß, Allison und ich spüren in diesem Moment das Gleiche: lähmende Angst und brennende Wut zugleich. Ich konzentriere mich auf Allison, die ihm ihren Arm überlässt. Sie bei ihm eingehakt, gehen beide in Richtung seines Autos, das er auf der anderen Straßenseite geparkt hat.

Aus dem Augenwinkel sehe ich Logan. Seine Kiefermuskulatur tritt hervor, und ich spüre seine Wut, der Blick ist dunkel und seine Hände umklammern das Lenkrad.

Allison steigt bei Brewster ein, und wir müssen jetzt einen Moment warten, eine Unendlichkeit, dann zücke ich das Handy und wähle den Notruf.

Als die Dame am anderen Ende fragt, was los sei, droht meine Stimme zu brechen. Ich berichte, dass soeben ein Mädchen in ein Auto gezogen wurde, und bitte sie um Hilfe.

Sie beruhigt mich, fragt nach unserem Standort und dem Kennzeichen von Brewsters Wagen und alles wirkt mit einem Mal wie in Zeitlupe.

Logans Blick weitet sich plötzlich und ich folge seinem Blick. »Miss, wie sollen wir uns verhalten? Sie fahren gerade weg«, rufe ich noch ins Telefon.

»Bleiben Sie, wo Sie sind. Wir schicken eine Streife«, spricht die Dame von der Polizeizentrale. Doch ein Blick zwischen Logan und mir genügt, wir wissen beide, dass wir dies niemals tun können. »Wir folgen ihnen«, sage ich stattdessen ins Telefon.

»Was? Verdammt. Bleiben Sie bitte sofort stehen! Es sind bereits Cops unterwegs. Sie wissen nicht, ob der Mann bewaffnet ist.«

Ich ignoriere ihre Warnungen. »Ich bleibe am Telefon. Sie biegen gerade in die Greenbier ab, Richtung Industriegebiet«, sage ich stattdessen.

Logan hat Brewster schnell eingeholt.

»Hat der Fahrer Sie bemerkt?«, fragt die Frau am Telefon, und ich schüttele den Kopf, denke nicht daran, dass sie es nicht sehen kann. »Hallo, sind Sie noch dran?«

»Nein, ich glaube nicht, dass er uns bemerkt hat. Er fährt jetzt langsamer. Ich weiß nicht genau, wo wir sind. Irgendwo im Industriegebiet.«

Verängstigt blicke ich zu Logan hinüber, der sich mit krauser Stirn darauf konzentriert, Brewster unauffällig zu folgen. Einen Moment sieht er mich an und hebt dann die Schultern.

»Machen Sie sich darum keine Sorgen. Wir haben Ihr Telefon bereits geortet. Sie müssten gleich einen Streifenwagen sehen. Bleiben Sie auf Abstand, hören Sie!«, sagt sie jetzt in einem eindringlichen Ton.

»Ja, machen wir«, antworte ich, erleichtert darüber, dass die Polizei weiß, wo wir uns befinden.

»Das Fahrzeug hält an, wo bleibt Ihr Wagen?«, frage ich jetzt etwas lauter, und Panik überrollt mich. Auf keinen Fall dürfen wir zu lange warten. Logan hat offenbar denselben Gedanken, denn er reißt die Tür auf und rennt mit großen Schritten zu Brewsters Auto. Zitternd und mit dem Telefon am Ohr laufe ich so schnell ich kann hinterher. Ich höre, dass die Frau am Telefon irgendetwas spricht, doch ich verstehe nicht, was sie sagt. Als ich kurz nach Logan das Auto erreiche, hat er die Fahrertür bereits geöffnet. Er beugt sich hinein und zerrt Brewster zu sich, der bereits dabei ist, Allison den Mund zuzuhalten.

Sie reißt die Beifahrertür auf und rennt auf mich zu. Ich nehme sie in den Arm und drehe sie weg, und in diesem Moment hören wir endlich Sirenen näher kommen. Brewster flucht und alles passiert wie in einem Film. Die Polizisten halten mit quietschenden Reifen und einer der Beamten eilt sofort zu Logan und Brewster, um ihm zu helfen, den Mistkerl endgültig zu überwältigen. Seine Kollegin ist in der Zwischenzeit bei uns und fragt nach Allisons Befinden. Es ist nicht zu übersehen, dass Allisons Bluse ein Stück weit aufgerissen ist und die beiden oberen Knöpfe fehlen. Man wird sie mit Sicherheit in Brewsters Wagen finden.

Als Jack Brewster in Handschellen an uns vorbeigeführt wird, treffen sich unsere Blicke und eine Gänsehaut jagt über meinen Körper. In diesem Moment spüre ich Logan hinter mir, der seine Arme schützend um mich legt. Und ich weiß, alles wird gut.

* * *

Wir sind noch eine Weile am Ort des Geschehens und berichten der Polizistin, was passiert ist. In der Zwischenzeit sind auch Sanitäter vor Ort, die sich um Allison kümmern. Sie ist emotional an ihrer absoluten Grenze angekommen.

Als wir später im Wagen der Sanitäter sitzen, halte ich sie fest.

»Danke«, flüstert sie und ich drücke sie an mich.

»Es ist vorbei«, flüstere ich zurück, halte sie und sehe zu Logan, der noch im Gespräch mit einem der Polizeibeamten ist.

* * *

Irgendwann beruhigt sich alles. Allison wird auf ihre Bitte hin in eine Unterkunft für Jugendliche gebracht, weil sie auf keinen Fall nach Hause will. Und Logan und ich stehen schließlich vor dem Motel.

Erst jetzt umarmen wir uns, und ich bin so froh, dass er da ist. Und dass wir das irgendwie überstanden haben, auch wenn ich noch nicht weiß, wie es jetzt weitergeht, auch mein eigener Termin am morgigen Tag.

»Wie geht es dir?«, fragt Logan zärtlich und ich zucke mit den Schultern. »Besser. Aber schlimm ist nach wie vor, dass das, was er Allison angetan hat, nicht wiedergutgemacht werden kann.«

»Ja, ich weiß, aber wenigstens konnten wir Weiteres verhindern. Und das zählt. Ich habe meinen Anwalt eingeschaltet, er wird morgen eintreffen, Lil, also mach dir keine Sorgen. Zudem hat sich jetzt alles in diesem Fall gedreht.«

Ich nicke und wünsche mir so sehr, dass er recht hat.

»Wenn es vorbei ist, will ich einfach hier weg. Zu Haley und zu dir«, flüstere ich.

Er streicht mir durchs Haar. So liebevoll, dass ich das Gefühl habe, ich bedeute ihm unheimlich viel.

»Sobald es vorbei ist, sind wir hier weg, versprochen, dann geht es nach Hause.«

Nach Hause. Sagt er, und zum ersten Mal seit langer Zeit könnte ich mich wirklich wieder zu Hause fühlen.

KAPITEL 36

In dieser Nacht schlafe ich unruhig, doch ich habe keine Angst, denn Logan ist da und hält mich.

Am Morgen machen wir uns fertig, holen Allison ab und stehen schließlich vor Gericht.

Logan telefoniert, und kurz darauf stößt Doktor Meltin, der Anwalt von Logans Familie, zu uns. Er ist groß, und in seinem dunklen Anzug sieht er aus wie ein typischer Advokat, den man aus dem Fernsehen kennt. Er hat einen offenen, freundlichen Blick, dennoch mustert er mich skeptisch.

Er zieht Logan ein wenig zur Seite und flüstert ihm etwas zu, was ich nicht verstehen kann. Ich bin nervös und hoffe sehr, dass dieser Mann Allison und mir helfen kann. Endlich kommt er zu uns herüber und reicht uns die Hand. »Guten Morgen, mein Name ist Christopher Meltin. Ich habe mir beim Flug hierher Ihren Fall angesehen«, erklärt er, und ich warte leicht angespannt darauf, dass er etwas dazu sagt. Doch er macht keine Anstalten, weiterzusprechen. Also hake ich nach. »Und? Was denken Sie? Haben wir eine Chance?«

Doktor Meltin sieht mich eindringlich an. »Sexualstraftaten sind nicht mein Fachgebiet, Miss Harper.«

Ich schlucke und befürchte das Schlimmste. »Aber ich habe bereits mit Jack Brewsters Anwalt gesprochen, und angesichts der gegebenen Situation ist er bereit zu einem Vergleich«, fährt er fort.

Ich traue meinen Ohren nicht. »Einem Vergleich? Ich dachte, er wird bestraft.« Doktor Meltin sieht mich missbilligend an, und ich kann es nicht ändern, er wird mir von Minute zu Minute unsympathischer. »Das hier ist Ihre Verhandlung, nicht seine. Er ist momentan in Untersuchungshaft, aber was mit ihm geschieht, wird ein anderes Gericht feststellen.«

Der Gerichtssaal ist voll, damit habe ich nicht gerechnet. Mein Blick schweift zu den Zuschauern und hie und da sehe ich bekannte Gesichter. Doch vor allem das, was ich in diesen Gesichtern sehe, macht mich traurig. Sie verurteilen mich, noch bevor ein Richter es getan hat. Als wir endlich auf den uns zugewiesenen Plätzen sitzen, bin ich froh, dass ich die Menschen nicht sehen kann. Ihre Blicke in meinem Rücken spüre ich schmerzlich genug. Und dann höre ich, wie die Tür geöffnet wird, und drehe mich nun doch um. Ein Polizist bringt Brewster nach vorn. Ich schlucke und bin erleichtert, dass er offensichtlich noch nicht auf Kaution freigelassen worden ist. Jack Brewster sieht mich einen Moment an, bis sein Blick zu Allison schwenkt. Diese starrt nach vorn auf den noch leeren Richterstuhl. Ich hoffe so sehr, dass Brewster nicht so schnell freikommen wird. Es muss einfach alles gut werden. »Sorge dich nicht, Lil«, flüstert Logan mir zu, ganz als hätte er meine Gedanken hören können. »Die Sachlage hat sich verändert. Wir konnten beweisen, dass der Mistkerl der wahre Schuldige ist.«

Ich nicke leicht und zweifle dennoch. Doktor Meltins Worte kommen mir wieder in den Sinn. Auch wenn er mit meinem zu tun hat, ist das ein anderer Fall.

Als schließlich alle ihren Platz eingenommen haben, bin ich nur noch klein und eingeschüchtert. Ich habe Angst, sehe immer wieder zu Logan und zu Doktor Meltin, der noch in seinen Akten blättert. Es herrscht eine angespannte Stimmung im Saal. Keiner spricht, obwohl die Verhandlung noch nicht begonnen hat. Schuldgefühle überkommen mich, denn ich weiß, dass ich mit gutem Grund hier bin. Es hätte einen anderen Weg geben müssen, als zu lügen.

Mein Herz schlägt heftig, klopft hart unter meiner Brust, als die Richterin den Gerichtssaal betritt und sich alle Menschen, einschließlich mir, erheben. Sie liest die Anklageschrift laut vor und ich befürchte das Schlimmste. Jedes Wort sticht in meiner Brust, ich weiß, die Anklage stimmt, es war falsch, zu lügen. Ich hätte diesen Weg niemals wählen sollen, doch es war aus der Not heraus und ich würde es wieder tun, immer wieder, um Allison zu schützen.

Richterin McFallish sieht die Anwälte an. »Bitte treten Sie vor. Sie haben sich auf einen Vergleich geeinigt?«

Doktor Meltin nickt. »Ja, Euer Ehren.«

»Ihr Wort«, fordert sie Brewsters Anwalt auf.

»Mein Mandant wäre mit einer Wiedergutmachung durch eine Zahlung von fünftausend Dollar einverstanden.«

»Und Sie sind einverstanden?«, fragt sie nun Doktor Meltin. Dieser nickt. »Ja, Euer Ehren.«

Ich selbst begreife nicht, was vor sich geht. Keine Haft, eine finanzielle Wiedergutmachung an dieses Arschloch? Alles in mir will laut widersprechen. Lieber gehe ich ins Gefängnis, als diesen Mistkerl auch noch zu entlohnen. Alles in mir möchte aufspringen, widersprechen. Doch ich tue nichts dergleichen, sondern warte darauf, dass die Richterin ihr vernichtendes Urteil fällt.

»Gehen Sie zurück zu Ihren Mandanten. Ich habe entschieden«, sagt sie jetzt mit fester Stimme und wie auf Kommando stehen alle auf und warten auf das Urteil.

»Die Angeklagte hat mutwillig gelogen und somit unrecht getan. Das war falsch. Und muss bestraft werden.« Mein Herzschlag setzt fast aus.

Ja, es war falsch. Und ich weiß es. Ich merke, wie mir die Tränen kommen.

Die Richterin macht eine Pause, atmet tief durch, ehe sie fortfährt.

»Doch auch wenn das, was die Angeklagte getan hat, falsch war, sind hier die Umstände zu betrachten. Als Lehrerin wollte sie ihre Studentin schützen, und ja, das rechtfertigt keine Lüge, aber dennoch sieht das Gericht in diesem Fall von einer Strafe ab. Die Angeklagte wird freigesprochen. Dem Kläger steht somit keine Entschädigung zu. Das Urteil wird rechtskräftig, sollten sie nicht innerhalb von zwei Wochen schriftlich Einspruch erheben.« Ich höre den Hammer klopfen »Die Verhandlung ist geschlossen«, hallen die letzten Worte durch meinen Kopf, und ich sehe zu der Richterin, die mich leicht anlächelt. Wie Brewster reagiert, bekomme ich nicht mit, denn er wird sofort abgeführt.

Ist das gerade eben wirklich passiert? Ich kann es kaum glauben und sehe zu Doktor Meltin, der mir nur zunickt. Dann sehe ich zu Allison, die in Tränen ausbricht, und Logan, der mich ebenfalls breit anlächelt.

»Das kann nicht sein«, flüstere ich, doch Doktor Meltin nickt erneut.

»Doch, alles gut, wir können gehen«, sagt er, und mit einem Mal spüre ich Hände, die mich umschlingen. Logans Hände, seine Arme umschließen mich und ich drücke mich an ihn. Halte ihn einen Moment fest, ehe wir zu Allison gehen und auch sie umarmen.

Eine riesige Last ist von meinen Schultern genommen.

Auch wenn es vielen Frauen anders ergangen ist und ergeht, gibt es hin und wieder doch Gerechtigkeit.

KAPITEL 37

Am Abend sitzen wir zusammen im Diner und endlich sehe ich Allison seit Langem wieder einmal strahlen. Da ist wieder ein klein wenig von dieser Unbekümmertheit, nach der ich mich so gesehnt habe.

»Danke, Logan, dass du mir mit der Unterkunft geholfen hast«, sagt sie und lächelt ihn an.

»Nichts zu danken. Kommst du mit Mrs Channing zurecht?«, erkundigt er sich.

Allison nickt. »Ja, sie ist toll. Im Fernsehen, in den Filmen sind die Sozialarbeiterinnen immer ganz schrecklich, und ein bisschen Angst hatte ich vor dem Treffen, aber zum Glück ist sie echt cool.«

»Da freue ich mich. Wisst ihr schon, wie es weitergeht?«, frage ich, bin mir aber sicher: Egal, welchen Weg sie einschlagen wird, es wird gut.

»Vorerst darf ich in der Notunterkunft bleiben. Mrs Channing hat mit meinen Eltern gesprochen, und sie wollen, dass ich zurückkomme.« Allison zuckt mit den Schultern. »Aber ich bin einfach noch nicht dazu bereit. Sie meinte, sie wissen jetzt, dass sie falsch reagiert haben. Mrs Channing schlägt eine Familientherapie zur Annäherung vor.«

»Das ist keine schlechte Idee. Über die Dinge zu sprechen, um sie in Zukunft ändern zu können, ist immer gut.«

Allison nickt zustimmend. »Ja, da hast du schon recht. Ich liebe meine Eltern ja auch, aber es war so viel in letzter Zeit.«

»Das verstehe ich, mach einfach kleine Schritte. Und mit der Uni? Du wirst doch weiterstudieren, oder?«

Allison seufzt. »Ehrlich gesagt werde ich ein Semester aussetzen. Wieder zu mir finden«, gesteht sie und sieht auf ihren Teller, auf dem noch ein paar Pommes liegen. Allison war immer eine Studentin, die viel Freude am Lernen hatte. Ich hoffe sehr, dass es ihr bald besser geht. Ich atme tief ein. »Wenn du Hilfe mit dem College brauchst, dann melde dich bei mir, ja?«, schlage ich vor und greife nach ihrer Hand.

»Das tue ich. Doch ich werde an ein anderes College gehen. Vielleicht an die Westküste. Da ist das Wetter viel schöner«, sagt sie und zwinkert. Ich bin so froh, dass sie das Licht am Ende des langen Tunnels sieht, und lächle, als sie sich eine der Pommes vom Teller nimmt und genüsslich in den Mund schiebt.

Unsere Blicke wandern zum Gang, weil Doktor Meltin auf uns zukommt. Logan rutscht ein Stück zur Seite, um für ihn Platz zu machen.

»Entschuldigt meine Verspätung. Ich habe auch nicht viel Zeit. Die nächste Verhandlung wartet bereits.«

Jetzt, da er hier mit uns in legerer Kleidung sitzt, ist er mir gleich viel sympathischer. »Es tut mir leid, dass ich heute Morgen bei der Verhandlung so angespannt war«, sage ich und lächle ihn offen an.

Er erwidert mein Lächeln, doch es kommt nicht in seinen Augen an. »Schon okay, es war eine Ausnahmesituation für Sie«, antwortet er freundlich.

»Danke, Mann. Auf dich ist echt Verlass«, mischt sich Logan ins Gespräch.

»Kein Ursache.« Meltin winkt ab.

»Nein, wirklich. Ich weiß ja, wie viel du um die Ohren hast. Lass dich von mir zum Essen einladen.«

»Oh, ich esse im Flugzeug. Ich fliege schon in einer Stunde los. Ich wollte nur eben etwas mit dir besprechen.«

Logan runzelt die Stirn und auch ich sehe ihn besorgt an.

»Was besprechen?«, fragt Logan nach.

Meltin nickt. »Unter vier Augen. Die Damen entschuldigen«, sagt er dann an uns gewandt.

»Klar«, erwidere ich und Allison nickt.

Ich sehe den beiden nach, als Allison mich aus meinen Gedanken holt. »Lilian, ich wollte noch mal sagen, wie dankbar ich dir bin. Ohne dich wäre ich verrückt geworden. Danke, dass du gekommen bist, auch nachdem du nichts mehr von mir gehört hast.«

Ich schüttle den Kopf. »Du brauchst nicht mir, sondern musst dir selbst danken. Du warst so stark, du bist so stark, Allison. Und genau deshalb weiß ich, dass alles Weitere ebenso gut werden wird und Brewster nun bald endgültig seine Strafe bekommt. Also kein Wort mehr«, sage ich zwinkernd.

Allison lächelt. »Na gut. Da die beiden noch reden … meinst du, ich kann mir noch einen Shake bestellen?«, will sie wissen und ich lächle.

»Ich hole ihn dir höchstpersönlich, ich muss sowieso noch auf die Toilette, bevor wir gehen, ja?«

Sie nickt, und ich stehe auf, gehe an die Theke des Diners und bestelle Allison einen Shake. Anschließend gehe ich in Richtung der Toiletten und stocke, als ich Doktor Meltin und Logan sehe, die zusammenstehen und sich unterhalten. Erst will ich zu ihnen hingehen, werde dann aber davon abgehalten, denn der Satz, den ich höre, geht mir durch Mark und Bein.

»Das ist keine gute Idee, die Medien stürzen sich darauf, du musst dich auf alle Fälle von dieser Lilian distanzieren, Logan.«

Mir raubt es augenblicklich den Atem.

»Inwiefern?« Logans Stimme klingt kalt.

»Inwiefern? Du weißt, wie es nach dem Unfall war, noch so einen Skandal kannst du dir nicht erlauben. Dass ich das damals alles …«, er hält kurz inne, »… aus dem Weg räumen konnte, war schwierig genug. Doch jetzt noch so ein Skandal … Ich habe heute im Gerichtssaal schon ein paar Presseleute erkannt. Es wird nicht lange dauern und die haben dich im Visier. Das Schlimmste konnte ich vorhin gerade noch verhindern.«

Mein Herz fängt an, heftig zu klopfen.

»Also ich muss mir doch keine Gedanken machen, Logan?«

»Nein, absolut nicht, wir beide haben viel zu viel Gepäck. Damit muss man erst mal klarkommen. Alles nur rein geschäftlich.«

Logans Worte treffen mich wie ein Schlag, den man nicht kommen sieht. Mich überfällt ein Zittern, dem ich nichts entgegensetzen kann. Tränen bahnen sich ihren Weg, und ich drehe mich augenblicklich um, um an den Tisch zurückzukehren. Rein geschäftlich. Die Worte brennen sich in mein Gehirn. Wie kann er mir so etwas antun?

Ich weiß nicht, was ich denken soll, bin einfach nur durcheinander. Habe ich mir alles, was uns die letzten Tage verbunden hat, nur eingebildet? Diese Innigkeit. All die Worte? Der Schmerz über Logans Worte zerreißt mich beinahe. Wie konnte ich mich so täuschen? Ich bin so naiv. Nur eine Lehrerin, die er geküsst hat, mit der er geschlafen hat. In mir zieht sich alles zusammen.

Ja, ich habe mir all das nur eingebildet. Wir haben zu viel Gepäck. Es ist geschäftlich.

Ich will nur noch zurück zum Tisch, vergessen, was ich gehört habe. So tun, als hätte ich die letzten Minuten nicht erlebt. Aber in meinem Kopf verstummen seine Worte nicht, im Gegenteil: Sie scheinen wie in Endlosschleife zu laufen.

KAPITEL 38

Als wir im Auto sitzen, quälen mich Unmengen an Gedanken. Immer wieder analysiere ich die letzten Tage, und ich finde einfach nichts, was ihn zu seiner Aussage gegenüber Meltin bewegt haben könnte. Habe ich in meinem ganzen eigenen Dilemma irgendetwas übersehen?

»Woran denkst du, Du bist so ruhig?«, fragt Logan und holt mich damit aus meinem Gedankenkarussell.

»Oh, an nichts Besonderes. Ich bin einfach nur müde«, sage ich, darum bemüht, möglichst nah an der Wahrheit zu bleiben. »Die letzten Tage haben mich echt geschlaucht«, füge ich an.

Logan nickt. »Weißt du, was mir die ganze Zeit nicht aus dem Kopf geht?«, fragt er, und ich bin gespannt, worauf er hinauswill.

»Nein, was?«

»Die Annäherung zwischen Allison und ihren Eltern. Eigentlich wäre es der Familie wirklich zu wünschen, dass sie wieder einen Draht zueinander findet. Ich denke, sie hat eine Chance, wenn sie alle ab sofort offen miteinander umgehen.«

Habe ich richtig gehört? Offen miteinander umgehen? Das sagt gerade er? Ich spüre Wut in mir aufsteigen. Was ist das

236

nur für ein Mensch, der neben mir sitzt? Mir erzählt er irgendetwas von Familie und doch bin ich kein Teil seiner Zukunft. Ich muss an mich halten, um nicht zickig zu reagieren. Noch bin ich viel zu durcheinander. Ich kann es kaum erwarten, zu Hause anzukommen, ein wenig Zeit ganz für mich allein zu haben, um meine Gedanken zu sortieren. Nach allem, was passiert ist, empfinde ich gerade den von ihm geforderten offenen Umgang miteinander als nicht machbar. »Mag sein«, sage ich leise und seufze dann.

»Wäre das nicht auch ein Gedanke, mit dem du dich auseinandersetzen solltest?«, fragt er vorsichtig.

»Du meinst, mit meinen Eltern zu sprechen?«

Er nickt und sieht mich abwartend an.

»Ehrlich gesagt möchte ich darüber gerade nicht reden. Wie gesagt, ich bin müde.« Er muss ja nicht wissen, dass ich in Wahrheit schlichtweg nicht mit ihm sprechen möchte.

»Okay, klar. Ruh dich einfach ein wenig aus. Es dauert noch ein paar Stunden, bis wir zu Hause sind.«

Ich drehe mein Gesicht zum Fenster. Kurz beobachte ich noch die Landschaft, die an uns vorbeizieht, schließe dann aber die Augen. Es hilft nichts. Sofort laufen Bilder der letzten Tage in meinem Kopf ab. Vor allem Logans Gesichtsausdruck, als er sagte, unsere Bindung sei ausschließlich beruflicher Natur. Natürlich bin ich froh, wie es gelaufen ist. Ich bin Logan dankbar für die Hilfe. Dafür, dass er da war, als ich ihn gebraucht habe. Und doch ist da dieser unaufhaltsam pochende Schmerz in mir. Immer wieder habe ich Logan vor meinem geistigen Auge. Wie er mich ansah, bevor er mich leidenschaftlich küsste. Leise Musik umspielt den Moment, und ich habe den Eindruck, meine Erinnerung nährt sich von einem Film, den ich lange Zeit zuvor gesehen habe. Unwirklich und bereits nach wenigen Stunden weit, weit weg. Jede Vertrautheit, die zwischen uns war, zerplatzt wie eine Seifenblase. Die Nähe, diese Küsse und Berührungen, als er mir sagte, dass wir nach Hause fahren. Es hat sich wirklich so angefühlt, als hätte ich endlich einen Ort gefunden, an dem ich bleiben will. Endlich gefunden und schon wieder verloren, denn alles hat sich gedreht, als ich ihn zu Doktor Meltin sagen hörte, dass es zwischen uns nichts als geschäftlich sei.

Was soll ich jetzt machen? Wie soll ich mich verhalten, sobald wir in seinem Zuhause ankommen? Was, wenn ich einfach so tue, als hätte ich nichts von diesem Gespräch zwischen den beiden mitbekommen? Doch das könnte ich nicht. Allein wegen Haley. Beim Gedanken an das Mädchen, das mir schon so ans Herz gewachsen ist, zerreißt es mir das Herz. Ich presse meine Lippen aufeinander und gebe mir Mühe, nicht zu weinen. Ich muss mich der Realität stellen, jetzt, da ich weiß, wie die Dinge liegen. Es ist nicht so, als wäre das etwas Neues für mich, dennoch hat mir die Vorstellung, dass da etwas Echtes zwischen uns ist, gefallen. Hätte ich es nur bei diesen verdammten Regeln belassen, die ihm von Anfang an so wichtig waren. Sie haben wohl ihren Grund.

Irgendwann versuche ich zu schlafen, versuche, nicht mehr daran zu denken.

Als das Auto hält, erschrecke ich einen Moment. Nur langsam weichen die wirren Bilder meines Traumes, und mein Herzschlag beschleunigt sich. Ich blicke zu Logan, der mich liebevoll ansieht. Wie kann er es wagen?

»Guten Morgen, Sonnenschein«, sagt er und grinst mich an. Ich möchte mich am liebsten übergeben. Ich sehe an ihm vorbei und entdecke Haley, die zusammen mit Maggie aus dem Haus tritt.

»Da sind wir wieder«, sagt er und ich nicke.

»Ja, da sind wir wieder«, entgegne ich und er hebt leicht eine Augenbraue.

»Ist alles okay? Es tut mir leid, dass ich mit deinen Eltern angefangen habe. Zu früh, oder?«, will er wissen, aber ich schüttle nur den Kopf. »Alles okay, lass uns zu Haley gehen. Sie hat dich sicher schon sehr vermisst.«

Er will gerade nach meiner Hand greifen, aber ich habe meine andere schon an der Autotür und öffne sie, dann steige ich aus und eine Sekunde später fällt mir Haley in die Arme. Sie drückt sich an mich und ich streiche ihr übers Haar. Die Begrüßung tut so gut, wärmt mein Herz so heftig, dass ich kurz befürchte, in Tränen auszubrechen. Haleys Haar riecht nach Pfirsich, und mir wird bewusst, wie sehr ich dieses Kind liebe. Ich zwinge mich dazu, so freudig wie möglich zu wirken.

»Hey, hast du uns vermisst?«, frage ich betont unbeschwert und Haley löst sich von mir und nickt.

Als Logan mit dem Gepäck neben uns steht, springt Haley auf ihren Vater zu. Logan lacht laut auf, hebt seine Tochter an seine Brust und dreht sich mit ihr im Kreis. Sie quietscht und lacht laut, und ich bin wie vom Donner getroffen. Ich habe sie niemals mit Tönen lachen hören. An Maggies Gesichtsausdruck sehe ich, dass sie ebenso überrascht ist. Das Bild von Logan und Haley, die sich immer noch in den Armen liegen, rührt mich. Die Beziehung der beiden ist wirklich wieder viel besser geworden.

Wie kann ich nur so egoistisch sein? Geht und ging es hier nicht eigentlich um Haley? Vielleicht ist es so sogar besser. Wer weiß, wie es für das Kind gewesen wäre, hätten Logan und ich offiziell zueinandergefunden. Ich kann nicht wissen, ob ich ihr eine ebenso gute Mutter wie Lehrerin sein könnte. Aber eines weiß ich. Als Lehrerin habe ich einen Zugang zu diesem Mädchen, das sich selbst verloren hat, bekommen. Und das allein ist all das, was passieren wird, schon wert. Deswegen bin ich da. Wegen Haley, und das ist es auch, worauf ich mich wieder konzentrieren sollte.

Nicht auf Logan, nicht auf diese Gefühle, die mich – die uns – einfach überrannt haben. Es ist rein geschäftlich. Mehr nicht. Und das muss ich akzeptieren und verinnerlichen.

Ich schließe kurz die Augen, atme tief durch. Ja, man weiß oftmals, wie die Dinge sind, nur heißt das noch lange nicht, dass man sie versteht.

KAPITEL 39

Endlich allein im Poolhaus, packe ich meine Sachen aus. Als ich das Shirt hervorziehe, das ich in der Nacht anhatte, als wir miteinander geschlafen haben, bekomme ich erneut einen Stich in der Brust.

Ich halte es in der Hand, sehe die Bilder vor meinem inneren Auge und spüre Logans Körper, als wäre er in diesem Moment bei mir. Warum quält man sich so oft mit seinen Gedanken? Gibt es denn keine Möglichkeit, sie auszuschalten und alles auf Anfang zu setzen?

Ich werfe das Shirt auf den Stapel Schmutzwäsche, setze mich aufs Bett und lasse den Blick schweifen. Was für ein Chaos diese letzten Tage in meinem Leben waren! Was für ein Auf und Ab. Es ist, als hätte ein Desaster das nächste ausgelöst. Aber so darf ich nicht denken, ich sollte dankbar sein. Immerhin bin ich nicht im Gefängnis und auch Alli wird es bald schon viel besser gehen. Es war alles so verrückt, so unwirklich.

Voller Angst und hilflos bin ich hier weggefahren, dachte dort einige Male, dass ich an der Situation zerbreche, aber plötzlich war Logan da. Er hat mich zusammengehalten, als ich es gebraucht habe, und mir das Gefühl gegeben, dass ich in sein Leben gehöre, dass er mich hineinlässt. Aber da wären wir wieder beim Thema »sich mit Gedanken quälen« – habe ich mir nicht erst vorhin gesagt, dass man die Dinge ab und an akzeptieren muss?

Wenn ich ehrlich bin, ist das nicht so leicht.

Wir haben uns einander geöffnet, sind für einander da gewesen und Arm in Arm eingeschlafen. Er hat mir das Gefühl gegeben, dass nichts an mir stört, egal was, wenn wir uns nahe sind. Und ich habe gedacht, er habe Gefühle für mich entwickelt, so wie …

Ich stocke, schaffe es nicht, den Gedanken zu Ende zu denken. Er überrollt mich, doch es ist die Wahrheit. Es war nicht geplant, aber ich habe Gefühle für ihn entwickelt, auch für Haley. Ich schlucke.

Ich darf nicht mehr daran denken, denn was ich für ihn fühle, beruht nicht auf Gegenseitigkeit. Dass er eben keine Gefühle für mich hat, zumindest keine, die stark genug sind, um die Vorstellung von einer gemeinsamen Familie zu verwirklichen.

Trotzdem kann ich einfach nicht glauben, dass ich nur eines seiner Abenteuer war. Maggie erzählte, dass er zum Beispiel nie mit einer anderen Frau dort oben auf der Anhöhe war. Auf der anderen Seite ging es ihm vielleicht einfach um Haley. Wie auch immer, es ist nicht zu lösen. Einen Moment überlege ich, ihn darauf anzusprechen, schiebe den Gedanken jedoch schnell von mir. Wer weiß, wie sich am Ende alles drehen würde. Mein Auftrag, auch wenn es noch zu sehr schmerzt, ist nach wie vor: Haley. Für sie gilt es, alles andere zurückzustellen. Logan und ich, wir passen einfach nicht zusammen, es ist, wie es ist.

Es ist sicherlich besser, dies so zu akzeptieren.

Wie heißt es doch: *Never fuck the company.* Da ist wohl was dran.

Ich atme tief ein, hole meine restliche Kleidung aus der Tasche und lege die Schmutzwäsche in den Korb. Und ganz ehrlich, trotz allem freue ich mich auf Haley, auch wenn unsere gemeinsame Zeit begrenzt ist. Sie macht sich so gut und hat mittlerweile schon richtig viel in der Gebärdensprache drauf. Es macht ihr Spaß, sich auf diese Art und Weise auszudrücken – eine gute Voraussetzung. Und auch sonst macht sie es mir leicht. Das aufgeweckte Kind ist eine Freude, wenn man zu ihm durchgedrungen ist. Also sehe ich das Positive, denn in diesem Fall bin ich schon ein wenig stolz auf mich.

* * *

Als ich später in die Küche komme, sitzt Haley bereits am Tisch und sieht zu mir auf.

Ich lächle, als sie anfängt, in der Gebärdensprache einige Zeichen zu machen. Alles Wörter, die Liebe ausdrücken, und ich streiche ihr über das Haar.

»Ich habe dich auch vermisst«, sage ich. »Sehr sogar.« Dann deute ich auf das Buch, das vor ihr liegt.

»Hast du es gelesen?«

Sie nickt.

»Das ist ein tolles Buch, wir könnten es ja morgen im Unterricht besprechen, was meinst du? Also ich habe sehr viel Lust darauf, endlich wieder Unterricht.«

Sie rollt mit den Augen.

»Ja, morgen geht der Unterricht weiter, jetzt würdest du mich wohl doch gern wieder wegschicken«, scherze ich und sie grinst.

Ich hole mir ein Glas und schenke mir Milch ein, dann setze ich mich zu ihr an den Tisch, Haley schiebt mir das Buch zu. Das kleine Glücksbuch.

Sie deutet auf einen der Punkte.

»Okay, was möchtest du mir damit sagen?«, frage ich, obwohl ich genau weiß, was sie will.

243

»Wir sollen also mal wieder etwas Schönes unternehmen?«

Sie nickt und ich sehe erneut auf das Glücksmomentebuch.

Ob ich das im Moment wirklich tun kann?

Ich denke an den Ausflug zum Gnadenhof, wie schön es war, aber ich denke auch, wie es mit Logan war. Dass wir uns nah waren, und ich denke daran, dass wir genau das nicht mehr sind und wie traurig es mich macht.

Als Haley dann auch noch auf ein Bild deutet, das sie gezeichnet hat, wird mein Hals ganz trocken.

Denn auf dem Bild sind drei Personen und am Himmel in einer Wolke ist ein kleiner Engel.

»Das sind wir?«

Sie nickt und mit einem Mal wird mir noch mehr klar. Nicht nur ich werde enttäuscht sein, auch Haley hat eine Erwartung. Für sie hat sich das mit uns dreien nach Familie angefühlt. Und jetzt wird ihr diese Illusion wieder genommen.

Ich betrachte das Bild eine ganze Weile und weiß nicht, was ich sagen soll, als Logan den Raum betritt.

Unsere Blicke treffen sich einen Moment, bevor er zum Kühlschrank geht und sich frischen Orangensaft herausholt.

Mit dem gefüllten Glas in der Hand geht er zu uns.

»Hey, Schatz, hast du gut geschlafen?«

Haley nickt und er setzt sich an den Tisch. »Hast du das gezeichnet?«, will er wissen, als er das vor mir liegende Bild entdeckt.

Haley wird rot und starrt daraufhin angestrengt auf das Buch, fast so, als hätte sie es zum allerersten Mal gesehen.

Zu gern möchte ich wissen, was Logan denkt, denn auch er ist offensichtlich in Haleys Zeichnung versunken. Irgendwann sieht er auf und unsere Blicke treffen sich. Und auch wenn ich möchte, kann ich einfach nicht wegsehen.

»Das hast du wirklich schön gemacht«, sagt er schließlich.

Dann schaut er auf die Uhr.

»Ich werde jetzt noch etwas arbeiten müssen, aber du hast alles im Griff, Lilian?«, fragt er.

Vielleicht würde es sonst niemandem auffallen, aber mir fällt es auf. Nämlich, dass der Ton wieder viel geschäftlicher geworden ist.

Und ich verstehe, dass er wohl das, was er zu Doktor Meltin gesagt hat, wahr macht, dass er sich distanziert, so wie es ihm geraten wurde.

Es schmerzt, natürlich, aber ich habe es kommen sehen.

Ich nicke. »Ja, natürlich. Ich bin hier, gutes Gelingen bei der Arbeit«, sage ich dann.

Logan wendet sich ab, streicht Haley noch mal übers Haar und verlässt die Küche.

Kurz sehe ich ihm nach, doch dann reiße ich mich zusammen, vor allem, als ich den Blick von Haley erhasche. Ich weiß nicht, was sie denkt, aber kurz betrachtet sie das Bild und wirkt voller Fragen.

»Also, was machen wir zwei jetzt noch Schönes?«, frage ich und versuche, die Stimmung aufzulockern und nicht weiter über irgendwas nachzudenken. Vor allem will ich nicht, dass Haley sich irgendwelche Gedanken macht.

* * *

Ich schaue mit Haley einen Film, wir spielen Memory und legen uns an den Pool. Am Abend zeigt sie mir auf YouTube ihre Lieblingsgruppen. Als es Zeit ist, bringe ich sie ins Bett, und sobald sie eingeschlafen ist, schleiche ich mich aus dem Zimmer.

Während ich den Flur hinuntergehe, höre ich Logan sprechen. Irgendetwas ist anders. Seine Stimme ist laut und ich halte instinktiv einen Moment inne.

Ich schnappe irgendwas von einem Auftrag auf und beschließe dann, weiterzugehen, zurück ins Poolhaus. Die ganze Situation ist heute so seltsam, so bedrückend. Ich hoffe, Sam hat ein wenig Zeit, sich mit mir zu unterhalten. Sie weiß irgendwie immer, was zu tun ist.

Ich habe ihr von unterwegs ja immer wieder Nachrichten geschickt und sie auf dem neuesten Stand gehalten, aber das ist nicht das Gleiche, wie mit ihr zu reden. Ich will ihre Stimme hören und wissen, was sie zu dem Ganzen sagt.

* * *

Als ich im Poolhaus bin, greife ich nach dem Telefon und wähle Sams Nummer. Und ich habe Glück, sie geht sofort ran.

»Lil, endlich bist du wieder da, wie geht es dir?« Ihre Worte purzeln auf mich ein, und ich lächle leicht, weil ich so froh bin, sie zu hören. Weil ich weiß, dass sie meine Freundin ist und ich ihr offen sagen kann, was ich auf dem Herzen habe, und das tue ich dann auch. Ich berichte ihr von dem, was ich gehört habe, und auch davon, wie es in den letzten Stunden zwischen Logan und mir war.

Seufzend beende ich meinen Bericht der letzten Tage.

»Okay. Und das hat er wirklich so zu diesem Anwalt gesagt?«, will Sam wissen.

»Ja, ich konnte die beiden genau hören.«

»Das mag sein, aber vielleicht sind die Worte, die du gehört hast, aus dem Kontext gerissen. Das kann doch auch sein«, gibt Sam zu bedenken.

Ich zucke die Schultern. »Auch wenn ich mir das wünschen würde, da glaube ich nicht dran. Was für einen anderen Zusammenhang sollte es denn geben?«

»Stimmt schon, die Zusammenhänge liegen auf der Hand«, räumt Sam nun endlich ein.

»Und er verhält sich so abweisend und kühl.«

»Ach, Lil. Das tut mir so wahnsinnig leid, und ich muss sagen, ich bin echt geschockt. Ich dachte immer, ich habe eine ganz gute Menschenkenntnis, und ich hätte schwören können, der Typ ist verrückt nach dir.«

»Was soll man machen? Manchmal spielt das Leben eben anders, als man es sich wünscht. Erst bekommt man etwas, und dann wird es einem wieder weggenommen.« Erneut seufze ich. »Eigentlich sollte ich dankbar sein. Ohne ihn säße ich jetzt wahrscheinlich in einem Gefängnis. Nicht auszumalen, wie es Allison ergangen wäre. Vielleicht war das ja genau der Grund.«

»Dafür, dass er in dein Leben getreten ist?«, fragt Sam nach, und ich nicke und starre an die Wand, die wir vor einigen Wochen noch bunt gestaltet haben. »Ja, das kann doch sein.«

»Na ja, ich glaube nicht an Schicksal. Aber wenn es dir guttut, es so zu sehen … Hauptsache, dir geht es schnell wieder besser. Ich weiß, was du jetzt brauchst«, sagt Sam.

»Ach ja, und das wäre?«

»Du brauchst New York«, sagt sie, und ich lächle. Vielleicht hat sie recht.

* * *

Nachdem ich mich fertig gemacht habe, gehe ich noch mal ins Haus rüber in die Küche und hole mir was zu trinken. Außerdem möchte ich Logan schnell Bescheid geben, dass ich ein paar Stunden ausgehe. Als ich gerade einen Schluck aus meinem Glas genommen habe, klingelt es an der Türe. Wer wohl so spät noch klingelt? Ich gehe zur Tür, reiße sie auf und zucke zusammen.

Denn vor der Tür steht nicht Sam, sondern *Liebes* – ich trete einen Schritt zurück und starre sie an.

»Sandra?«, frage ich und sie nickt.

»Wollen Sie zu«, ich stoppe, während sie ergänzt: »Logan.«
Ihr Blick liegt auf meinem und ich merke den Stich in der
Brust. »Natürlich. Zu wem soll ich sonst wollen?«, fragt sie
schnippisch.

Sie ist gestylt, sieht aus, als würde sie gleich in den nächsten
Club verschwinden, und in meiner Brust zieht und sticht es mit
einem Mal heftiger, als ich vertragen kann.

Er hat also *Liebes* wieder eingeladen. Und das direkt nach
den letzten Tagen, in denen wir so viel Zeit zusammen hatten.

Ich kann es nicht glauben. Ich weiß nicht, was ich denken
soll.

* * *

»Dann kommen Sie rein«, sage ich nur wie ferngesteuert, drehe
mich um und stehe vor Logan.

Als meine Augen von seinem Oberkörper zu seinem Gesicht
wandern, verbinden sich unsere Blicke.

»Mr Westwick, Ihr Besuch ist da«, sage ich förmlich. Doch
mein Ton ist nicht ganz so fest, wie ich ihn mir wünsche.
Irritiert zieht er die Stirn kraus und schüttelt leicht den Kopf.
Wahrscheinlich hat er es sich viel schwieriger vorgestellt, mich,
zumindest auf privater Ebene, abzuservieren.

Trotzdem trifft mich die Situation heftig. Offenbar hat
er nicht mal einen Funken Respekt mir gegenüber. Darüber
nachzudenken, ob er etwas – auch nur ein kleines bisschen –
für mich empfindet oder empfunden hat, löst sich in Luft auf.
Wäre es so, hätte er das nicht getan. Seine Ex einladen, obwohl
er weiß, dass ich nicht unterwegs bin. Ohne ein weiteres Wort
schiebe ich mich an ihm vorbei. »Ich bin für ein paar Stunden
unterwegs, damit Sie Bescheid wissen«, sage ich noch, ehe ich
mich abwende. Noch nie habe ich mich so gedemütigt gefühlt
wie in diesem Moment. Ich gehe durch das Wohnzimmer, öffne

die Terrassentür und verschwinde in der Dunkelheit. Und frage mich, wie ich so dumm sein konnte und es nicht mal gemerkt habe. Wie kann man sich so sehr in jemandem täuschen? Doch auch wenn es im Moment schrecklich wehtut, bin ich froh, dass ich es begriffen habe.

Kapitel 40

Wir sitzen im Brooklyn Park, haben gerade zwei leckere Burger und Pommes verspeist und blicken nun versonnen auf die Brooklyn Bridge. Es war eine gute Idee, hierherzukommen. Mit einem Mal wirkt alles so viel leichter, weil die Stadt es leicht macht.

»Er hat wirklich diese Kuh zu sich eingeladen nach allem, was war?«, fragt Sam beinahe ungläubig.

Sie lässt den Blick schweifen und ich tue es ihr gleich. Die Aussicht ist wirklich unglaublich schön. Hier zu sein wirkt irgendwie magisch, wie so vieles in New York. So vollkommen anders als das, was mich gerade beschäftigt. Was Logan gerade tut zum Beispiel. Ich denke an Sandra. Wie gestylt sie war. Und ich frage mich, ob er sie gerade so berührt, wie er mich berührt hat. Wie seine Hände über ihre Haut streichen. Sofort bekomme ich dieses schreckliche bedrückende Gefühl in meinem Bauch.

»Denk nicht mehr dran, hörst du?« Sanft stupst Sam mich an und ich nicke.

Sam gibt sich mächtig Mühe, mich aufzuheitern, und ein wenig gelingt es ihr auch. Sie erzählt vom Club, und tatsächlich muss ich bei der ein oder anderen Geschichte lächeln.

Dann erzählt sie mir, wie sich das Jone's entwickelt. Sam hat sich vorgenommen, Mary und Tad bei dem Projekt ein wenig zu unterstützen. Denn sie braucht immer etwas zu tun, und seitdem sie sich mit der Yogalehrerin angelegt hat, ist sie auf der Suche nach einer Ersatzbeschäftigung.

»Wer?«, frage ich nach, als ich mitbekomme, wie sich Sams Stimme während der Erzählung verändert hat.

»Hörst du mir überhaupt zu?«, fragt sie und schnalzt missbilligend mit der Zunge. Dann winkt sie ab. »Ich weiß, du hast gerade andere Gedanken«, sagt sie, doch ich schäme mich, weil ich ihr das Gefühl gebe, dass ihre Probleme nichtig sind. Das wollte ich nicht. »Nein, wirklich, ich will es wissen«, ermutige ich sie, weiterzuerzählen.

Sie sieht sie auf, und ich lese in ihren Augen, dass es sich um einen Mann handeln muss. Sie zögert und ich boxe sie leicht in die Seite. »Wie heißt er?«, will ich wissen.

»Hast du also doch gehört, was ich gesagt habe?«

»Nein, aber ich kenne dich eben mittlerweile. Also erzähl. Seit deiner letzten Geschichte dachte ich schon, du bleibst ewig abstinent.«

Sie zuckt mit den Schultern. »Ich hatte mir auch vorgenommen, nicht einmal einen winzigen Gedanken an die Männerwelt zu verlieren. Aber na ja. Jonathan ist einfach anders.«

Ich ziehe die Brauen nach oben und bin mir gerade nicht sicher, ob ich wirklich die richtige Gesprächspartnerin für Sam bin. »Anders. Sind sie das nicht alle? Zumindest am Anfang.«

Sam legt den Kopf schief.

»O nein, Sam. Du darfst mich nicht ernst nehmen. Das alles mit Logan macht mich fertig. Aber du darfst nicht glauben, dass ich dir dein Glück nicht gönne.«

»Nicht jeder Kerl ist ein Arschloch. Und nicht jeder Mann ist wie Logan«, antwortet sie versöhnt.

Ich sehe auf meine Hände, die auf meinem Schoß liegen. Stimmt, es gibt keinen, der so ist wie Logan, denke ich bei mir. Ich kann die schönen Momente mit ihm einfach nicht vergessen. Verdammt!

»Komm schon, Sam, jetzt sei nicht mehr sauer. Du hast recht ... erzähl bitte weiter.«

Sie atmet tief durch. »Gut, ich fasse mich kurz. Also er ist ein Künstler. Total cool drauf und soll für Mary und Tad die freie Wand hinten in der Bar bemalen. Er ist wirklich mal ein total anderer Typ. Weder ein Juppi noch so ein Möchtegernrockerverschnitt.«

Ich lächle. »Ein Möchtegernrockerverschnitt?«, will ich wissen, doch Sam winkt ab.

»Ach, du weißt schon. Ist auch egal. Jonathan ist irgendwie einfach er.«

»Okay.«

»Ja, er muss sich nicht durch Mode ausdrücken oder dadurch, dass er ganz besonders cool oder förmlich spricht oder so ... Ach, keine Ahnung, wie ich das erklären soll ... Er ist irgendwie so ganz bei sich. Angekommen.« Sam blickt verträumt an mir vorbei, und ich kann das Bild, das sie vor Augen hat, schon fast selbst sehen.

»Das freut mich so für dich«, sage ich und nehme sie fest in die Arme.

»Du kannst wieder loslassen, Lil«, gibt sie mir zu verstehen, als ich offensichtlich die übliche zeitliche Länge für eine Umarmung überschritten habe.

»Oh, tut mir leid«, entgegne ich und lasse ihr wieder Luft zum Atmen.

Sie betrachtet mich ernst. »Hey, du weinst ja.«

Schnell wische ich mit dem Handrücken eine Träne von meiner Wange. »Ist schon gut. Ich freu mich nur für dich«, erkläre ich beschämt. »Ach, Scheiße, wie könnte ich dir was vormachen?«, schniefe ich. »Ich freu mich für dich, aber ständig muss ich an Logan denken und was er da drüben gerade mit dieser Kuh macht. Weißt du, ich hab mir das doch alles nicht eingebildet, Sam. Es war so innig zwischen uns. So echt.«

Besorgt schüttelt Sam den Kopf. »Vielleicht solltest du es wirklich ansprechen. Ich bin eigentlich nicht dafür, Typen wie dem nachzulaufen, aber wenn du sicher bist, dass es so war …« Sie hebt die Schultern, während ich mir die Nase schnäuze. »Das war ich und ich bin mir auch jetzt noch sicher. Ich verstehe es einfach nicht. Wie kann es sein, dass wir von einem zum anderen Moment Fremde füreinander sind?«

»Du hast nur zwei Möglichkeiten: Entweder du sprichst deine Gedanken offen aus oder du musst lernen, zu akzeptieren, dass es jetzt so ist. Aber bedenke, dass es dich ewig verfolgen kann.«

Sie hat recht, denke ich mir, lasse den Blick erneut schweifen. Einige Fotografen sind unterwegs, und ich sehe zu, wie ein Paar gerade geshootet wird. Sicher eines dieser angesagten Nachtshootings. Die in New York gerade der Renner sind. Wie er sie umarmt, so innig. Ich atme tief durch.

»Wenn das alles so einfach wäre. Ich habe Verantwortung Haley gegenüber. Was wird aus ihr, wenn die Stimmung in ihrem Zuhause wieder kippt?«

Sam streicht mir eine Strähne aus der Stirn. »Süße, du kannst die Kleine nicht vor allem bewahren, der Moment des Abschieds wird für sie so oder so genauso schwierig werden. Auch wenn ich keine Erfahrung mit Kindern habe, glaube ich, dass es wichtig ist, ehrlich zu ihnen zu sein. Alles andere bringt doch nichts. Außerdem hast du mir vorhin erzählt, dass du ohnehin den Eindruck hast, sie spürt jetzt schon, dass etwas nicht in Ordnung ist, oder?« Und bevor ich antworten kann, schlägt sie vor: »Komm, gehen wir ein paar Schritte?«

Wir stehen auf und schlendern los. Obwohl es Nacht ist, ist ringsum wie immer was los, die kleinen Bars sind belebt. Überall Lichter, die sich im Wasser, das die Stadt umschließt, spiegeln. Schließlich stehen wir vor einem hübschen Karussell. Sofort muss ich wieder an Haley denken und atme tief ein. Sam versteht sofort, was in mir vorgeht, und greift das Thema wieder auf.

»Oder? Spürt sie es?«, fragt sie und reißt mich aus meinen Gedanken.

Ich nicke. »Ja, Haley ist so ein sensibles Kind. Und ich hab sie so sehr ins Herz geschlossen. Das Schlimmste ist, ich habe Logan versprochen, nie etwas zu tun, was Haley verletzen könnte, und muss es nun doch.« Jetzt kann ich die Tränen nicht mehr unterdrücken. Ich weine einige Zeit vor mich hin und Sam wiegt mich in ihren Armen.

»Pass auf, vielleicht ist es auch nicht so, ich glaube schon, dass er dich wirklich mag, Lil«, dringt mit einem Mal Sams Stimme in meine Gedanken.

»Und deswegen holt er sich gleich heute diese Sandra ins Haus, weil er sich so nach mir verzehrt?«, frage ich schnippisch. Das Karussell vor uns dreht sich, es fühlt sich an wie mein Leben. Wann wird es endlich besser?

Sam lächelt »Ja, klar ist das bescheuert, aber du meintest doch, dass dieser Anwalt ihn vor irgendwas gewarnt hat ... Wer weiß, was da passiert ist?«

Ich zucke mit den Schultern. Klar, ich weiß nichts darüber, und es sind viele Fragen noch offen. Mit einem Mal fällt mir der Artikel ein, in dem Logan vorgeworfen wurde, dass er Schuld am Tod seiner Frau habe, und spreche ihn Sam gegenüber an. »Trotzdem, was hat das eine mit dem anderen zu tun?«

»Keine Sorge«, sagt sie, »du hast gar nichts damit zu tun. Aber vielleicht spielt ja dennoch vieles zusammen, sodass es sein Verhalten erklären könnte«, sagt sie und ich überlege einen

Moment. Ja, vielleicht ist das Leben wirklich wie ein Karussell, ab und an stürmisch und schnell, und manchmal steht es still.

* * *

Als ich wieder zu Hause bin, betrachte ich die Sterne, die am Himmel funkeln. Sie sind gerade unheimlich schön, weil der Himmel so klar ist. Ich denke an unsere Ausflüge, daran, wie wir zusammen die Hot Dogs in der Stadt gegessen haben. Wie wir anfangs waren, wie sich alles entwickelt hat. Wie wir uns geküsst haben, geliebt haben, und ich grüble erneut darüber nach, warum es so schnell umgeschlagen ist. Ich frage mich, ob es das wirklich war, ob es vorbei ist, oder ob es noch Chancen gibt. In New York gibt es immer Chancen – aber was, wenn es bei uns eben nicht so ist. Wenn es einfach zu Ende ist.

Ich ziehe die Strickjacke enger um die Brust und spaziere einmal um das Poolhaus. Im Haus drüben brennt Licht und durch die großen bodentiefen Fenster kann ich schemenhaft Logan und Sandra sehen. Sie gehen aus dem Wohnzimmer und das Licht erlischt.

Mein Herz wird schwer, bis jetzt war sie also bei ihm.

Ja, ich bin eifersüchtig, ja, ich bin traurig. Aber ich weiß auch nicht, welches Gepäck Logan mit sich herumträgt und warum er mich mit einem Mal nicht mehr beachtet.

Doch auch wenn die Dinge so sind. Ob ich nun die Hintergründe kenne oder nicht, eines ist sicher und kann so schnell nicht geändert werden: meine Gefühle zu Logan, die mein Herz noch immer nicht loslassen kann.

KAPITEL 41

»Was ist los?« Verwundert sehe ich zu Haley, die breitbeinig dasteht und die Arme in die Hüften stemmt, fast so, als wäre sie der Captain einer Footballmannschaft. Ich muss mir ein Lächeln verkneifen. Schon hebt sie die Hände, und ich bin beeindruckt, wie flüssig und beinahe fehlerfrei sie mittlerweile die Gebärdensprache beherrscht.

»Was meinst du?«

»Du und Dad, habt ihr Streit?«

Sie hat ein feines Gespür, und ich weiß nicht, was ich antworten soll. Ich seufze. »Mag sein, Haley. Aber ehrlich gesagt ist das eine Sache zwischen uns Erwachsenen und geht dich nichts an.« Sie funkelt mich an und ich setze mich auf einen Stuhl, um mit ihr auf Augenhöhe zu sein. Genau sehe ich zu, was sie mir mit den Händen zu sagen hat. »Ob ich dich verlassen werde?«, spreche ich ihre Frage laut aus. Es bricht mir das Herz. »Meine Süße, es war doch von Anfang an klar, dass ich nur über den Sommer hier sein werde, um dich auf deine neue Schule vorzubereiten.«

»Und danach?«, formt sie geschickt mit ihren Fingern. Ich atme tief ein. »Danach gehst du auf diese Schule.«

Sie schließt die Augen, und ich weiß, sie fühlt sich von mir nicht ernst genommen, und doch weiß ich selbst nicht, was ich dazu sagen soll. Momentan kann ich mir einfach nicht vorstellen, dass ich nach wie vor hier ein und aus gehen werde. Logan ignoriert mich schon seit einer Woche, und – auch wenn ich versuche, mir nichts anmerken zu lassen – es schmerzt. Gäbe es Haley nicht, wäre ich längst nicht mehr hier.

In diesem Moment betritt Logan den Raum. »Haley, warum weinst du?«, will er wissen, und als sie nicht antwortet, sieht er mich vorwurfsvoll an.

Gerade als ich den Mund öffnen will, um ihm zu erklären, was los ist, sagt er zu Haley: »Geh bitte in dein Zimmer, ich komme gleich nach, ja?« und zu mir: »Auf ein Wort in meinem Büro.«

Haley verzieht keine Miene, dreht sich aber auf dem Absatz um und verlässt fluchtartig den Raum. Auf der Holztreppe, die nach oben in ihr Zimmer führt, kann man ihre wütenden Schritte aber deutlich hören.

Logan geht Richtung Flur und ich folge ihm in sein Büro. Warum nur muss ich mir wie eine verdammte Schülerin vorkommen? Denn das bin ich nicht. Ich bin die Angestellte, die einen Fehler gemacht hat.

In seinem Büro sitzen wir uns gegenüber und trotz der Wut in mir stelle ich fest, dass ich ihm schon so lange nicht mehr so nah war wie jetzt. So nah, dass ich ihn riechen kann, seinen ganz eigenen Duft. Ich höre ihn atmen, ruhig, wie im Schlaf, als ich ihn vor einigen Wochen in sein Bett gebracht hatte. Ich sehe seinen Dreitagebart, der mich bei unserem letzten Kuss leicht kratzte. Ich schlucke und dränge all diese Erinnerungen an die gemeinsame Zeit zur Seite.

»Was ist da eben zwischen Haley und dir vorgefallen?«, will er wissen.

Ich wundere mich. Hatten wir nicht vereinbart, dass er sich in Dinge zwischen Haley und mir nicht einmischt? Aber was bedeuten Vereinbarungen?

Logan ignoriert mich seit einer Woche und ja, ich will nicht, dass sein abweisendes Verhalten an mich herankommt. Obwohl es mich sehr belastet, versuche ich auch jetzt, mir nichts anmerken zu lassen.

»Haley wollte wissen, ob wir streiten.«

Logan weicht meinem Blick aus, und ich sehe an seinem Adamsapfel, dass er schluckt, doch er verzieht keine Miene. »Und was hast du gesagt?«

»Dass es Dinge gibt, die Erwachsene unter sich klären müssen.«

Er nickt. »Das sehe ich auch so. Noch was?«

Zu gern würde ich ihn fragen, weshalb es so ist, wie es ist, und warum er sich verhält wie das Arschloch, für das ich ihn anfangs gehalten habe. Vielleicht hätte ich doch auf meinen ersten Instinkt hören sollen. »Ja, sie wollte wissen, was ist, wenn der Sommer vorbei ist.« Ich warte nicht auf eine Reaktion von ihm. Sondern rede weiter. »Ich habe ihr erklärt, dass sie auf eine neue Schule kommt. Wahrscheinlich ahnt sie, dass wir uns danach nicht mehr so häufig wie bisher sehen werden.«

Eine Millisekunde habe ich den Eindruck, etwas neben der Kälte in Logans Augen zu sehen. »Wird es denn so sein?«, fragt er.

»Ich denke schon.«

»Warum? Ich dachte immer, Haley sei dir ans Herz gewachsen.«

»Natürlich.«

»Wo also ist das Problem?«

Dass ich nicht mehr mit ansehen kann, wie du fast täglich Besuch von Sandra bekommst, denke ich, spreche es jedoch nicht aus.

»Ich habe ein neues Jobangebot nach dem Sommer. Es wird sehr zeitintensiv werden«, erkläre ich kurz angebunden.

»Wenn du mich entschuldigst? Haley und ich wollen zu Abend essen«, sagt er.

Gleichzeitig stehen wir auf. Logan öffnet die Tür und geht voraus Richtung Haleys Zimmer. Kurz bevor ich um die Ecke biege, sehe ich ihm noch einmal nach. Es will mir einfach nicht in den Sinn kommen, wie sich alles dermaßen komisch entwickeln konnte.

»Haley? Haley!«, höre ich Logan rufen und bin sofort beunruhigt. Ich laufe zu ihm in ihr Zimmer und habe Angst. An seiner Stimme erkenne ich, dass irgendetwas nicht stimmt. Haley ist nicht da. Verwundert gehe ich zu Logan, der auf ihrem Bettrand sitzt. Er hält einen Zettel in der Hand. Drei Worte:

Ich bin weg.

Ein Schauer läuft mir den Rücken hinunter. »Sie ist weg?«, frage ich flüsternd mehr mich selbst.

»Siehst du, was du angerichtet hast?«, zischt Logan, und ich kann nicht glauben, dass er mir die Schuld dafür geben will.

»Ich? Jetzt mach mal halblang. Und statt mir Vorwürfe zu machen, sollten wir schnell nach ihr suchen.«

Logan nickt betreten, ganz offensichtlich tut es ihm leid. »Entschuldige«, setzt er an, stockt dann, und wie könnte ich in dieser Situation auch sauer auf ihn sein? »Schon gut. Ich schlage vor, wir durchsuchen getrennt das Haus. Sollten wir sie nicht finden, treffen wir uns an der Tür, okay?«

Er nickt zustimmend. »Okay.«

Innerhalb von fünf Minuten haben wir ohne Erfolg das ganze Haus auf den Kopf gestellt. »Keine Spur von ihr«, erklärt Logan atemlos.

»Unten auch nicht«, erwidere ich, nicht weniger aus der Puste.

»Okay. Sie kann nicht weit sein«, versuche ich, die Angelegenheit sachlich zu betrachten.

»Und was, wenn sie versucht hat, mit der Fähre von Staten Island wegzukommen?« Die Angst in Logans Stimme ist deutlich herauszuhören.

»Das glaube ich nicht. Jetzt schau ich sicherheitshalber im Baumhaus nach und du vielleicht auf der Anhöhe.«

Er kratzt sich gedankenverloren an der Stirn.

»Hast du mich gehört? Logan!«

»Ja, ich gehe zur Anhöhe.«

Kurze Zeit später schreibe ich ihm eine Nachricht, dass ich sie im Baumhaus nicht finden konnte. Er antwortet, sie sei auch nicht auf der Anhöhe.

Schon seit einer halben Stunde zerbrechen wir uns den Kopf und selbst ich bin mittlerweile ratlos. Wir haben am Eiswagen nachgesehen, im Shoppingcenter. Nirgends eine Spur und keiner hat sie gesehen.

»Sollen wir die Polizei anrufen?«, frage ich voller Sorge.

»Ich denke, das müssen wir tun. Verdammt!«

Ich frage mich, warum ihm dieser Schritt offensichtlich so schwerfällt, wo er Haley doch auch sonst immer behütet wie seinen Augapfel. »Wir haben überall vergeblich gesucht. Ich rufe jetzt an. Am Ende ist sie noch ans Meer, weil sie auf blöde Ideen kam.« Ich zücke das Handy, doch Logan reißt es mir aus der Hand.

»Die Bucht!«, ruft er aus.

Verwundert sehe ich ihn an. »Welche Bucht?«

»Lass uns gehen, ich erkläre es dir unterwegs.«

Mit dem Auto ist es nicht weit, zu Fuß dagegen muss sie ein gutes Stück gelaufen sein, wenn wir sie hier finden sollten.

»Wir sind gleich da«, unterbricht Logan die Stille und sieht konzentriert auf die Straße.

»Wieso denkst du, dass sie da ist?«

»Ich hab sie hin und wieder hierher mitgenommen. Zum Angeln. Sie hat mir geholfen, bei den Felsen nach Ködern zu suchen, wenn wir keine Würmer mehr hatten.«

Ich nicke, frage aber nicht weiter nach. Am Parkplatz der Bucht, die um diese Uhrzeit kaum mehr besucht ist, halten wir. Hier und da sind noch ein paar Spaziergänger unterwegs oder Leute, die mit ihren Hunden Gassi gehen. Doch Haley ist nirgendwo zu sehen. Mir wird schlecht. Ich rufe Maggie an. »Maggie, ist sie mittlerweile aufgetaucht?« Wir haben Maggie darum gebeten, im Haus zu sein, falls Haley zurückkommt. Sie sollte uns gleich kontaktieren, wenn sie auftaucht. Deshalb wundert es mich nicht, als ich höre, dass dem nicht so ist. »Okay, danke«, sage ich und lege auf. Meine Tränen lassen sich nicht vom Wind trocknen. Was, wenn ihr doch etwas zugestoßen ist? Nur weil Logan und ich sie nicht ernst genommen haben … Ich würde mir das nie verzeihen. Und dann sehe ich ihr helles Haar im Kontrast zum rot gefärbten Abendhimmel aufleuchten. Das muss sie sein. »Da vorne! Da am Steg, das ist sie doch!«, rufe ich aus und renne im selben Moment los.

Ohne zu zögern, kommt Logan hinterher und hat mich auch schnell überholt. Und tatsächlich! Es ist Haley.

KAPITEL 42

Im nahe gelegenen Fischrestaurant wärmen wir uns erst einmal auf. Haleys Wangen sind feucht von den Tränen, die sie vergossen hat. Und auch Logan hat tiefe Schatten um die Augen. Es ist so, als hätte jede Minute, die er Haley nicht finden konnte, ihn um ein Jahr älter werden lassen. Haley schlürft von ihrer heißen Schokolade. Bisher hat sie keine unserer Fragen beantwortet.

»Du weißt doch, dass man den Steg nicht mehr betreten darf«, beginnt Logan, und ich hoffe von Herzen, dass es keine Standpauke wird. Sicher war Haleys Verhalten leichtsinnig, aber das alles hatte einen tieferen Grund.

Haley zuckt mit den Schultern und guckt aus dem Fenster. Mittlerweile regnet es und der Wind bläst kräftig durch die Straßen.

»Haley, ich spreche mit dir«, insistiert er.

»Logan!«, sage ich und werfe ihm einen Blick zu, der ihn nun hoffentlich zum Schweigen bringt.

»Süße«, versuche ich, zu ihr durchzudringen. »Wir beide, du und ich ... wir, wir werden, egal, was auch geschieht, immer Freundinnen bleiben.«

Endlich sieht Haley mich an. Sie kneift die Lippen aufeinander, und ich wünschte, sie würde mich endlich an ihren Gedanken teilhaben lassen.

»Wir drei?«, formt sie mit ihren Fingern.

»Deinen Papa habe ich auch sehr lieb. Aber man weiß einfach manches Mal nicht, was die Zukunft bringt. Dein Dad und ich haben viel zu tun, aber das hat nichts damit zu tun, dass wir uns nicht mögen. Und vor allem lieben wir dich!«, sage ich mit Bestimmtheit, und ich könnte wetten, ein kleines Lächeln umspielt ihre Lippen.

Endlich nickt sie. »Ich liebe euch auch«, erklärt sie uns dann wieder in der Gebärdensprache.

Logan und Haley fallen einander in die Arme und die Innigkeit der beiden rührt mich sehr. Trotz unserer Liebesbekundungen komme ich mir wie das fünfte Rad am Wagen vor. Nachdem sie sich aus der Umarmung ihres Vaters gelöst hat, steht sie auf und geht einmal um den Tisch herum, um sich neben mich zu setzen. Auch mich umarmt sie und kuschelt sich dann an mich wie ein Kätzchen. Mir wird augenblicklich warm ums Herz.

»Ich bin gleich wieder da«, presst Logan hervor und verschwindet. Haley sieht mich fragend an und ich zucke mit den Schultern. »Vielleicht muss er dringend telefonieren. Ich weiß es nicht.«

Als er fünf Minuten später wieder bei uns ist, sagt er, er habe gleich bezahlt, und ein Blick in seine Augen verrät mir, dass er geweint haben muss. Und wieder ist da dieser Stich in meiner Brust. Es könnte doch so schön sein. Warum tut er uns das an?

Wir gehen noch eine Weile am Strand spazieren, doch der kalte Atlantikwind setzt uns so zu, dass wir beschließen, nach Hause zu fahren.

Schon im Restaurant habe ich Maggie angerufen und ihr Bescheid gegeben, dass wir Haley wohlbehalten gefunden haben. Sie war glücklich, dass alles gut ausgegangen ist, und als wir endlich ankommen, duftet das ganze Haus nach frisch gebackenen Muffins.

»Ihr müsst komplett durchgefroren sein, der Wind da draußen hat es in sich«, begrüßt uns Maggie und ihre mütterliche Art kann einem nur das Herz öffnen. Und ihre Muffins natürlich. Haley strahlt über das ganze Gesicht. »Geh schon mal rüber ins Wohnzimmer. Kuschel dich in die Sofaecke. Wir kommen gleich mit rüber. Aber nicht wieder wegrennen, versprochen?«

Haley hält ihre rechte Hand mit einem Schwurzeichen in die Höhe und ich kann nicht anders und schmunzle.

»Lilian, gehst du bitte den Kaffee und den Kakao für Haley aus der Küche holen?«, dirigiert Maggie. Aus dem Augenwinkel sehe ich, dass sie Logan am Arm festhält. »Nicht so schnell, mit dir will ich noch sprechen.«

Zu gern würde ich hören, was Maggie ihm zu sagen hat, und vor allem, wie Logan darauf reagiert. Doch sie spricht leise und ich vernehme nicht mehr als ein Wispern. Nur ein »Das geht dich nichts an« von Logan verstehe ich und wieder versetzt es mir einen Stich. Nicht dass ich erwartet habe, nach dem heutigen Tag würde alles anders werden, doch auch für ihn war es ein Schock, der ihm zu denken geben sollte.

Später sitzen wir alle zusammen im Wohnzimmer und Haley schlürft genießerisch ihren Kakao.

Gleichzeitig greifen wir nach einem Muffin. Logan und ich. Unsere Hände berühren sich zufällig, aber das Kribbeln, das mir dabei durch den Körper jagt, ist alles andere als Zufall. Eine kurze Berührung, die so viel in mir bewegt. Ich schlucke und sehe weg.

Logan räuspert sich. »Also ich muss los. Wir sehen uns morgen Nachmittag, ja?«, fragt er an mich gerichtet. Ich weiß genau, er will Haley damit zeigen, dass ich ihm nicht egal bin, und für Haley nicke ich. »Ja, bis morgen.«

* * *

»Also, Haley, das hast du wirklich unheimlich gut gemacht heute, ich bin begeistert.« Ich betrachte noch einmal die Arbeit, die ich ihr zurückgegeben habe, und bin wirklich stolz. Eine Woche ist bereits vergangen und wir sind nicht nur unglaublich gut in der Gebärdensprache vorangekommen, sondern haben auch einige Arbeiten geschrieben, und Haley hat alles wirklich absolut perfekt gemeistert. In Mathe hat sie noch einige Schwächen, aber im Großen und Ganzen gibt es nichts an ihrer Leistung auszusetzen.

»Na, das schreit nach einer absoluten Belohnung«, sage ich gerade, als Logan zur Tür hereinkommt. Er trägt einen Anzug und mustert uns.

»Läuft alles gut?«, fragt er, und auch wenn er bemüht ist, vor Haley den Schein zu wahren, ist da nach wie vor diese Distanziertheit.

»Ja, deine Tochter hat sehr gute Arbeiten geschrieben.« Ich lächle und sehe zu Haley.

»Das ist gut«, sagt er, geht zur Kaffeemaschine und lässt sich einen Kaffee raus.

»Ich habe ihr gerade gesagt, dass sie eine Belohnung verdient hat«, erkläre ich und sehe Haley an, die mit einem Mal ganz aufgeregt wirkt.

Sie zeigt auf ihr Buch, schlägt es auf und tippt auf die Seite mit dem Zirkusbesuch.

Ich sehe zu Logan, er sieht zu mir und schließlich nickt er.

»Also schön, dann lasst uns zum Zirkus fahren.«

KAPITEL 43

Es riecht nach Tieren und die bunten Farben der Zelte auf dem Platz, des großen und der kleineren, bilden einen schönen Kontrast zum heutigen tristen Wetter. Wir sind früh dran, und ich muss grinsen, als wir einem Clown begegnen, der bis auf die Gesichtsbemalung nicht wie ein solcher aussieht.

»Ob wir wohl einen Blick auf die Kamele erhaschen können?«, frage ich Haley und sofort leuchten ihre Augen.

Auch Logan bemüht sich unheimlich um sie und die Kleine macht es ihm leicht. Ich bin erleichtert, dass der erste Schock erst mal verdaut ist. Haley reißt mich aus den Gedanken, als sie an meiner Regenjacke zieht. Sie zeigt zu einem der kleineren Zelte.

»Ah, wir haben Glück, das Zelt mit den Tieren ist offen, lass uns hineingehen.«

»Gute Idee, hier draußen werden wir noch total nass«, sagt Logan.

Ich blicke zu ihm hinüber, und mein Herz hüpft einen Moment höher, als er mich anlächelt. Es ist dieses vertraute, warme Lächeln, das mich seit dem ersten Moment, als ich es erlebt habe, gefangen genommen hat. Als ich sicher bin, dass Haley uns nicht sehen kann, trete ich nah an Logan heran. Es kostet mich einige Überwindung, doch ich sehne mich immer noch so sehr nach seiner Nähe, nach dieser zarten Verbindung, die zwischen uns entstanden war und jetzt einfach nicht mehr sichtbar ist.

Als wir das Zelt betreten, bin ich beeindruckt. Die Tiere sind wunderschön geschmückt und man fühlt sich sofort wie in eine Zauberwelt getaucht.

»Hey, kann ich euch helfen?«, hören wir einen Mann sagen und drehen uns gleichzeitig zu ihm herum. Freundlich streckt er uns die Hand entgegen. »Ich bin Louis Edwardson«, stellt er sich vor und überrascht erwidere ich: »Oh, wie der Zirkus? Gehört er Ihnen?«

»Ja, meiner Familie. Mein Urgroßvater hat ihn gegründet und in seiner Tradition wird er nun fortgeführt. Aber bitte: Beim Zirkus gibt es kein *Sie*.«

Ich lächle, weil er so eine direkte und unkomplizierte Art hat. Auch Haley wirkt überrascht, interessiert sich aber dann doch mehr für die Tiere. Sie zieht an Logan und er sieht uns entschuldigend an.

»Geht ruhig, wenn ihr möchtet, kann Rena euch herumführen«, bietet Louis an, und ein Blick in Haleys Gesicht zeigt, dass sie nun völlig von den Socken ist. Ich kann sie verstehen, denn die Frau, auf die Louis deutet, ist eine Artistin und in ihrem Kostüm sieht sie umwerfend aus.

Die beiden gehen zu ihr hin und Louis wendet sich wieder an mich. »Du hast eine nette Familie, die …«

Ich unterbreche ihn. »O nein, ich arbeite nur für ihn. Mr Westwick ist mein Boss, ich gebe seiner Tochter Unterricht in der Gebärdensprache.«

»Du kannst die Gebärdensprache?«, fragt er mich und klingt beeindruckt.

»Ja, mein kleiner Bruder ist taubstumm zur Welt gekommen, also …«

Er nickt und ich sehe ihn etwas genauer an. Er hat helles Haar und klare blaue Augen, die Lebenslust versprühen. »Wolltest du immer zum Zirkus?«, frage ich und sofort lächelt er. »Die Menschen zum Lachen bringen, ihnen schöne Stunden bescheren. Ja, das macht mich glücklich.«

»Das kann ich gut nachvollziehen. Ich bin echt schon gespannt auf die Show.«

»Weißt du was? Fühlt euch eingeladen. Und wenn ihr Lust habt, bleibt doch danach zum Essen.«

»Das ist sehr großzügig von dir. Ich werde es mit den anderen beiden besprechen.«

»Kein Problem, sag einfach Bescheid, ähm …«

»Lilian, tut mir leid. Hab mich gar nicht vorgestellt.«

»Kein Problem, Lilian. Ich bin dann der mit dem Zwirn, der übergroßen Jacke und dem Zylinder«, sagt er lächelnd und tippt sich auf den Kopf. »Nur falls du mich nicht gleich erkennen solltest.«

Mit seiner lustigen Art bringt Louis mich sofort zum Lachen. »Na dann, bis später. Wir sehen uns.« Ich hebe leicht die Hand zum Abschied.

Louis deutet eine Verbeugung an und geht dann an mir vorbei. Seine Augen funkeln mich an. War das jetzt ein Flirt? Ich suche das Zelt nach Haley und Logan ab. Es sind noch zehn Minuten bis zur Show.

»Hey, da seid ihr ja«, sage ich, als ich sie gefunden habe.

»Und wo warst du?« Logan mustert mich mit einem Blick, den ich schwer deuten kann. Irgendwie scheint er verärgert, auch wenn er lächelt.

Ich zeige zurück in die Richtung, in der ich gerade mit Louis gestanden habe. »Ich hab mich mit Louis unterhalten. Stellt euch vor, er hat uns die Eintrittskarten geschenkt und angeboten, wir könnten mit allen Schaustellern später essen, was meint ihr?«

»Meinst du nicht, es könnte zu spät für Haley werden?«

Haley, die zum Glück immer noch damit beschäftigt ist, Sprünge zu üben, die ihr Rena mit dem Seil gezeigt hat, sieht nur kurz auf und konzentriert sich dann wieder voll und ganz auf ihre Übungen. Am liebsten würde ich Logan sagen, dass er sich unfair verhält und dass ich genau gesehen habe, wie er Louis beäugt hat.

»Was genau stört dich wirklich an der Idee?«, frage ich leise, aber bestimmt.

»Ein Abendessen mit Statisten eines Zirkus um diese Uhrzeit ist sicher nicht die geeignetste Erziehungsmethode.«

Ich atme tief ein und mir liegt einiges auf der Zunge. »Wie du meinst«, sage ich stattdessen. »Nach der Show fahren wir nach Hause.« Ich lasse ihn stehen und gehe hinüber zu Haley. »Süße, wir müssen los, die Vorstellung beginnt gleich.« Sie macht kleine Freudensprünge, und ich bin froh, dass sie die Diskussion zwischen Logan und mir nicht mitbekommen hat.

* * *

»Die Show war unglaublich schön«, sage ich, als wir vor dem Zelt stehen und Louis zu uns stößt.

»Danke, und wie sieht es aus? Möchtet ihr mit uns essen?«

Logan steht jetzt dicht neben mir und zieht seinen Schal demonstrativ enger um seinen Hals. Und Haley wirkt müde. »Das ist sehr nett von dir. Ich meine alles. Die tollen Sitzplätze und die Karten ... allerdings ist Haley schon ziemlich müde und morgen müssen wir noch einiges erarbeiten.«

»Das verstehe ich. Freut mich auf jeden Fall, dass es euch gefallen hat«, sagt er und reicht mir die Hand. »Mach deine andere Hand auf«, fordert er mich augenzwinkernd auf. »Meine andere Hand?«, frage ich irritiert und öffne sie, die ich bis eben noch, wegen der Kälte, zur Faust geballt hatte. Erstaunt sehe ich ihn an. »Wie hast du das gemacht?«, frage ich und betrachte den kleinen Zettel, auf dem sein Name und seine Telefonnummer stehen.

Er grinst spitzbübisch. »Das kann ich dir frühestens beim dritten Date verraten.«

»Wir sollten gehen«, mischt Logan sich ein, und ich spüre, dass er wütend ist.

Ich sehe Logan fragend an und er nickt.

»Können wir jetzt gehen?«, drängt er.

»Ja, wir können.«

Logan reicht Louis förmlich die Hand. »Danke«, ist alles, was er sagt.

Auf dem Weg zum Auto nieselt es wieder leicht. Logan hat Haley auf seinem Arm, und ich komme fast nicht hinterher, so schnell geht er. Auf der Fahrt will ich ihn fragen, wo das Problem liegt, aber dann sehe ich doch nur aus dem Fenster und betrachte, wie die Stadt an uns vorbeizieht.

KAPITEL 44

»Du triffst dich also mit dem albernen Clown vom Zirkus?«, fragt Logan, als ich gerade dabei bin, das Haus zu verlassen.

Ich nicke erstaunt. Die letzten Tage war es eisig zwischen uns und ich bin verwundert, dass er mit einem Mal mit mir redet. »Ja, wir wollen was essen gehen.«

Er streicht sich durch das Haar.

»Was ist mit dir? Heute nichts vor?«, will ich wissen und würde mir am liebsten sofort auf die Zunge beißen. Es geht mich nichts an, was er macht. Ich sollte nicht fragen und er sollte mich auch nicht fragen.

»Nein«, sagt er nur knapp und geht einen Schritt auf mich zu.

»Er war merkwürdig«, nimmt er das Gespräch wieder auf und ich runzle die Stirn.

»Ich fand ihn eigentlich ziemlich nett.«

Er schluckt.

Ich will mich gerade abwenden, als er an meine Taille greift und mich zu sich zieht. Ich will mich befreien, aber wenn ich ehrlich bin, wehre ich mich eher kläglich.

»Was soll das, Logan, lass mich los, ich muss jetzt gehen«, sage ich und er atmet tief durch.

»Wenn du meinst, dann triff dich halt mit ihm. Wenn du das brauchst, ich frag mich nur, was du hier irgendwem beweisen willst.«

Ich glaube, ich höre nicht richtig. Ich entziehe mich seinem Griff und sehe ihn an. »Was soll das? Warum tust du das?«, will ich wissen.

»Tue ich was?«

»Na, das alles, erst sind wir uns nah, dann ignorierst du mich die ganze Zeit und jetzt, nachdem ich ein Date habe, kommst du zu mir und versuchst, es mir zu vermiesen. Es geht dich nichts an, was ich mache, du kannst ja auch machen, was du willst, und das tust du ja auch …«

»Ich tue was?«

»Jetzt stell dich doch nicht blöd, ich meine, warum war Sandra bei dir, und das, nachdem wir diese tollen Tage hatten, nach dem, was zwischen uns war …« Ich komme mir albern vor und winke ab.

»Du hast immer schon eine vorgefertigte Meinung, oder? Anstatt mich nach Sandra zu fragen, ziehst du dich lieber mit deiner vollkommen unbegründeten Wut zurück.«

»Unbegründet? Sei nicht lächerlich. Sie war ewig bei dir und ich brauche keine Fantasie, um mir vorzustellen …«

»Ach ja?« Er sieht mich fast schon spöttisch an.

»Ja!« Ich trete einen Schritt zur Seite. Glaubt er wirklich, ich sei blöd?

»Wenn du es genau wissen willst, habe ich den Anstand, ihr nicht einfach nur am Telefon zu sagen, dass ich sie nicht mehr treffen möchte. Deshalb habe ich sie herbestellt, um ihr das zu sagen, weil ich dich …«

Anstand? »Vergiss es, Logan, es geht mich nichts an und dich auch nicht.« Ich sehe ihm direkt in die Augen, was ich besser nicht hätte tun sollen, so warm wie sie meinen Blick umschließen. In ihnen ist zu lesen, dass er die Wahrheit über

Sandra gesagt hat, doch da ist immer noch die andere Sache …
die *geschäftliche*. Nur mühsam löse ich den Blick. »Und die
Regeln, du weißt schon, außerdem sind wir nichts als …«, ich
sehe ihm erneut tief in die Augen, »Geschäftspartner und …«
Ich komme nicht mehr dazu, weiterzusprechen, denn mit
einem Mal kommt Logan auf mich zu und steht dicht vor mir.

»Du weißt, dass das nicht stimmt«, sagt er jetzt und sein
Blick ist dunkel und unergründlich.

»Ach ja? Aber Doktor Meltin hast du das so versichert und
dein Verhalten …«

Er macht einen weiteren Schritt auf mich zu. »Was ist mit
Meltin?«, will er wissen.

»Ach, komm schon. Ich habe euch gehört. Du hast ihm
gesagt, dass nichts zwischen uns ist. Dass alles nur beruflich ist.«

»Du meinst das Gespräch im Diner?«

Ich nicke, warte aber ab, was er zu sagen hat.

»Warum hast du mir nicht erzählt, dass du das Gespräch
mit angehört hast?«

»Was hätte das für einen Unterschied gemacht?«

»Ich hätte dir sagen können, wie es wirklich ist.«

Was soll ich denn jetzt dazu sagen? Ich bin durcheinander.

Hat er recht, hätte ich mit ihm sprechen sollen? Immer wieder habe ich darüber nachgedacht. »Und wie ist es?«

Logan hält inne und sieht mich an. »Wenn ich ehrlich bin,
habe ich mir wirklich Gedanken gemacht. Ich meine, damals,
nach Karas Tod, hat mich die Presse fast ruiniert. Und das nur,
weil ein Konkurrent die Zeitungsfuzzis mit haltlosen Vorwürfen
zum Unfall versorgt hat. Als dann sogar in der Zeitung stand,
ich hätte möglicherweise Schuld an dem Unfall, hätte ich beinahe auch noch meine Firma verloren. Ich gebe zu … ja, ich
hatte Angst.«

»Du sagtest, wir sind eine Familie. Eine Familie hält zusammen, schon vergessen?«, frage ich und er sieht mich traurig an.

»Ich weiß, es ist keine Entschuldigung, aber auch du warst seit der Heimfahrt aus Virginia so seltsam. Aber jetzt wird mir einiges klar ... das Gespräch mit Meltin.«

»Ja. Ganz ehrlich. Das alles hat mich sehr getroffen. Es schmerzt immer noch.«

»Ich bin ein Idiot, ich hätte meine Ängste mit dir teilen sollen.«

»Und warum jetzt der Wandel?«, frage ich und beobachte, wie er sich nervös durchs Haar fährt.

»Die letzten Tage und heute, als du mit diesem Typ geredet hast, da hat mich das wahnsinnig gemacht, Lil. Ich habe gemerkt, dass ich ohne dich nicht sein kann und auch niemals mehr will.«

Ich sehe ihn an, kann nicht glauben, was er da sagt.

»Jemand an mich heranzulassen, fällt mir schwer und dann hatten wir diese Tage und ich habe Probleme, ja, so wie du, aber ich bin in dich verliebt, Lil, heftig, unheimlich, und ich will, dass du jetzt nicht gehst, sondern dass du hier bei mir bleibst.«

»Aber Doktor Meltin ...«

»Lil, Meltin wollte mir einen Rat geben, und ja, er hat mich damit zum Nachdenken gebracht. Vor allem wollte ich aber in diesem Moment keine Diskussion mit ihm anfangen und die ganze Pressehetze von damals wieder hochholen. Jetzt weiß ich aber, ich will und muss auf mein Herz hören. Ich brauche dich, und es wird Lösungen geben, falls sich Steine in unseren Weg legen.« Logan stoppt, sieht mich eindringlich an. »Ich will dich, Lil!«

Mein Herz klopft hart gegen meine Brust und ich kann nicht anders. Mit seinen Worten spricht er aus, was ich schon immer gefühlt habe. Ich trete zu ihm heran, und seine Hände legen sich an meine Taille.

»Sag das nicht nur so, hörst du?«, flüstere ich und er sieht mir tief in die Augen und nickt.

»Ich will dich, Lil.«

Und einen Moment später legen sich seine Lippen auf meine.

* * *

Wie ich die letzten zwei Wochen aushalten konnte, ohne Logan zu küssen? Ich weiß es nicht mehr.

Ich bin ihm verfallen, seinem Lächeln, seinem Körper, seinem Duft, den Berührungen und allem, was ihn ausmacht.

Unser Kuss ist lange und innig und jagt ein Kribbeln durch meinen ganzen Körper.

Wenn alles an einem nur noch fühlt, dann weiß man, dass man einem Menschen verfallen ist.

Seine Hände an meiner Taille schieben sich langsam unter mein Shirt und berühren zart meine Haut.

Logan hebt mich hoch, unter ständigem Küssen trägt er mich in sein Schlafzimmer. Es ist dunkel und das dämmrige Licht macht die Stimmung noch intimer. Es hat etwas Sehnsüchtiges an sich, wie er mich an sich drückt. Wir beginnen uns gegenseitig auszuziehen. Logan befreit mich von meinem Shirt, ich ihn von seinem. Schuhe, Hosen, Rock, alles fällt fast wie von selbst. Immer wieder betrachtet Logan mich, küsst mich dann wieder, und ich betrachte seine Muskeln, streiche über seinen Oberkörper und schließlich fallen wir aufs Bett, auf dem wir uns immer weiter küssen. Mein Herz schlägt hart gegen meine Brust und alles in mir drängt, ihn zu berühren, ihm ganz nah zu sein. Er schiebt sich zwischen meine Beine. Ich spüre, wie erregt er ist, und schlinge meine Beine um seine Hüften, während er mich tief und innig weiterküsst.

Immer wieder legt er seine Lippen auf meine, und ich genieße es so sehr, seinen Körper auf meinem zu fühlen. Sein Mund wandert über meinen Hals, weiter, an meinem

Schlüsselbein entlang, bis er meine Brüste erreicht und auch sie sanft küsst. Zärtlich streichelt er sie, und ich atme schwer. Die Wärme in meinem Bauch breitet sich aus, erfüllt mich und ruft noch mehr Sehnsucht in mir hervor.

Mein Herz rast. Logan küsst noch einmal meine Brüste, ehe sein Gesicht wieder über meinem ist und sich unsere Lippen erneut finden. Meine Hände an seinem Nacken ziehe ich ihn an mich und keuche gegen seinen Mund, während wir uns immer inniger küssen. Während meine Linke an seiner Seite entlang-streicht, lasse ich meine andere Hand zum Bund seiner Shorts wandern, zupfe leicht daran und lasse meine Hand schließlich darunter hineingleiten. Logan zieht scharf die Luft ein, als ich über seine Härte streichle. In seinen Augen spiegeln sich Lust und Zuneigung. Liebe und Verlangen zugleich. Er lächelt sanft und ich lächle zurück, dann schiebe ich die Shorts über seinen Hintern. Logan rollt sich zur Seite, steht auf, um mir zu helfen, und schließlich steht er in voller Pracht vor mir. Er betrach-tet mich, während meine Augen über seine Muskeln gleiten, seinen Körper, der mich so unheimlich anzieht. Logan kniet sich neben mir auf das Bett, seine Hände wandern von meinen Füßen meine Beine entlang nach oben bis zu meinem Slip. Zart fährt er mit den Händen über den dünnen Stoff, und ich keu-che auf, als seine Finger seitlich den Bund fassen und den Slip von meinen Hüften ziehen. Stück für Stück, quälend langsam schiebt er den Stoff über meine Beine bis zu meinen Füßen, lässt ihn schließlich auf den Boden fallen. In mir kribbelt es, in meinem Unterbauch zieht es und mich erfüllt ein so tiefes Verlangen nach ihm, dass ich es nicht mehr unterdrücken will. Ich hebe meine Hände, will ihn an mich ziehen, aber Logan lächelt nur. Er bleibt auf den Knien und lässt seine Hände erneut von meinen Füßen hinauf bis zu meinen Oberschenkeln wandern, bis er an meinem Schritt stoppt und sanft über meine Mitte streicht. Ich lege den Kopf zurück, keuche erneut auf, als er beginnt, mit dem Daumen zarte Kreise zu malen. Voll Hingabe schließe ich die Augen, fühle und spüre schließlich seine Lippen an meinen Schenkeln entlangwandern.

Ich genieße dieses unglaubliche Gefühl, mir wird immer wärmer, heiß und heißer. Während er mich verwöhnt und tausend Schauer durch mich schickt, wandern seine Hände zu meinen Brüsten, massieren sie und ich zittere unter seinen elektrisierenden Berührungen, die ich so noch nie empfunden habe. Ich stöhne immer wieder, als er schließlich aufhört und erneut mit seinen Lippen über meinen Körper streicht. Er küsst meinen Bauch, meine Brüste, meine Seiten und schließlich wieder meinen Mund, und ich dränge mich Logan entgegen, um ihn zwischen meinen Beinen zu fühlen. Seine Erregung macht mich beinahe verrückt.

»Ich will dich so sehr Logan«, keuche ich.

»Ich liebe es, wie du dich anfühlst«, flüstert er gegen meine Lippen, ehe sich unsere Zungen verbinden. Eine ganze Weile, tief und innig, ehe er seinen Mund von meinem löst und mir tief in die Augen blickt.

Eine zärtliche Frage, die er mir nicht stellen muss, weil er die Antwort darauf längst weiß.

KAPITEL 45

Als ich am Morgen neben Logan aufwache, atme ich noch immer sehnsüchtig seinen Duft ein. Ich liege in seinem Arm und fühle mich so wohl wie noch nie in meinem Leben. Wir beide, hier in seinem Zimmer, das ich eigentlich gar nicht hätte betreten dürfen. Aber wir haben schon von Anfang an gegen alle Regeln verstoßen.

In meiner Brust flattert es heftig, die Schmetterlinge erwachen und ich bin glücklich. Gerade eben bin ich wirklich glücklich.

»Hast du gut geschlafen?«, fragt er mich irgendwann und ich lächle.

»Ja, und du?«

»Ja, sehr gut, obwohl du schnarchst, aber das wusste ich schon.« Ich runzle die Stirn.

»Ach ja, du wusstest das? Und woher bitte, wenn ich fragen darf?«

»Na ja, das letzte Mal, als ich bei dir geschlafen habe, da warst du auch ziemlich am Schnarchen.«

Ich vergrabe meine Nase an seiner Schulter.

»Ist nicht schlimm, mit dir ist es eben nie ruhig.«

Ich pikse ihn in die Seite und er zuckt zusammen. »Du bist kitzlig?«

»Nein.« Er schiebt mich von sich und ich pikse ihn erneut.

»Lil, lass das«, mahnt er mich und schiebt sich auf mich, während ich kichere und ihn gleich noch einmal pikse.

»Wenn du mich weiterhin ärgerst, muss ich deine Hände festhalten und dann bist du total wehrlos.«

Augenblicklich lasse ich von ihm ab und wir sehen uns tief in die Augen. »Bei dir bin ich sowieso wehrlos, ich bin dir verfallen, Logan«, flüstere ich und er beugt sich zu mir, küsst mich.

»Und ich dir.«

Ich schlinge meine Beine um seine Taille und spüre seine Erregung.

»Ich kann nicht genug kriegen«, flüstert er.

»Dann bleib hier und lass uns …«

Ich weiß nicht, was er sagen will, denn in diesem Moment steht Haley im Raum und guckt uns mit großen Augen an.

Sofort fahren wir auseinander und ich befürchte schon das Schlimmste. Dass es ein Schock für sie ist, doch da hebt sie die Hand und formt ein Herz.

Ich spüre Röte auf meinen Wangen.

»Liebling, es tut mir leid, dass du das so siehst …«

Aber Haley lächelt, formt noch weitere Wörter und Logan sieht mich fragend an. »So viel verstehe ich noch nicht.«

»Sie fragt, ob wir verliebt sind«, erkläre ich ihre Zeichen. Logan sieht zu seiner Tochter. »Ja, ich mag Lil«, gesteht er jetzt und Haley lächelt.

Dann kommt sie zu uns und küsst mich auf die Wange.

Ich bin zutiefst gerührt. Dieses Gefühl der Wärme würde ich am liebsten für immer festhalten. Ganz fest.

»Also, nachdem wir alle wach sind, könnten wir frühstücken, was haltet ihr davon?«, fragt Logan.

»Ja, Kaffee könnte ich jetzt gut gebrauchen.«

Ich sehe zu Haley, die noch immer strahlt. Nach all dem Schmerz, den sie in sich hatte, wirkt sie gerade sehr glücklich, und auch wenn ich niemals ihre Mutter ersetzen kann und will, freue ich mich darüber, dass sie nach so langer Zeit wirklich unbeschwert ist.

KAPITEL 46

»Was könnten wir heute machen?«, fragt Logan und sieht zu Haley. Wir hatten ein tolles Frühstück, und es hat sich ange-fühlt, als wären wir wirklich eine Familie.

Doch Haley wirkt mit einem Mal nachdenklich, und schließlich fängt sie an, etwas auf das Tablet zu tippen.

»Ich will zu der Bank wandern«, schreibt sie darauf.

»Klar, das können wir machen«, sagt er und unsere Blicke treffen sich. Ich weiß, was Haley dieser Ort bedeutet, weil sie dort immer mit ihrer Mutter war. Weil es eigentlich ihr Ort war.

»Du sollst auch mit«, formt Haley mit einem Mal und ich bin erstaunt.

»Ich?«

»Ja«, zeigt sie zurück und ich nicke.

»Das freut mich sehr, ich gehe gern mit.«

* * *

Wir packen schließlich zusammen und machen uns auf den Weg.

Wie schon beim ersten Mal, als ich mit Logan allein oben war, gehen wir den Weg hinauf, der durch das Anwesen in Richtung des Waldes führt.

Diesmal läuft Logan allerdings nicht so schnell wie damals, wir gehen zu dritt nebeneinander. Irgendwann nimmt Haley meine Hand und auch die Hand von Logan und lässt sie nicht mehr los, bis wir an der Plattform ankommen, die umgeben von Bäumen liegt. Mein Blick fällt auf die Bank. Und ja, wieder muss ich sagen, es ist unheimlich schön hier. Nicht nur, weil wir drei zusammen da sind, sondern weil es sich so warm anfühlt.

Haley deutet auf die Bank und schließlich setzen wir uns alle. Wir blicken hinunter auf die Häuser vor uns und genießen die Stille.

Es ist keine drückende Stille, sondern eine, die uns verbindet, hält und angenehm ist.

Mit einem Mal fliegt ein Vogel heran und setzt sich auf einen nahen Ast. Es wirkt beinahe so, als würde er uns ansehen. Mein Herzschlag beschleunigt sich, als ich sehe, dass auch Haley zu dem Vogel blickt.

»Mama hat immer gesagt …« Logan und ich zucken zusammen, sehen zu Haley und können nicht glauben, dass sie gerade eben gesprochen hat.

»… dass sie sich wünschen würde, ein Vogel zu sein, und ich glaube, sie ist einer geworden, der auf Reisen geht«, fährt sie mit leiser, noch etwas brüchiger Stimme fort.

Ich sehe zu Haley und merke, wie mir die Tränen kommen.

Sie blickt zu dem Vogel, und dieser zu uns.

Dann sieht sie mich an.

»Ich weiß, Mama hätte dich sehr gemocht, Lil, und ich mag dich auch sehr.«

Ich drücke sie an mich und kann das alles nicht glauben.

Ich sehe zu dem Vogel, der uns nach wie vor mit jetzt leicht zur Seite geneigtem Köpfchen anschaut.

Haley, mich und Logan, der sich jetzt ebenfalls an Haley kuschelt.

Und ich weiß nicht, warum, aber ich habe das Gefühl, als wäre Kara da.

Ich werde auf sie aufpassen, flüstere ich in meinen Gedanken, und plötzlich hebt der Vogel seine Flügel und fliegt davon und wir sitzen da und sehen ihm nach. Ein Vogel, der auf eine Reise geht. Und ich hoffe, wir haben auch noch eine Reise vor uns.

* * *

Wenn ich daran denke, wie es war, als wir das erste Mal hier waren, und wie viel sich seither verändert hat, bin ich unendlich froh.

Ich weiß noch genau, wie schlimm es für Logan war, als ihn hier die Erinnerungen eingeholt haben. Als ich zu ihm gesagt habe, dass die guten Erinnerungen bleiben und sie uns helfen, weiterzumachen.

Das Leben ist eine Reise mit vielen Stationen, ein Auf und Ab, mal voller Glück und Zuversicht, aber auch mit Rückschlägen und Abschnitten voller Schweigen. Aber vor allem ist es eines:

Das Leben ist Liebe.

Liebe in seiner schönsten Form, und was uns auch immer auf unserer Reise erwartet, die Liebe wird uns zusammenhalten.

FSC
www.fsc.org
MIX
Papier | Fördert
gute Waldnutzung
FSC® C083411

Zeitfracht Medien GmbH
Ferdinand-Jühlke-Straße 7
99095 Erfurt, Deutschland
produktsicherheit@kolibri360.de

Druck:
CPI Druckdienstleistungen GmbH
im Auftrag der
Zeitfracht Medien GmbH
Ein Unternehmen der Zeitfracht - Gruppe
Ferdinand-Jühlke-Str. 7
99095 Erfurt